# 戦後占領期短篇小説コレクション

（全7巻）

## 2 一九四七年

責任編集・紅野謙介
川崎賢子
寺田　博

中野重治「五勺の酒」

丹羽文雄「厭がらせの年齢」

壺井　榮「浜辺の四季」

野間　宏「第三十六号」

島尾敏雄「石像歩き出す」

浅見　淵「夏日抄」

梅崎春生「日の果て」

田中英光「少女」

藤原書店

# 序

一九四五年八月十五日は、日本にとって無条件降伏の日であり、大日本帝国の植民地であった台湾、朝鮮、満州などの地域のひとびとにとっては解放の日であり、アメリカを初めとする連合軍にとっては勝利の日であった。この敗戦以後、日本はいまだかつてない歴史を体験することになった。連合軍による占領時代の始まりである。もちろん、戦時中を大日本帝国の陸海軍による日本の占領であったと言えないことはない。しかし、兵士は帝国臣民たちから徴兵され、陸海軍総司令部は日本人将校たちによって構成されていた。

その大日本帝国は崩壊し、国境は大幅にぬりかえられたのである。死の恐怖は去ったものの、「内地」に復員兵や引揚げ者があふれ、貧困と飢餓、絶望と憤怒がうずまいた。同時にひとびとはそれまでの情報の鎖国から解き放たれた。戦時下とはまた異なるかたちで占領軍による情報統制、検閲があったにもかかわらず、ひとびとは粗末な紙に印刷された出版物に殺到した。占領軍と日本政府の虚々実々の協働作業によって、現在にいたるこの国のかたちが決まったのも戦後占領期である。

敗戦から一九五二年にいたるこの未曾有の時期に、文学にたずさわるものたちは何を描き、何を見ていたか。何をとらえ、何をとらえそこねたのだろうか。小説はその時代に生きたひとびとの言葉と緊密な関係を結んでいる。きびしい制約のなかで書かれた短篇小説を通して戦後占領期をあらためて検証し、いまの私たちを問い返すため、ここに「戦後占領期　短篇小説コレクション」全七巻をお送りする。

編集委員　紅野謙介
川崎賢子
寺田　博

もくじ

〈戦後占領期 短篇小説コレクション〉

# 2 一九四七年

## 凡例

一　一九四五年から一九五二年までの戦後占領期を一年ごとに区切り、編年的に構成した。但し、一九四五年は実質五ヶ月ほどであるため、一九四六年と合わせて一冊とした。

一　編集にあたっては短篇小説に限定し、一人の作家について一つの作品を選択した。

一　収録した小説の底本は、作家ごとの全集がある場合は出来うる限り全集版に拠り、全集未収録の場合は初出紙誌等に拠った。

一　収録した小説の本文が旧漢字・旧仮名遣いである場合も、新漢字・新仮名遣いに統一した。

一　各巻の巻末には、解説・解題とともに、その年の主要な文学作品、文学的・社会的事象の表を掲げた。

中野重治

# 五勺の酒

**中野重治**（なかの・しげはる）　一九〇二年―七九年。

福井県生まれ。金沢の四高を経て、一九二七年、東京帝国大学文学部独文科を卒業。在学中に窪川鶴次郎、堀辰雄らと同人誌『驢馬』を創刊、詩・評論を発表した。またプロレタリア文学運動に参加、ナップ（全日本無産者芸術連盟）を結成。一九三一年、非合法の日本共産党に入党、翌年検挙される。三四年に転向し、豊多摩刑務所を出獄。

戦後、『新日本文学』の創刊に加わる。一九四七―五〇年、日本共産党の参院議員となるが、六四年に除名。

作品に、小説『村の家』（一九三五年）『歌のわかれ』（一九三九年）『むらぎも』（一九五四年）『梨の花』（一九五九年）『甲乙丙丁』（一九六九年）、評論『斎藤茂吉ノオト』（一九四二年）などがある。

会えなかったのは残念だがそれでよかったか知れぬとも思う。会えば書かぬことになっただろう。会って話したのでは話が外《そ》れて行ったろうと思う。このごろ部分的にモーロクしてそういう傾向が強くなった。久しぶりで会ったときの空気は古い知合いに強くひびく。字でかけば幾分でも外れが防げようと思う。とかく書いただけは独立するというものだ。

何から書いていいか、書いても書きつくせぬ、話しても話しきれぬといった具合だ。しまいのところへ「この項つづく」と入れるつもりだが、忘れてぬかしてもそのつもりで読んでほしい。未練《みれん》がましいが初めにお願いしておく。

未練、未練。まったく僕は未練がましくなった。何にたいする未練か。万事万端べた一面の未練だ。家族の顔、見おろす生徒の顔、わが半生、何もかも未練だらけだ。老醜という言葉があってわかったつもりでいたが、どの辺から老醜がはじまるか考えてみたことはなかった。未練が老醜のはじまりでないだろうか。半生でなく三分の二生だ。もっと五分の四生だ。この三分の二生、五分の四生をふりかえって、残りの三分の一生、五分の一生に未練が出る。「十七歳、フランスが目の前にぶらさがっている……」ぶらさがってはもうおらぬこと、そういう、返せぬ過去への未練でない。将来への、未来への未練だ。行住坐臥、霧のようにのぼってくる未練にむせむせ、未練を感じだした年齢から、これからの年齢を円筒のようにのぞきこんで感じる精神のよろめきだ。君は知るまいが、僕はむかし新人会へはいろうとしたことがあった。しかしはいらなかった。警察署長というおやじの職業が取次ぎの学生を逡巡《しゅんじゅん》させたのだ。彼は拒絶するかわりに僕をさけた。あからさまではなかったが僕はさびしく身をひいた。それから僕は教師になり、生徒にいい評判をとり、校長になり、いまや追放か、でないかというところへきた。新人会幹事はまちがっていただろう。しかし僕はなぜ、さびしい思いなぞを抱《だ》いて教師になっただろう。さびしい思い、馬鹿め……僕は地だんだを踏んであと十五年かそこらの残りを考える。

僕は実際のところ、僕らの少青年時代の親たちや教師や校長があったようにはありたくないのだ。少年たちを理解し、忠言をあたえ、出て行く彼らを窓から心で手を振って見送るというようなのがいやなのだ。這ってでも彼らといっしょに行きたい。むしろ彼らを鼓舞激励したい、彼らをみちびきたいのだ。教師になった僕はペスタロッチだのフレーベルだのルソーだのを読んだ。アメリカの教育法、ソ連の教育法から、中江藤樹、山鹿素行、松下村塾などいうものまで読んだ。そして最後に残ったのがコロレンコの小説の某という家庭教師だった。小説の名も忘れ、コロレンコでなくてゲルツェンだったかも知れぬ。とかくそれはロシヤへやってきた渡りもののドイツ人青年家庭教師だった。ロシヤ貴族特有の半アジヤ的空気のなかで、身分の低い若いドイツ人が一心に子供を教えて、子供がまたなつく。馬鹿にされながら、居候《いそうろう》あつかいされながら、子供を、持ってきたヨーロッパで教育して、師弟は学友になり、この師弟・学友関係がもうひとつ高い段階へのぼろうとするところで或る朝教師が逃亡してしまう。私は君を私の能力の限界まで教育しました。これ以上君に教えることは私にありません。私はほかへ出かけましょう。こう置き手紙をして手ぶらで逃亡してしまう。どんなにその美しさが僕を打っただろう。おれの持ってるものを少年たちに与えてしまおう。そしたら逃亡だ。こうしてこの青年は、教師になった僕がたえずうしろ姿として行く手に見てきたものとなった。生徒たちによかった僕の評判には、この逃亡ドイツ青年の影響が実にあったろうと今思う。

そこでどうかというと、なま若い僕がそんな気でつとめてきたことを僕は今あわれむが、持っているものを与えられたかどうか、まわりがそれを許したか許さなかったかとなればそれどころかだ。自分全部を与えることが許されぬとわかった僕は五分の四の自分を与えようとした。それが許されぬとわかったときは二分の一を与えようとした。それが駄目とわかったときは三分の一、つぎは四分の一、つぎは五分の一を与えようとした。最後には何分の一でなくただ僕自身の僕による何かを与えようとした。僕は慄然《りつぜん》とする。五分の四を与えたと思ったとき他の五分の一を僕が与えなかったろうか。二分の一を与えたと思ったとき他の二分の一を、三分の一を与えたと思ったとき他の三分の二を与えなかったろうか。何分の一でなくて、せめてただ何かを与えようとしたとき全部を他で与えなかっただろうか。すくなくとも僕は――戦争、戦争――すべてが、他で与えられるのを見送ってきた。すべてを与えて逃亡する、その逆が僕に道として与えられた。僕はただ、征伐・出征の征を「ゆく」とよむのは間違いだといって生徒たちに教えられただけだ。（英語はなくなって僕は国語をときどき見ていた。）また応召という言葉がはやって「応召される」

という受け身の形が生徒の作文に出てきたとき、それは間違いで応召「する」でなければならぬ、受け身なら「召集」されるだといって主張できただけだ。そしてそれさえ、僕の説を受けいれていた若い国語教師が召集されて、その送別会のかえり、思いつめたような「校長先生……」という呼びかけで呼びかけられたとき完全にへたばってしまった。彼はそのときも僕の説を認めていた。ただ彼は、「征」を「ゆく」と、このさい、彼のためによませてくれといった。燈火管制でまっくらな垣根みちをたどりながら、「校長先生……」というよびかけにショックを感じなくなっている僕を僕は認めた。「それだけは勘弁してくれ。」というかわりに僕は彼の乞いを入れた。

僕はこの話が誰かにしたかった。だれかに聞いてもらって、その誰かから、むしろ何ものかから、諒解が得たかった。僕は焼けだされて以来きていたよし子を相手にえらんだ。しかし、実行はしなかった。サイパンのことは報道されていた。生きてるかも知れぬという希望をもっていたが、三人の子供を並べて立たして、頸《くび》の線が斜線になるなど言っている妹にそれはできなかった。（玉木は確実に死んだことがわかった。蘇満《ソまん》国境からまわされるとき一月《ひとつき》ほど東京にいたがよし子も誰も面会はできなかった。サイパンへは横浜から立った。その船が小笠原沖でやられ、七百人ほどのうち四百人が救われて改めてサイパンへ渡された。そのなかに玉木はいた。そのうち四人生きのこってその一人が最近きてくれた。よし子は君を、玉木から聞いて知っているそうだ。よろしくと言っている。彼女はせっせと稼《かせ》ぐが知れたものだ。どうしたわけか、玉木家は子供三人ともこっちに置いてほとんど援助してくれぬ。本人も考え、僕も苦しいので、今度の上京はよし子の仕事口にも関係していた。あのとおりの玉木は男だった。義理の弟だからではないが、彼は少数のいい出版をした。そう墓に書いてもおかしくはないだろう。このごろ僕はよし子が新聞広告を見るのに気づいた。本屋の広告を丹念に読んで知らぬ顔をして台所口から出て行く。もともと彼女は本屋のことには口出ししなかったらしい。玉木の召集後は玉木の指図で店を売り、それは食ってしまった。彼女を特別あつかいしようとは思わぬが、出版が自由になったための彼女の口おしさは僕は見てやりたいと思う。)

しかしまもなくきたグライダー練習開始が最大の失敗だった。国語教師の「征く」以来僕はまいっていた。原因はいろいろにあったろう。内原《うちはら》のかえり、君に会ったときほどの元気はその時分もうなかった。内原では頑張った。県にたいしても文部省にたいしても頑張った。予科練、兵学校の割当てでも前青春防衛のためには猿知恵をしぼることも辞しなかった。しかし今やまいり、猿知恵の余地もなくなっていた。

ある晴れた日にグライダーが飛ぶことになった。全部の試験が終って教官が声をかけた。どんな言葉だったか忘れてしまった。軍人教官へたいする反感は今まったくなし、そのときも、すくなくもそれに関しては微塵《みじん》なかった。ただ彼は、ひとついかがですという意味の言葉を軽いからかう調子で言った。僕が受けて立った。それまでに僕は永いことこの男とやり合っていた。教師をしていると、子供たちの前青春が感覚的にいとおしまれてくる。それを取られまいとしてやり合ってきたのだ。いきさつがヒヤカシ言葉に絶対なかったとは言いきれぬか知れぬ。しかしその時のかぎり、それを根に持ってこの男がそれを言ったのではなかったし、僕も挑発でそれに乗ったのでは決してなかった。僕は自然で、多少うろたえつつ教官もごく自然にしたがった。

僕は飛んだ。大胆に。何と説明しようか。僕は死にたかったのだ。死のうと思ったのではない。死を恐れなかったのだ。恐れなかったというのが、じつは無知識からもきていたのだが。飛びながら僕は全くたのしかった。雲、丘、河原、すべて色が美しかった。ええい、飛べ、突っこめ、(そしていうならば死ね)……一種の放蕩だ。悲壮ぬき、責任まったくぬきで上《うわ》の空で僕は飛んだ。ひどい結果がきた。生徒たちが無言で昂奮して行った。しんとした彼らの昂奮が眼のなかが乾いてくるほど僕へ吹きつけた。玉砕精神、いまでは誰もつかわぬこの言葉のかさかさした音《おん》が僕に疼《うず》いてひびく。彼らの小さい肉体、手のひらをくぼめて受けられるほどのたましい、その完全な染め。かてて加えて長女が豊橋の海軍工場へどうしても行くと言いだしてとめることができなかった。

未練、未練。とめどなく僕は未練がましくなる。その証拠にこれを書留で出す。よし子のことで役場だ、留守業務局だ(なぜただ留守局とせぬのだろう。)とさんざんやった挙句、僕はハガキ一枚でも書留で出すことにした。はじめ局の娘たちが、不思議がって見た。ハガキまで書留にする中学校の校長。半年来《はんねんらい》彼らは笑いをかみころさなくなった。かわりに不愉快な目、わざと厄介をかけるやつという顔をする。軽蔑、小さい憎悪、低能者にたいする寛大な憐憫。それ以上娘たちを刺戟せぬことで僕は満足する。僕の長女のほうが彼女たちより年上なのだ。東京も遠くなり、旅行もつくづく重荷になった。何彼《なにか》につけて年を考えるようにもなった。笑われるか知れぬが、笑わば笑え、おのれの年で誰は何をした、だれはどんな地位にいたなどということが頭へ来てかなわぬ。それも誰々が偉大なやつででもあればだが。

しかし無論、未練は未練だ。どうぞして未練から解放されたい。僕は決心をする決心をした。そこで君に相談しよう、議論しようというので訪ねたわけだ。今夜は憲法特配の残りを五勺飲んだ。そして酔った。もともと僕は酒好きではなかった。学生時代君らと飲んでも格別うまいとも思わず、酒が飲みたいともさほど思わなかった。いまは飲みたい。じつに酒が飲みたい。「破戒」に出てくるよぼよぼのやくざ教師、あれが酒の香をかぐというところがあってわからなかったが今やシンパシーでわかる。銚子《ちょうし》の口の上へんを迷うすぐ消える湯気みたようなもの。あれを鼻で吸うと、微粒子のようなのが粘膜へくる。それがしびれるほど誘惑的だ。全くよぼよぼのやくざ教師だ。このやくざ教師は按摩《あんま》の味を覚えた。按摩がないときは末の子供に背なかを踏ませる。それで足りぬで灸《きゅう》をすえようと思うことさえある。酒を飲むとも飲まれるなというのの反対、飲まれたいという欲望だ。教師生活、戦争生活、最初の妻の死、再婚、大きくなる子供たち、玉木の死と、よし子の、出もどりでなく、何というか、肩も腰も石をみたようになり、そして一ぱいの酒が飲みたい。訴えようのない、年齢からもくる全く日常的散文的ないぶせさ、とかく一ぱい飲んで、とかく寝てしまいたい。酒飲みには別の飲み方があるか知れぬが、僕はそうだ。職責（？）から国民酒場の行列には立たぬが、ああして並んで、恥も外聞も忘れたように待っている人生の敗残者といった人たちに面《おもて》をそむけて僕は同情する。僕はこのごろ子供のころの在郷歌《ざいごうた》を思い出した。童謡だ。「雀すずめ、なしてそこにとまてだ。腹コすぎで（腹がすいてだ）とまてだ。腹コすぎだら田つくれ。田つくればよごれる。よごれだら洗え。洗えば流れる。流れだら葦の葉にとまれ。とまれば手きれる。手きれだら麦の粉をふりかげれ。振りかげれば蠅とまる。蠅とまったらあうげ。あうげばさびよ（寒いよだ）。さびがらあだれ。あだればあづいよ（火にあたれば熱いだ）。あづがらひっこめ。ひっこめばとぜね（とぜね、さびしいだ）。……ひっこめばとぜね。とぜねがら（さびしけれや）酒飲め。酒飲めば酔う。酔ったら寝れ。寝れば鼠にひかれる。起きればお鷹にさらわれる。」だ。だれがこの文句をつくっただろう。とぜねがら酒飲め。さびしければ酒飲め。酔ったら寝れ。つまりこれは、日本の「家《いえ》」を歌ったものだろうか。僕は末の子を溺愛しているがこれは二度目の妻の子だ。二度目のは、まだいわなかったが最初のの妹だ。最初のが娘ふたりおいて死に、実の妹と再婚した僕は子供を避けてきた。しかし出来たとわかったときは男をほしいのと男であってくれねばいいがというのとで挾まれて悩んだ。しあわせと女が生まれ、男であってくれたらと思う一方、女で大っぴらに溺愛できて助かってきた。そしてやっとこのごろそれを妻に語ることができた。妻を愛せよ。二度目の妻をわけても愛せよ。一度目の妻、その子供、二度目の妻、その子供、それから父、うちそろって最初の妻の記憶がなつかしく語りあえねばならぬ。あわれな父、あわれな母、それをしょいこまされるあわれな子供たち。とぜねがら酒飲め。君のところではどうだか。僕はこのごろ、日本の女という女がつけている、足の甲の、くるぶしのすぐ下の坐りだこ、あのあざのような皮膚の部分が眼をはなれぬ。年ごろになるまであんなものはない。嫁入り支度、そこでそろそろ出来、結婚、母親、それで完成する。最初の妻にもあった。いまの妻にもある。娘たちにはまだない。僕は娘たちにだけはあんなものを出かせたくない。それだけ妻の足の坐りだこを撫でてやりたいよ。すべて日本の女の足の坐りだこを撫でてやりたいよ。日本の女の取りあつめたあわれさ、たこ。そして女という女の足に坐りだこをつくるものの男への反射が酒を求めさせる。ただ、末の子のことで語り合ったため僕らは新しい境地へ来られたようだ。これはたいしたことだった。これ以上生まれるはずもないが、仮りに今後男が生まれるとしても僕はらくに愛せそうに思う。とぜねがら酒飲め。酔ったら寝れ。その年にきて、僕らは、坐りだこの出来た妻を新しく愛せねばならぬのだ。妻への不満、夫への不満、それを思い捨てるべきでないのだ。女で四十すぎ、男は五十ちかくなって、孫を生むほどになって、尾骶骨《びていこつ》の下でくぼんで皺になった皮膚がうすぎたなく黒ずんできて、そのときになってあらためて求め求むべきなのだ。

そこできたいが、僕の学校にも青年共産同盟が出来た。だいぶまえに出来た。見ていて僕が気がもめてならぬ。まずこんなことがあった。共産党が合法になり、天皇制議論がはじまると、中学生がいきなり賢くなった。頭のわるくない質朴な生徒、それが戦争ちゅう頭がわるかった。それがよくなってきた。ちく、ちく、針がもう一度うごきだしてきた。中くらいの子供が、成績があがるのとちがって賢くなった。ある日クラス自治会をつくることで教師生徒、議論になったことがあった。そして衝突した。生徒は自治会は自治的につくらねばならぬ、先生は入《い》れぬ形にせねばならぬと言いはった。教師は、それはいかぬ、監督の責任上入れてもらわねばならぬと言いはった。生徒は、それは教師が各クラス自治会の常任議長になることだ、教師連合が自治会を指導しようというのだという。教師は、自治会を圧迫する気は毛頭《もうとう》ない、しかし指導・監督の責任はどこまでも負わねばならぬという。とど教師側でおこってしまった。それは責任を負うことの拒否だ。責任を放棄するのがどこが民主主義だといわれて生徒側がへこんだ。教師側に圧迫する気がなかったことは事実だ。ただ判断は僕にできなかった。僕に気づいたのは、腹を立てたのが教師側だったこと、腹を立てなかったのが生徒側だった新しい事実だ。教師側は立腹して、生徒を言いまくり、やりつけた。この点になると教師側は一致していた。生徒側はばらばらだった。ただ彼らは、腹を立てずに、監督の責任が別の形で負えることを教師たちに説明した。特に非秀才型の生徒が、どうしたら教師側にうまくのみこませられるか手さぐりで話して行ったのが目立った。教師側が大ごえになるほど、彼らが、それはそうじゃない、先生が圧迫しようとしているとは取っていない、そうじゃない、そうじゃなくてと、子供頭をふりふり、全体として受け身で攻撃を受けとめていたのが目立った。教師団が駄々っ子になって、教師・生徒がすっかり位置を顚倒してしまっていた。僕はヌエ的司会者として、もっぱら教師たちのために生徒側をなだめた。教師側をなだめたというのがいっそう正しいだろう。教師もはいれる折衷案が出来てケリはついた。

ただ僕はこんなことではじまった生徒の活動が、その後停滞してきたように見えるのが気になるのだ。停滞してるように僕に見える。生徒たちが、賢くなりかけたまま中途半端な形になってきたというのが僕の気のもめる観察だ。僕は圧迫ということも考えてみた。適度に圧迫することでかえって彼らが伸びるだろう。むろん僕は、あまりに教師・校長くさいのに気づいて苦笑したがやっと原因がわかってきた。とかく共産党がわるいのだ。先きへ先きへと指導せぬのがわるい。

僕はあの日、君のところへ、抗議でないまでもそれに近い気持ちからも駆けつけていた。僕は午後の祭をみていたのだ。そして君の顔もみたく、ほかに行き場もなくて君のところへ出かけたのだったが、あれはどれくらい集まっていたろうか。新聞には十万とあったが、記事そのままで嘘はなかった。僕はおのぼりだからリュックをかついでうしろにいた。天皇が来て、帽子を取らぬものもいたが、僕は取った。天皇が台へのぼって帽を取った。万歳がおこった。仕掛け鳩が飛んだ。天皇はかえって行った。僕の時計で出てきたのが三時三十五分、おかえりになったのが三十六分、正味一分で、すべてが終った。そして終ったとき始まったことが僕をおどろかした。

まったく、まったく同じだった。例の暁天動員。僕のほうは四時半の集合だったから、竹棒・木銃《もくじゅう》で市の八幡社へ集合、点呼その他型のごとく終って夜あけとなるのが常だったが、そこで終っていざ解散というときの人波のうごきだし。生活のめいめいの方角へ走りだそうとする。他人にかまっていられぬせちがらいせかせかしたひしめき。自転車へ――弁当のゆわえてある――木銃をくくりつけるなり工場へ駆けだすもの。そのまま電車停留所、汽車の駅へむかうもの。ふうふういって家《うち》へ朝めしにかえるもの。それもはやくかきこんではやく出かけねばならぬ。折りしき、ホフク前進、いまやったまんまのなりでそのことをすっかり忘れている。いい年でしかられたいまいましさなど思い出そうものなら、何をぜいたくなと、我と振りおとして急ぎだす調子。瞬間でやられるぎょっとするほどのその精神のはやがわり。それと全く同じものがそこの広場にあった。散って行く十万人、その姿、足並み、連れとする会話、僕の耳のかぎり誰ひとり憲法のケンの字も口にしてはいなかった。あらゆることがあってそれがなかった。たぶん天皇たちも、あれから帰って憲法のケンの字でも話題にしたかよほど疑わしいと思う。たしかに泣いてた女学生はいたが皇后で泣いたのだ。憲法ででではなかった。中身を詰めこむべき、ぎゅうぎゅう詰めてタガをはじけさして行くべき憲法、そこへからだごと詰めこんで行こうとて泣きたい気になったものは国じゅうにもたくさんなかったと僕は断じる。

あの日はうつくしい晴れだっただけ、終ったとき日の暮れがくる感じがきつかった。仕事場へ行くか、映画見に行くか、闇商談のつづきへ行くか、家《うち》へかえるか、とかく家路をいそぐという姿がそこにあった。家路、家路、なんとそれが日本的に、あわれに、なつかしく、貧しく、見えるように見えただろう。家路、どこにこの人たちに家路があるのだろう。「せまいながらも」という歌が僕にうかんできた。「せまいながらもたのしいわがやア……」なんとかなしい文句、そしてなんとおかしな、大きな対照がそこにあっただろう。憲法のことがあったのではなかったかのような顔で、そこへ集まったのが憲法のためだったことも、いま憲法で鳩が飛んだことも皆なかったことかのようなふうで散って行く人びとのわが家《や》と、天皇皇后両陛下のかえって行くわが家と、家の大きさでなく、すこしおそくなれば出もせぬ追剝ぎに顎を引いて気をつっぱってとっとと急いで行く、電燈が切れて蠟燭《ろうそく》がないような細かい板がこい区切り、そこで、買物ぶくろをほうりだして、スカーツをまくって、ふくれなかったかどうか向う脛《ずね》をおやゆびの腹で押してみてほっとひと息つく娘たち、おやじたちと、あれから馬車で砂利みちをきしって行って、松の木のむこうへ見えなくなって、玄関、敷台をとおって奥へはいって、街のひびきも人間の声も聞えなくなったところで、生活がこだまを呼びださぬところまで引きこんで顔を見合わしてほっとひと息つける天皇たちと、わが家の感じ方、その何にほっとするかでの皮膚感覚の人間的なちがい、それをこそ、共産党が、国民に、しかし感覚的に教うべきものではないだろうか。じっさい憲法でたくさんのことが教えられねばならぬのだ。あれが議会に出た朝、それとも前の日だったか、あの下書きは日本人が書いたものだと連合軍総司令部が発表して新聞に出た。日本の憲法を日本人がつくるのにその下書きは日本人が書いたのだと外国人からわざわざことわって発表してもらわねばならぬほどなんと恥さらしの自国政府を日本国民が黙認してることだろう。そしてそれを、なぜ共産主義者がまず感じて、そして国民に、訴えぬだろう。あれを天皇は枢密院にかけて発布させた。発布「させる」。何だろう、これは。そして枢密院は、みなで百三条ある憲法を二十分で片づけてしまった。あれは、どんなものでそれがあれ、あの禿《はげ》あたまたちが二十分で片づけていい百三条だったろうか。手続きかも知れぬ。手続きならそれでよし。それならば、あれは、うしろのあの金屏風は、別の屏風だったろうか。焼けて新調したのか。あの前で御前会議があり、大将会議があった。それから右脇の帽子台。それからテーブルかけ。焼けて新調したのならなぜせめて天皇服なみに別品《べつしな》にしなかったろう。羞恥ということのない金屏風。いったい共産主義者は、写真でもわかる金屏風独特のあの光り方、あの上品で落着きのある照りに、胸がさされぬだろうか。メーデーは五十万人召集した。食糧メーデーは二十五万人召集した。憲法は、天皇、皇后、総理大臣、警察、学校、鳩まで動員してやっと十万人かきあつめて一分で忘れた。国民のこの実行による批判、せめて結果としての批判、それをばなぜ『アカハタ』が国民に確認させぬだろうか。それは共産党が、その主要任務の一つ、民族道徳樹立の仕事を、サボタージュしてることではないだろうか。

このことで、教師・生徒のあいだで実に考えさせられることが多いのだ。僕としては教師にも生徒たちにも言い分がある。僕は問題は正しく扱いたいと念願しているつもりだ。そしてこのことで、僕が心ひそかに重んじてるような生徒と衝突することがままあり、彼らが僕を軽蔑して、モーロクあつかいして右翼的だなどということがままあるのだ。——彼らは面とむかってさえ言う。むろん悪気でないことはよくわかるが、それでどれだけ傷つけられて僕が感じるか子供たちにはわからぬのだ。かと思うと、読みもせぬ本の言葉で左翼小児病的だなどという。僕は笑いだしたくなる。来春《らいはる》は孫が生まれるのだ。それはかまわぬが、長年教師をしてきて、つねづね重んじているような生徒から軽蔑されるのはつらいものだ。畜生、と思う。圧迫してやろうか。ほかに弾力をつけてやる方策がないと思うからだ。問題は天皇制と天皇個人との問題だ。天皇制廃止と民族道徳樹立との関係だ。あるいは天皇その人の人間的救済の問題だ。僕は反省してみてやはり僕が正しいと思う。その点『アカハタ』には、だから不満を持っている。その鼻さきへ、僕が内心重んじていて、彼らから軽蔑されるのが特につらいような生徒がガサガサがさつかせて『アカハタ』をさしつけにくる。

だいたい僕は天皇個人に同情を持っているのだ。原因はいろいろにある。しかし気の毒という感じが常に先立っている。むかしあの天皇が、僕らの少年期の終りイギリスへ行ったことがあった。あるイギリス人画家のかいた絵、これを日本で絵ハガキにして売ったことがあったが、ひと目見て感じた焼けるような恥かしさ、情なさ、自分にたいする気の毒なという感じを今におき僕は忘れられぬ。おちついた黒が全画面を支配していた。フロックとか燕尾服とかいうものの色で、それを縫ってカラーの白と顔面のピンク色とがぽつぽつと置いてあった。そして前景中央部に腰をまげたカアキー色の軍服型があり、襟の上の部分へぽつんとセピアが置いてあった。水彩で造作《ぞうさく》はわからなかったが、そのセピアがまわりの背の高い人種を見あげているところ、大人に囲まれた迷子かのようで、「何か言っとりますな」「こんなことを言っとるようですよ」「かわいもんですな」、そんな会話が――もっと上品な言葉で、手にとるように聞えるようで僕は手で隠した。精神は別だ。ただそれは、スケッチにすぎなかったが描かれた精神だった。そこに僕自身がさらされていた。「まるであれだ……」立ちあがって腰をまげた恰好《かっこう》で見られている姿から連想されたその「あれ」を、そのときも僕は、言葉では、心のなかででも言わなかった。ここへも書かぬ。それはできぬことで、またしてはならぬことだ。かくそうとしておさえた手は僕の人種としてのそれだった。それは純粋な同胞感覚だった。どうして隠さずにいられたろう。僕は共産党が、天皇個人にたいする人種的同胞感覚をどこまで持っているかせつに知りたいと思う。

もう一つ僕は同情することがある。いくつもある一つで、あれはいつだったろうか、天皇が病気になって皇太子が摂政《せっしょう》になったことがあった。僕らはいろんな噂を聞いた。クラスにいた或る代議士のせがれが、天皇発狂時の模様を手まね入りで自慢たらしく吹聴《ふいちょう》したりした。しかし僕が覚えているのはそれではない。新聞の隅にのった小さな水兵の口から出たエピソードだ。読んだ場所までちゃんと覚えている。それは改築まえの駅の待合室のベンチでだった。それはこういう話だった。いよいよ摂政が立ったので新聞記者が町の気分をききに行った。実はそのこと自身僕に新しい事件だった。天皇の病気で皇太子が摂政になるのはあたりまえではないか。何のため町の話などききに出るだろう。それは東京では、田舎《いなか》とちがってこれが事件であるらしいのを僕にわからした。大事件であるらしい。あちこちで感想をきいた記者が最後に駅で水兵を二人つかまえた。(問題には無関係だが僕は錯覚におちているかも知れぬ。僕は新聞を僕が駅のベンチで読んだと覚えている。しかし記者が水兵を駅でつかまえたことも同様よく覚えているのだ。）そのとき水兵がこういって記者に語ったのだった。「皇后さまがお気の毒です。」この言葉が実は僕にはよくわからなかった。記者が感動して書いていただけよけいそれがわからなかった。ただ何となし、政治権力にからまれた、あるいはそれにからんだ、そして法皇とか院とか、お家騒動、押しこめ隠居、陰謀とか毒殺とか、大名、貴族、王室など、外国でも日本でもあるそういうもの、それが森のように繋っているなかでの不幸な中年の女主人、そんなものを、多少陰気に、ただぼんやりと感じることができただけだ。それは水兵が、主人が病気になった——何とかいうだろう。法律に言葉がある。それを気の毒がっているのでなくて、摂政が立って生じた女主人の身分の変動、おもにそれを指して、実の母親がわが子を子とよべぬ仕組みのなかでの女主人というものを気の毒がっていたからだ。もしかあの水兵は、彼の家庭から特にそれを感じていたのかも知れぬ。このことで僕は実に彼らに同情する。このことでといってきちんと限定はできぬが、要するに家庭という問題だ。つまりあそこには家庭がない。家族もない。どこまで行っても政治的表現としてほかそれがないのだ。ほんとうに気の毒だ。羞恥を失ったものとしてしか行動できぬこと、これが彼らの最大のかなしみだ。個人が絶対に個人としてありえぬ。つまり全体主義が個を純粋に犠牲にした最も純粋な場合だ。どこに、おれは神でないと宣言せねばならぬほど蹂躙《じゅうりん》された個があっただろう。実地僕は、終戦後新聞に出る彼らの写真ほど同情できるものはほかにない。明治天皇などは写真屋をよせつけなかったものだ。だから彼の写真は（肖像画ではない。）非常に少ないのだ。しまいには、神武天皇の肖像を明治天皇に似せてかき、ほとんどおかしなことだが神武天皇に似せて明治天皇をかく画家さえあらわれたほどだ。終戦後の写真をどれ一つでも見たまえ。皇太子などでさえ笑って写しているだろう。どこかやんちゃなところもある坊《ぼっ》ちゃん。彼において、それは実在だ。それだのにそれをデモンストレートせねばならず、またデモンストレートさせずにはおかぬのだ。三日の『読売』の写真を見たまえ。皇后は彼女の責任で太っているのではないのだ。こっち向きなさい。そこで笑ってください。写真屋の表情までの指図の図以外の何でこれがあるだろう。せめて笑いを強《し》いるな。強いられるな。個として彼らを解放せよ。僕は、日本共産党が、天皇で窒息している彼の個にどこまで同情するか、天皇の天皇制からの解放にどれだけ肉感的に同情と責任とを持つか具体的に知りたいと思うのだ。

なぜこれをいうかというと、僕の問題でもあるが生徒たちの問題でもあるからだ。最近こういうことがあった。生徒がニュース映画を見てきて議論してるところへ行きあわせて、彼らが間違っていると思ったので僕が僕の意見を述べた。彼らがむちゃくちゃに反対した。できるだけ僕は譲歩したが、いかにしても彼らが非論理的だ。それを指摘すると今度は昂奮して喰ってかかってくる。ただ僕はニュースを見てはいなかった。しかしそれとこれとは別だからやっつけたまでだ。とうとう一人が言いだしてまだだと僕が答えた。凱歌、爆笑。僕は信念は動かなかったが見には行った。彼らが誤っている。彼らは誤っていた。しかしそれ以上僕がすっかり憂鬱になった。

それは千葉県行幸で学校だの農業会だのへ行く写真だった。そして、あいもかわらぬ口うつし問答だった。しかしそのとき、僕はあらためて、言葉はわるいか知れぬがこの人を好きになった。少なくとも今まで以上好きになれる気になった。新聞が書くようにこの人は底ぬけに善良なのだ。善良、女性的、そうなのだ。声も甲高《かんだか》い。そして早くちだ。そして右ひだり顔を振って見さかいなしに挨拶する。愛敬《あいきょう》を振りまくのではない。そんな手くだのあるものではない。何かを得ようとて媚《こ》びてるのでは決してないのだ。ロうつしだ。それ以上、そうするのが本人に気がらくなのだ。満州国皇帝日本来訪のときのニュースを僕は思い出した。あのとき天皇は駅へ出迎えに行った。そして皇帝を迎えて握手をして、それから宮様連中へいちいち皇帝を紹介した。それが善良そのものの図だった。つまり、威張ることを知らぬのだった。フォームで宮連中は一列横隊で並んでいる。天皇は、一歩ずつ横歩きして、かたかたっと止《と》まって、顔をぴょんと落して一人ずつ引きあわせる。ところで、一歩でとどかぬことがあり、そこで、一旦一歩で止まったのがもう一歩か半歩つけ足《た》さねばならぬことがある。すると必ず大急ぎでかたかたっと一歩横、半歩横をやり、上体をねじるとか、そういった才覚をいっさいせぬのだ。そうやって、横隊のむこう端まで、サーベルをおさえて、かたかたっ、かたかたっとやって行った。見ていてはらはらするほどそれが善良だった。

満州国皇帝対日本皇帝、皇族対天皇、この関係からも、それは、この人が、見えを張る、外見を気にする、威厳をつくろうというような点で普通人以下の感覚だったことを証拠だてていた。むろん同時に天皇の大様《おおよう》でもあっただろう。両者の統一、それの学者としての無頓着化ともいえばいえたかも知れぬ。この学者でも、世間以上僕は同情するところがあるのだ。それは、何というか、知っているからのことだ。僕の義理の遠縁（?）の男に舅《しゅうと》さまがあり、もと内務省につとめていた。衛生の仕事が専門だったが、軟体動物のほうの民間学者でもあった。いまは故人だが、それが正月年始まわりの途中ででもドブザラエをやることがある。よさそうなドブに出くわすといきなり紋付をぬいで鼻汁《はな》をすすりすすりかいぼりをやるのだ。

おばあさんの細君がののしってよく愚痴をこぼした。それが天皇に標本を貸したことがある。天皇は学会の報告かなどで標本のことを知っていたらしい。しかも献上などさせずにむしろ早目に返してきた。骨董好きの貴族などに比べて淡泊《たんぱく》なほどそこが学者らしく、あっさりしていた。そのころこのおやじが、日本ひろしといえども天子に貸しのあるのはおれだけさと自慢したものだが、レヴェルはともかく、学者であるかないかとなればあると僕が思うわけだ。とかくそういった無頓着が事実としてあり、それを僕は思い出したのだ。そこで甲高い早くちで「家《うち》は焼けなかったの」、「教科書はあるの」と、返事と無関係でつぎつぎに始めて行った。きかれた女学生は、それも一年生か二年生で、ハンケチで目をおさえたまま返事できるどころではない。そこでついている教師が――また具合よく必ずいるのだ――肘《ひじ》でつついて何か耳打ちをするが、肝腎の天皇はそのときは反対側で「家は焼けなかったの」、「教科書はあるの」とやっているのだからトンチンカンな場面になる。そうして、帽子をかぶったと思えば取り、かぶったと思えば取り、しかしどうすることができよう、移動する天皇は一歩ごとに挨拶すべき相手を見だすのだ。そうして、かぶっては取りかぶっては取りして建物のなかへはいって行った。歯がゆさ、保護したいという気持ちが僕をとらえた。もういい、もういい。手をふって止《や》めさして、僕は人目から隠してしまいたかった。暗いベンチの上で、僕の尻が浮きあがりそうだった。そのときだ。二階左側席から男の声で大笑いがおこった。見あげてみたが顔も姿も見えぬ。人がいることはわかるがまっくらいなかでの笑いだ。二十前後から三十までの男の声で、十二、三人から二十人ぐらいの人間がいてそれがうわははと笑っている。言いようなく僕は憂鬱になった。なるほど天皇の仕草はおかしい。笑止千万だ。だから笑うのはいい。しかしおかしそうに笑え。快活の影もささぬ、げらげらッというダルな笑い。微塵《みじん》よろこびのない、いっそう微塵自嘲のない笑い。僕はほんとうに情《なさけ》なかった。日本人の駄目さが絶望的に自分で感じられた。まったく張りということのない汚なさ。道徳的インポテンツ。へどを吐《は》きそうになって僕は小屋を出て帰った。

あれは闇屋かだったろうと考えたが、とかく彼らは完全に誤っていたのだ。彼ら生徒は完全に誤っていた。彼らはこんなことをいって作者を責めていたのだ。あのニュースは取り方がけしからぬ。女学生が泣いて万歳をいうのは天皇を神としてあがめる方向へ観客を導くものだ。彼らの非難したもの、それがそんな甲斐性のあるものだったらそれ一つで僕は救われていただろう。闇屋は別だ。元気な、かしこい、僕が敬意さえ抱いている僕の中学生らがおくれているのだ。道徳感覚上おくれている。どこが制作が反動的だ。彼らの妹、彼らの恋人、彼らの未来の妻たるあの女学生たちに泣く以外何が可能だったろう。泣く彼女らを入れて、泣かれるべき以外のどんなそれが全存在だったろう。理窟はわからぬでいい。感じられるべきだ。僕は説明して彼らに言った。それなら千葉の女学生に手紙を書け。先生・生徒両方へ書いて討論しろ。僕の生徒らはどうしてもそれはやらぬのだ。まだ彼らには、天皇の人間としての愚直さ、おそばつきの存在としての悪覚さがのみこめぬ。アンテナがないのだ。闇屋青年は感覚上白痴だ。しかし少年らはいらいらさせるものとして小っぴどくやっつけてやりたくなる。彼らは作者の批判などする前に、ぶざまに泣く女学生らに異性として腹を立てるべきなのだ。批判だなどと、なんと傍《かたわら》いたい一知半解だろう。何か一つ足りぬためですべてが足りぬ。共産主義者が足りぬためで日本人全体が足りぬ。低級な新聞記者、低級な弁護人と全く同じことが遍満しているのを感じる。あれのあとだったろうか、満州皇帝が来て法廷に立ったことがあった。あのときの新聞記事、あれを思い出すと今が今なさけなくなる。朝あれを読んだときは坐ったままからだの中身が飛び立つような気がした。なるほど関東軍は横暴だった。毒薬でおびやかしたのもほんとうだったろう。だからといって、命ほしさに傀儡《かいらい》になったことでそのことの責任がのがれられるとでも思いなさるか。詩でまで日本を讃美して扇に書かぬでもすんだだろう。皇帝になりたかったのだろう。どうだ。相手がへどもどすればするほど、自分の論理と雄弁に酔ってますますゆっくりたのしんで進む弁護士と、いい気になってくっついて走っている新聞記者と。日本でも名高い弁護士が、傀儡と傀儡師、満州皇帝と日本天皇との比較、関係に全く不感でしかけているあの汗ばんだながいサディズム、それを天皇と国民とそろって眺めている醜怪さについてなぜ『アカハタ』が鐘をたたいてゆすぶらぬだろう。国民として堪えがたい。おろかなりし人間の一人として堪えがたい。南京陥落のとき、僕は県代表で東京へ提灯《ちょうちん》振りに行ったものの一人だ。まだ東京はあった。提灯に火を入れて街を練って、最後に宮城前へ行って声をあげてそれを振った。すると天皇が、濠《ほり》をへだてて松の木のむこうでそれに答えて振った。あのとき僕らは、これで戦争がすむ、これですんでもらわねばならぬと、希望を入れてよろこびで振ったのだ。天皇も同じだったろう。虐殺と暴行とが南京で進んでいた。しかし僕らは、僕らも天皇もそれは知らなかったのだ。記憶をくりかえせば、僕らは、僕らも天皇も、これですむ、すんでもらわねばならぬという希望と願望とで、そしてそれをよろこびとしてあかい提灯を振ったのだ。もし天皇が不幸な旧皇帝を訪問して、日本の現在許されるかは別として、しかし許されるだろう、ふたりの不幸と不明とを抱き合って悲しんでわびたのであったら。事実として、天皇その人の天皇制が、提灯を振ったことでの愚かさを、たとえば玉木にわびるチャンスさえ僕から奪って行ったのだ。もし彼がそれをしたのだったら、僕はまっさきに、少なくともそのことを彼に許し、そのことで、僕自身許される慰めをつかむ機会を決してのがさなかっただろう。天皇は旧皇帝を訪問しなかった。旧皇帝の元の日本人しもべ一人が、裁判所の太い柱のかげで変りはてた旧主人に束《つか》の間《ま》面会した。

いったいこのことが、このこと、およびこれにたいする国民の無関心が、極東裁判の進行を侮蔑するものでないかどうか僕によく教えてください。旧皇帝を猿ひきに見はなされた猿として蹴とばしておいて、それで道義の頽廃をうんぬんするとしたらどこに頽廃すべき道義があるのだろう。恥ずべき天皇制の頽廃から天皇を革命的に解放すること、そのことなしにどこに半封建性からの国民の革命的解放があるのだろう。そしてどうしてそれを『アカハタ』が書かぬだろうか。道義、民族道徳樹立の問題をのけておいて、どこに国の再生があるだろうか。道徳樹立について、共産党、共産主義者以外だれがまっさきに責任を負えるだろうか。そうして、天皇と天皇制との具体的処理以外、どこで民族道徳が生まれるだろうか。そうして、そのことを、相対的にいちばん共産党が忘れていはせぬだろうか。先日の『アカハタ』の記事などその最たるものでないかと僕は思う。

「九月一日のアサヒによれば日本の民主化にともない皇族の『臣籍降下』が問題となり、七月の皇族会議で天皇もはいって熱論したとつたえている。新皇室典範は十一月に開かれる臨時議会に出るが、その際にも問題になるだろうというのだ。ところがいんちきな新憲法にさえうたわれているごとく、すべての国民は法のもとに平等であって、社会的身分または門地により政治的、経済的、または社会的関係において差別されないのがあたりまえ。いまさら『君』だの『臣』だの、はしごだんではあるまいに『降下』だなどとこんなバカげた話はない。こういう手数のかかる『天孫降臨種族』は日本人民からとりあげた金と米をおいて、高天原《たかまがはら》にかえってもらうほかはない。」

「日本の民主化にともない皇族の『臣籍降下』が問題となり」——そうなのだ。そういうこれは民主化なのだ。どこを押せばそんな音《ね》が出るか。どこに「臣」籍があるか。それをなぜ『アカハタ』が問題にせぬだろう。天孫降臨種族なら高天原へかえれ。どこに天孫降臨種族があるだろう。高天原行きの切符をくださいといってきたらどうするのだろう。そう僕は話した。すると反『アカハタ』派までがそろって喰ってかかってきたのだ。(僕らは生徒・教師いっしょ、『アカハタ』派・反『アカハタ』派いっしょの『アカハタ』読会《どくかい》をやっている。出るのに面倒くさいがやり方としてはおもしろいと思っている。)しかしすぐわかってきた。要するに彼らは、天孫だの高天原だのをやっつけるのが楽しいのだ。そして実地にはそれの現実の力を忘れることで満足しているのだ。筆者がまたそこへ導いているのだ。あんな馬鹿なことがどこにあるか。皇族の臣籍降下断じて許さずだ。どこに臣があるか。君の好きな歌人が「臣」で歌を詠《よ》んでいるだろう。「あめつちの清く明《あか》くしさだまりておんみづからを臣《おみ》と宣《の》りたまふ」あれは確か高松宮だった。僕らは田舎の学校で式をやってしまっていた。するとあとから県の役人が来て、それが歌好きか何かでわざわざあの歌を引いて説教の裏まつりをやったものだ。また実際あのときは、高松宮かが臣という一人称をつかったのだ。宮様さえ臣というので国民一般が輪をかけて臣にされた。その同じ八百長《やおちょう》がいま逆に使われようとするのだ。そしてそれこそ真正面からたたきつけねばならぬのだ。仮りに天皇、皇族が心からあやまってきた場合、報復観念から苛酷に扱おうとするものが仮りに出ても、つまりもし天皇を臣としようとするようなものがあれば——国民の臣であれ——それとたたかうことこそ正しいのだ。皇族だろうが何だろうが、そもそも国に臣なるものがあってはならぬ。彼らを、一人前《いちにんまえ》の国民にまで引きあげること、それが実行せねばならぬこの問題についての道徳樹立だろうではないか。天孫人種は高天原に行ってしまえ。それは頽廃だ。天皇制廃止の逆転だと思うがどうだろうか。『アカハタ』がそれだから、中学生などがいい気になってふふんと鼻であしらい、その実いつまでも、せいぜい民主的天皇に引きずられて仰ぐものとして心で仰ぐことになるのだ。

それからもう一つ。これは例の女学校のストライキだ。

「女人《にょにん》禁制、オオミネ山に女の登山をゆるすかどうか、坊主どもが論戦のあげく、『やっぱり伝統を守る』ことにきめたと思ったら、こんどはクマモトのある女学校で、断髪してもよいかとの生徒の問いに『イエス』と答えた先生を首にした。これは男女平等への途遠《みち》しなどと笑ってすまされない事件である。女学生に断髪を禁止したり、男学生にいがぐり頭を強要したりすることが人間の基本的権利の侵害であり、そういう非人間的な考え方をもってしては教育などとは思いもよらないということを気づかない点に問題がある。こういう血のかよわない教育者の生まれた根源は臣民あるを知って人間あるを知らない教育勅語だ。文部大臣はこれを万古不易の『自然法』だといったが二カ月もたたぬうちにお蔵にする訓令を出した。しかし彼らはこれを廃止しようとしない。そのうちにまたこれがいる時代がくると思い、それを乞い願っているのだ。働くにじゃまな長い髪といっしょにこんな前世紀の遺物は勇敢に切り捨てることだ。」

何を言っているだろう。偶然僕はやはりニュースを見ていた。女学生の登山に反対したのは「坊主ども」ではない。あれは山伏《やまぶし》だった。それから、学校ストライキ。これこそ肝腎ではないか。『アカハタ』の記事はてんでやぶにらみだと思う。教育勅語などどこに直接の関係があろう。だいいち、髪を伸ばそうが切ろうがそれは個人として自由ではないか。問題は、校長が禁止して、そのためには教師を首にしてはばからなかったということだ。「これは男女平等への途遠しなどと笑ってすまされない事件である。」筆者以外誰がこれを笑ってすまされる事件と思っているだろう。「非人間的な考え方をもってしては教育などとは思いもよらないということを気づかない点に問題がある。」どこにそんなことに問題があろう。髪の毛を切らせなかった。それで教師を首にした。女学生がストライキに出た。これらが問題なのだ。

天皇、臣問題、教育勅語、人間性、すべてこういう問題のこんな扱い方に僕は腹が立ってくる。せっかくの少年らが、古い権威を鼻であしらうことだけ覚え、彼ら自身権威となるとこへは絶対出てこぬというのが彼らの癖になろうとしている危険、そしてこれほど永く教師をやってきたものにとってやりきれぬ失望はないのだ。このことでかさねがさね失望をなめながら、それでも新しい希望が目の前に出てくること一つでわれひととともに教師がつとまるのだ。わるいあの癖こそが頽廃なのだ。実際のところ、僕は今でも生徒に好かれてると思っている。追放の心配も実地にはなし、されればされたでやって行く自信はあるのだ。しかし僕は、生徒らが僕をコケあつかいすることで、生徒とは別に、それに引きつけて教師のなかでものをいうやつがあってそれに悩まされるのだ。生徒が僕を右翼的だというと、ある種の教師がたちまちにしたり顔をする。いくら校長が新しがっても、要するに古く、要するに右翼的なんだ。生徒が小児病的だといえばいうで、たちまち彼らが年寄りの冷水《ひやみず》あつかいをして卑屈にからかうのだ。むろん僕は、そんなものを恐れてはおらぬ。ただ彼らとたたかうのがいやだ。おまけに生徒らが、結果として彼らに身方することになる。おまけにそれをさらに『アカハタ』がカヴァーすることになる。僕がやきもきして、なんでそれが追いつこう。まったく腹が立つ。問題は共産党だ。共産党が問題を先きへ先きへとやってくれれば僕のようなものが助かるのだ。僕は我利《がり》我利《がり》ではない。ただ僕は教育者だ。天皇制廃止は実践道徳の問題だ。天皇を鼻であしらうような人間がふえればふえるほど、天皇制が長生きするだろうことを考えてもらいたいのだ。そんなものがもし若いもののあいだでふえたらどんなことになるだろうか。僕の行きつけの床屋は大の反天皇主義者だ。そして無類の独断家だ。彼は天皇は公爵にする、そして千代田公爵ということにするのだといっているが、この床屋のほうが『アカハタ』のあれより実践的でないだろうか。

去年の八月十五日僕はぼんぼんといって泣いた。あのとき泣いたもののうちいちばん泣いた一人が僕だろう。僕はかずかずの犯した罪が洗われて行く気がして泣けたのだ。あのとき僕は決してだまされたとは思わなかった。しかしあれからあと、毎日のようにだまされているという感じで生きてきた。元旦詔勅はわけても惨酷だった。僕らはだまされている。そして共産主義者たちがだまさせている。これが僕個人のいつわらぬ感じです。教員のストライキにしても、文部大臣が教員をはりたおしておいて暴力に屈せずと宣言した。どうして共産主義者がそれを黙っているだろう。ラジオがストライキをやって放送を投げ出した。どうして共産主義者がいっそういいプログラムで放送することを、そして官僚と戦うのはいい放送をすることだということを国民に知らせるように忠告しなかっただろう。また電気労働者のなかの共産党員は、なぜ、変圧器をどしどし修繕して、ふやして、電球、電熱器を配《くば》って、駅や藪の下や焼あとの要所に街燈をつけて、農村へ電気を引いて、それで電動もみすり器をひろめて、その費用を政府もち資本家もちとして、争議が解決しても、ふやした街燈、農山村の電柱はそのままにすることにして、そこで争議になったら日本があかるくなったというようにするよう組合を動かさなかっただろう。なぜあのプラカードの問題で、あの文句以外のことを天皇制がしておらぬこと、健康な犬を狂犬と呼ぶのは侮辱だが、狂犬を狂犬と呼ぶのは侮辱でないこと、またそれは狂犬と呼んで適当に処置せねばならぬこと、プラカードを書いた当人が天皇を侮辱したのでなく、天皇が存在として国民の名誉を毀損しているのだことを国民に訴えなかっただろう。なぜ共産主義者が、最近三十代六百年間引きつづきメカケ腹に生まれて、それはそんな言葉ではないが、そしてやはり引きつづいて正妻を持たなかった天皇が、国と民族とにとって何のシンボルだかということを国民に説明せぬだろう。なぜ共産主義者が、むかしその運動が思想運動といわれたことがあったのを忘れたかのように、国民の思想的啓蒙の仕事を原論の希釈《きしゃく》にこんなにまだまかしているだろう。なぜ——そうだ。僕はいつか『アカハタ』でメカケのことを読んだ。事がらは忘れたが、メカケにたいする軽蔑の気味がその文にあった。メカケを軽蔑せよ。それは軽蔑されるべきだ。しかし共産主義者よ、メカケが一人のこらず女だったこと、弱い性だったことを思い出してくれ。女でも金持ちはメカケにならなかったことを思い出してくれ。美しい、たのしい肉体、彼女らはそれ一つをつかうほか生きる手段がなかったのだ。メカケをメカケ所有者から切りはなさぬで考えてくれ。しかしメカケ持ちについてさえ考えてくれ。家《いえ》とその法とが、そんなことでやっと恋を恋として変則に成り立たしたこともあったろうことを考えてくれ。

　何よりもあれを止《や》めてくれ。圧迫されたとか。拷問されたとか。虐殺されたとか。それはほんとうだ。僕でさえ見聞きした。しかし君自身は生きているのだことを忘れないでくれ。生きている人よ、虐殺された人をかつぐな。生きていること、生きのびられたことをよろこべよ。そうして、国民が国民的に殺され拷問されたことを忘れぬでくれ。このことを考えてみてくれ。たくさんのわる気のない青年が、こちらから拷問し、暴行し、虐殺しさえしたのだということを。彼らのあるものは、この辺でもあった、国内ででさえ、工場《こうば》近くの村むすめたちに集団的に暴行したのだ。暴行される域を越えて、自分から暴行するところまで追われ暴行されたのだ。いま生きて、君らの話を演壇の下から聞いている青年ら、彼らは、殺されなかったということとそれ一つでいま生きてるのだ。たくさんの人が殺されるのを見てきた。たくさんの仲間の死骸を捨ててきた。場合いかんでは殺しさえして生きのびてきたのだ。そのことを知り、しかも彼らには、彼らを正しく支える精神の柱が与えられていなかったのだことをよく知ってくれ。死者をおそったそのものに君自身どう対したかをしらべずには決して死者を誇るな。そうでなければ、それはフギ氏に対した日本天皇、日本弁護士と同じことになるだろう。そうだ、そしてそれでこそあの強い指導者らをたっとべるのだろう。非転向、世にもプロザイックな音《おん》で呼ばれてきたあの十何年、十八年、それを音楽のようにほめることができるのだろう。彼らを宝ものとせよ。そしてそれを民族のものとせよ。民族の道徳をそこへと基礎づけよ。大臣、大将、公爵、天皇、大資本家、大地主、およそ天皇をかこむこの連中の腐敗した道徳と、ここにものの音《ね》のように鳴る高い道徳の基礎とを、手短かにも卑近にもその質のちがいで見えるように説明せよ。彼らを考えると、それを生みだしたのがこの民族だということだけで僕にもかざせる気がされてきて僕は泪ぐむ。ああ、僕のわるい生徒らもこういう子供を笑うことはできまい。また笑わぬだろう。それが僕の最後の最後の未練だ。

このごろも僕はおやじのことを考えた。そして彼がときどきに見せたむかしの目つきをやはり保護したい気持ちで思い出した。僕のおやじは正月や祭りには金ピカを着て県庁へ行った。それが彼には気に入っていたのだ。彼は署長だったが、正直な署長がもしあるとすれば彼がそれだというふうな人間だったからそれは正当だといっていいだろう。署長だからにはあらゆることをしただろうと僕は思う。しかしただすべてを子供たちのために堪えたのだ。そうして、もし言えるとすればそこには精神の一面がふくまれていたのだ。小心翼々として、子のためには取れる賄賂《わいろ》も取らずに我慢するというのがその場合の彼の精神だった。中学生だった僕にはおやじの職業は全然無関係だった。はじめて高等学校に行ってからそれが気になりだした。しかし同時に父がそれを気にしだしたらしいことが事ごとに僕にわかってきた。茶の間で着つけをして、母や妹の小さな讃嘆の目を受けて一服すい、そこで僕がすぐ次の間にいるのを知りながら、その服装のときにかぎって顔も見せずにまっすぐ玄関を出てしまう。何か言えばかえってわるかろうと思ったから、僕のほうもそのときにかぎって出なかった。茶の間で一服くつろぎ、精神で肩をすぼめて僕の部屋わきを通り、表へ出てつぎの電柱あたりでほっとする様子、それが坐っていて靴おとでよめるというようなのがいつもの具合だった。そのおやじの年に僕はなった。そうして僕は、心からおやじを愛惜して彼のようにあるまいと思い立っているわけだ。子供、孫と意見がちがったら、僕は彼らを抱擁して、それから壁から銃をおろして彼らと反対のトーチカへも行こうと思うのだ。これは多分どこかで昔よんだ話かも知れぬ。ただそうあろうと思うしそれが確かにできそうに思うのだ。それは僕自身から、僕の家庭から、それから日本から、日本の共産主義者からという方向で来た問題でもあり、そこでそこへ返って行く問題でもあるようだ。しかしわけのわからぬようなことを書いたが僕は、共産主義者と僕のとこの生徒なんかとを取りちがえているわけではない。僕はただ——共産党とはいわぬ。——一部の共産主義者の考えの色合いで小さい生徒らが芯止《しんど》まりになるのが堪えられぬのだ。その点、寝て考えたりすると非常にたくさんのことが考えられ、共産主義者よりももっと共産党を心配している男というふうにすら自分を考え、思いこんでおかしくなることがある。そこで気づいたことが今夜その一部を書いたようなことだ。十六か十五ぐらいの少年たちが、山林何町歩、資本いくらというような面でだけ天皇を論じてそこ以上進まぬのが僕にはいちばん気にかかるのだ。今うんと伸ばさねば政府が網をうってさらって行くように見えてならぬのだ。

ことに最近もう一度失敗のようなことをやった。今度法律で戦死者の葬式のことがきまったが、あれを知らずに、というよりあれの発表の性質を知らずに僕が反対をしたのだ。戦死者の葬式を学校でやってどこがわるい。町会も出ろ。生徒も出ろ。おおやけにそこで葬《ともら》いをしてこそ戦死者の犠牲の意味がみんなにわかるのだ。公共の建物をつかわぬとか自治体がどうとかいうのは、それこそ侵略戦争のワクのうちで戦死者を犬死させるものだ。そして僕のこの失敗が片づくか片づかぬかのところへあの国語教師が帰ってきたのだ。最初の通知で僕は大歓迎の準備をした。これは肚《はら》のなかで決めたのだ。僕には法の範囲内でほんとうに盛大にやる目算があった。この歓迎で戦死者のともらいも逆に生かしたいというのがそのときの僕の考えだった。同僚で、ひとりだったが同じ考えの申入れもすでにあった。そこへおっかけて細君から連絡があり、それが普通でないので、細君のところへ駆けつけて行って、僕は自分の早手まわしを、形にまだ出てはいなかったがひどく後悔した。この梅本という教師が、健康ではあるが、鼻、耳、くちびるがほとんどなくなって帰ってきたことがわかったのだ。これはくわしく話さねばわからぬだろう。梅本夫妻、親子は稀な一対《いっつい》・家族なのだ。ふたりともこの近くの人だ。そして梅本が美丈夫なら細君はちょっとない美人なのだ。彼らはこの町で大きくなり、童男童女として恋愛し、童貞処女として結婚に進んだのだ。僕は仲人《なこうど》こそしなかったがそれ以上の役をつとめた。だから二人については人の知らぬことまでよく知っている。彼らは純粋で、肉体的にもそろって強く、互いの美しさを十二分に享受しつつまっすぐに子供を生んできたような人だ。その梅本が、簡単にいえば、耳は耳たぶ二つともなし、鼻は突出部がなくなってじかに孔だけあり、くちびるは歯ぐきすれすれの線まで取れたという形で帰ってきた。細君に頼まれて僕は細君よりひと足先きに梅本に会った。そして、結局家《うち》へ連れて行った。その後見ていると彼らは堪えている。彼らは、子供をふくめて、今後とも立派に堪えて行くようだ。しかしいかに困難があるだろう。考えて僕は目まいがする。傷痍軍人として受ける手当のことも無論ある。インフレと全く無関係にここには値上げがないということも問題の一つだろう。しかしそれよりも、人まえへはぜったい出ぬというのが一番の問題なのだ。席はむろんまだ学校にあるが、梅本自身は止《や》めたいといっている。止めるといっている。それをよせということは、むろん僕にはできぬ。しかし病気ではないのだから、これをどう取りあつかうか——ここいらはやはり教師だ。——僕としても決しかねているわけだ。梅本と話すのは、彼の家族以外は天下に僕ひとりだ。僕が困るのは、相手の目だけ見てでなければ話ができぬことだ。耳や口はまだいい、鼻の部分へ目をやるまいとするのは僕としてひととおりならぬ努力が要る。美男美女でないからよくはわからぬが、僕は美男美女としての彼ら二人のこと、特に細君のほうを考えてその言いようのない惨酷に目の前が暗くなる思いをする。とにかくにも惨酷だ。よし子のことを考え、考えることをよし子に気の毒に思いつつ、玉木がこんなで帰らなかったのをいいことだったとさえ思うことがよくある。そうして、死んだほうがよかったと考えるような人が日本でどれだけあるかと考えて心が落ちこみそうになることがある。それは、梅本の細君が梅本がいやになることがありはしまいかと懸念するというようなことではない。不《ふ》穏当《おんとう》な言葉をいとわねば、梅本夫人における梅本の美しい肉体の破壊が、よし子の出版のことで玉木を悲しむなんどより、どれだけ深刻かはかり知れぬ気がすることがあるということだ。どうか共産党よ。このことを知っていてくれと叫びたくなることがあるということだ。実際ただ、天皇と天皇制とまで行かねばすべてを取りあつかう条件ができぬのだ。しかし夜が明けてきて手もとが怪しくなった。決心をする決心をしたということを書いたが、そのことは説明しずにしまったようだ。いったい僕らがいくらで生きているか、また君らは巡査の元のサーベルがいくら目方があったか知っているか、あれが廃止されて新しく採用されたこのごろの棒、あの棒と昔のサーベルとどっちがたとえば前うでの骨を確実に打ち折ることができるか知っているかというようなことも書きたかったのだ。しかしほんとうに明けてきた。五勺のクダか。しかしすべての年寄りの冷水が消え得るということも事実ではないか。そしてやはりこの項つづくだ。

# 厭がらせの年齢

丹羽文雄

**丹羽文雄**（にわ・ふみお）　一九〇四―二〇〇五年。

三重県生まれ。四日市の浄土真宗の末寺の長男に生まれる。早稲田大学国文科を卒業。

一九三二年、『文藝春秋』に発表した「鮎」でデビュー。子の立場から親を描く『青麦』（一九五三年）『有情』（一九六二年）など、風俗小説『海面』（一九三四年）『運河』（一九五七―五八年）『献身』（一九六〇―六一年）などの作品があるが、晩年に『親鸞』（一九六九年）『蓮如』（一九八二―八三年）の長篇がある。三〇年にわたって月刊文芸誌『文学者』を自ら刊行する。

一九七七年、文化勲章受章。日本文藝家協会理事長など歴任。

夜の便所へ、廊下を行くと、「どなたですか」出しぬけに必ず声がかかった。静かな声で、待ちかまえていたというほどではないが、おどろいて寝とぼけた調子とも違っていた。宵から一睡もしていない、冴えた頭から出る声である。声だけで、その部屋に誰かがいるという感じは少しもあたえないのである。闇の中から、声だけがぽかりと抜けてくるようであった。闇の中でも、年をとった女の声調は紛《まぎ》れもしないのである。ぎょっとさせる。そこにうめ女が寝起しているということは忘れていないにしても、不意を衝かれる。「あたしよ」通行人はいちいち自己釈明をしなければならない。それが孫娘の仙子や瑠璃子の場合なら、何でもなく通るのだったが、伊丹の時には、一ト言の挨拶もして貰えない。無視される。しかし、無視されるだけならその夜はうめ女にとって運はよいのだと言わなければならない。或る夜の如きは、そこを通ると必ずぎいと鳴る廊下の或る箇所のように、「どなたですか」と声をかけると、跫音《あしおと》はぴたりととまった。

「わしだよ、婆さん、何か用かね」

うめ女としては、足音の主に一ト言の返事をして貰えば、気はすむのである。いや、返事も当てにはしてはいない。そこに足が来れば、いかなる場合にも、ぎいと鳴る廊下の軋《きし》りのように声をかけるにすぎないのだった。闇の六畳の牀《とこ》で、うめ女は背を丸めて、石のように動かない。声をかけたくせに、自分の口がそう動いたということさえ、はっきりと意識に置かないのである。

「何か用かね、婆さん?」うめ女は黙っている。言うことは、もちろん何もない。「やり切れんよ、婆さん、自分の家じゃないか。ここはわしの家じゃないか。自分の家のどこを歩こうと、わしは誰にも許可を得る必要はないんだ。いちいち咎められて、たまるものか。第一婆さんは、いま何時だと思うんだ。真夜中じゃないか。夜になると、夜どおし目をさましていて、昼間は死んだように睡っている。まるで盗人だ。気味の悪い、ぎょろ目で、みんなが寝静まっているこの家の中の様子を伺っている。みんなの寝息をうかがっている。その恰好を考えただけでも気持が悪くなる。夜はみんなと一しょにおとなしく睡るんだ。年寄りなら年寄りらしく、もう少し可愛げのあるように振舞って貰いたいんだ」

ただでさえ静寂な真夜中に、声を張りあげて極めつけたので、家中のものが目をさましてしまったのは仕方がない。案外、隣家にも聞えたろう。隣家といっても、生籬《いけがき》と一間の道路をへだてているだけに、時々隣家で便所の戸を閉めたり、廊下を歩いたりする真夜中の音を、自家《うち》のように錯覚をすることがあった。伊丹がぷりぷりして寝室にかえって来ると、「どうしたの、お婆さん?」と、仙子が枕許のスタンド・ランプをともしていた。

「不愉快だ、自分の家という気がしないんだ。あの婆が、舌をぺろりと出しているのがよく判るんだ。狸婆め、いやがらせをしているんだ。何もあの婆に、いちいち許可を得て、便所に通わなければならないという道理はないんだよ」「退屈だからお婆さん、何となく声をかけてみたくなるのよ。一ト晩中起きているんだもの」「お前は身内だから、何でもなく思えるのだろうが、わしには万事が厭がらせとしか思えないのだ。猫被りじゃないか。ぬすっと婆じゃないか、ひとが見ているところでは、歩行も難儀らしく、切なそうに、よたよたと、足を摺って歩いているが、誰も見ていないとなると、しゃんと腰をのばして、とっとと歩いている。壮者のようにしゃんと歩いている。誰かに見られると、とたんに、立っているさえ、やっとの思いだという芝居をしてみせるのだ。わしには耐えられんのだよ。ちょっとでも人目がないと、この部屋にしのびこんで、引出しをあける。手あたり次第に盗んでいくんじゃないか。わしはうちに泥棒を養っておくだけ、気持は寛大ではないんだ」「だけど、もう八十六歳よ、昔からの癖で、ひとにものをやることが好きだったたから、しょっ中何かを持っていたくて、あなたのものを取ったのだけど」「わしの財布から、金を盗んだ」「子供にかえっているのよ」「冗談じゃない、あの小さなからだの中には、八十六年間の悪業の澱《おり》がこりかたまっているんだ。金が欲しけりゃ欲しいといえばよいじゃないか。誰もやらないとは言わないよ。それを黙って盗むという根性《こんじょう》が、わしには我慢が出来ないのだ。何かやる相手がいなくなってるのに、やはり盗人根性は直ってないじゃないか。美濃部が疎開にかこづけて婆をこちらに押しつけてよこしたのも、あそこでも我慢が出来なかったからだ。第一あの婆のために、お前ら姉妹は年中いさかいをやってるんじゃないか。たらいまわしにして、たらいをまわされた家が、家庭をめちゃくちゃにされて、——癌だよ。あの婆が生きている間は、お前らは安心して姉妹が愉《たの》しく交際が出来ないんだ。ほうり出してやるがいいんだ。明日にも、外につき出してやるがいいんだ。いま時は、誰だってあそんで、何もしないで食べていることは出来ないんだ。働かざるもの食うべからずじゃないか。野倒《のた》れ死にするなら、死ぬのがいいんだ。わしは、ふっと自宅《うち》にかえるのが嫌になると、したくもない宿直をやった方がいいと、度々会社で泊って来るんだ。自宅にあの婆がいるかと思うと、自宅にかえる気もしなくなるんだ」「働けたって、そりゃ無理よ。それに追い出したなら、お婆さん、あなたの名を言うわ。美濃部の名をいうわ。養老院に入れるにしたって、こちらに扶養能力がない場合に限るんだから、断られることは極ってるでしょう」

「そういうことを、あの婆は、ちゃんと計算をしているんだ。ひとくせも二タくせもある婆なんだ。わしは近い内に、一週間も二週間も続けて会社に泊るようになるかも知れないよ。お前だってやり切れないだろう。婆が来てから、三ヶ月間、わしはしょっ中苛々《いらいら》してるんだから」「これはもう理窟では、どうにもならないことなのね。あたしは、ただあの虱《しらみ》には困るのよ。汚いったらありゃしないわ。気をつけてあんなに風呂に入れているのに、昨夜も、何気なく自分のふところをあけてみたら、大きいのが一匹いたわ。ぞうっとしちゃったわ」「しかも、食気だけは一人前と来てるんだ。配給ということがてんで判らなくて、こちらがけちけちしてるとばかり思ってるんだ。飯ぐらい腹いっぱいに食べさせたっていいだろうと、恨んでいるんだ。恨んでやると憎まれ口を叩いてるじゃないか。わしの呪いには間違いがない、呪った奴は必ず死ぬと言ってるんだ」「いつそんなこと言って?」「この間だ、ほら、大宮から、もと婆が下町で使っていたという松子が来た時に、松子にそう言ったというんだ」「若《も》しそれが本当なら、わたしも考えなくちゃならないわ。世話をしてやりながら呪われていちゃ、そんな理窟に合わないことはないわ」「お前ら姉妹は、何もあの婆にそれほど世話になっていないじゃないか。お前も幸子も、自分の力で結婚してるんじゃないか。だからあの婆は、お前らはちゃんと結婚式をあげていないから、野合だと、今だに厭がらせを言ってるのだ」「美濃部のところへ、かえしてやりましょうか。三ヶ月世話をしたんだから責任は立つわ」「幸子が何と言おうと、仕方がない。ほうり出すわけにいかないなら、それ以外の方法はないんだからね」「幸子たちは、終戦間際に山村に疎開してるんだけど、何もそうそうちが犠牲になることもないわね」「お前ひとりの婆さんじゃないんだよ。お前はあんまり人が好すぎるんだ」

その結果己の好人物をこひどく罰する意志のもとに、仙子はうめ女を、茨城県下の、今だに電燈のない山村の、農家の二タ部屋を借りている美濃部のところへ、荷物のように運ぶことに極めた。なんだかんだと、本人達にとっては切羽つまった理由を見つけたにしても、内容は厄払いして、伊丹家の団欒を回復することが急務であった。一人の老女のために、主人が二週間も宿直を続けるなど、不合理千万である。ところで、八十六のうめ女がひとりで汽車にのって、未知の山村に辿りつくことは常識で考えられず、と言って、首に荷札をつけて、送りっ放しにもならないのである。若しそれが出来ることなら、どんなに助かることか! しかしいずれにしても、この度の覚悟については、仙子も節義とか分限の上ではからりとした気持になれなかった。そこで、二十歳になる妹の瑠璃子に向かい、

「美濃部や幸子が、いやだと拒んだところで、無理にも押しつけて来るんだよ、伊丹やあたしは、そのために美濃部と喧嘩別れになってもかまわないんだからね。喧嘩のつもりで、押しつけて来るんだよ」

それは絶対命令であった。妹は五尺三寸で、骨組も太く、炭俵二俵分にも足りない小柄な祖母を運ぶにはうってつけであった。何もそのためにわざわざ大柄に育ったわけではなかったが、まるでそのためのよ

うに姉の目に映ったのは事実である。祖母は下駄をはけば、歩くことが出来ず、一町と歩けず、まして駅の橋の上り下りは不可能なので、背負わねばならない。この場合背負うということは、単に肉体の労力の問題だけにとどまらないのである。若し少しでも若い女の虚栄心というものを考えてやる心があったならば、年頃の娘が、汚い八十六の女を背負った恰好は、同情なしでは眺められないからである。

「お前なんか、お婆さんには随分世話になった方だから、それくらいのことはしてもいいだろう」と仙子は妹に言った。

ちなみに、仙子達の両親は早く亡くなっていた。そのことが彼女達の最大の不幸であった。どちらかが残っていたならば、祖母の世話から逃れられたであろう。女三人、男一人だが、弟の啓吉はまだ復員していないのだ。たとえ復員してきても、一家をもつ力がないので、啓吉は問題外であった。仙子は四十三、幸子は三十六である。美濃部はフランス帰りの洋画家で、三人の子供があった。終戦の年に東京の家は焼かれ、山村に疎開をしたが、いつ東京に出て来られるか、当はないのである。仙子の家はこの戦争で損するものは何もなかった。戦争中も、ずうっと女中を使い、子供はもともとなかった。畳数や部屋が多いので、戦災者や引揚者の割込みに怯えているが、町会長がうまく報告してくれたので、割当をのがれていた。新聞で共産党や社会党が、邸宅の解放を叫んでいるのを見てから、一家は共産党と社会党がいっそう嫌いになった。

「美濃部もいい加減自分勝手じゃないの。今までお婆さんの世話をしていながら、家が焼けたから疎開をするからって、そのためいやなお婆さんをこちらに押しつけていくなんて法はないのよ。死ぬほどの思いでこの家を、焼夷弾から救ったのは、何もお婆さんを引きとるためじゃなかったのよ。最後まであたし達は東京にふみとどまってたんじゃないか。並大抵の苦労じゃなかったのよ。だから偶然にたすかったのを、これ幸いと、美濃部あたりに利用されちゃ耐らないわ」

妹は祖母の着換を包んだ風呂敷包をさげ、うめ女を背中に結びつけて、台所から出ようとすると、仙子が背中にそう言った。この姉に向かって口返答は、一切まかりならないのである。うめ女は目を開いて、末孫の背に結ばれているが、仙子の言葉をどう聞いたものか。今さら汽車にのったり、電燈もない寒い山村に運ばれるなど寿命が縮まるほど辛いことであり、嫌なことだが、嫌であろうと、どのように辛かろうと、己の運命は孫の手の中に握られている、自分の薄命な生涯についてどう歎いてみたところで、また、仙子の最後の言い分に強烈な感銘をうけたにしても、それを表に現すことは出来なかった。「ほんとうにお婆さんは、癌だわ。お婆さんひとりのために、あたしたち姉妹は仲良くやっていけないのよ。お婆さんだって、うっかり永生きしたために、姉妹を仲違いさせるだけに役立つことになろうとは思いがけなかったでしょう」と末孫は背中をゆすりながら、駅に向かって歩いた。近頃は切符も満足に買えないので、伊丹が会社の顔で、往復一枚、片道一枚を手に入れた。これも苦心の結果であるが、伊丹としては最後の忍耐のつもりであった。ところでうめ女はすでに子供のように還っているとはいえ、日本人に珍しく胴が短くて、脚が長かった。尻のところで両脚をひろげて結びつけると、長い、細い脚の膝頭が、瑠璃子の腿《もも》をギブスのように締めつけた。とても歩きにくかった。子供なら、胴が長くて、脚が短いので、背負うにふさわしく、背中というものはもともと子供を背負うに出来ている工合である。八十六歳にもなると、もはや、肉体を背負うという意味よりも、八十六年の全履歴を背負うことになるので、このように背負うべからざるものを背負った不自然な感じと、歩きにくさが生じるのであろう。

汽車の中では、今どき奇特な人もいて、若い娘が年寄りを背負っているというので、席を譲ってくれた。丁度向かい合いに、同じような年頃の老女をつれた、三十すぎの女がいたが、「お年寄りをどちらかへお連れになるんでしょう?」と話しかけて来た。「わたしの方もそうなんですよ」それで瑠璃子とその婦人は、二人だけにひしと通じ合う複雑な苦笑を交し合った。同病相憐む気持である。「どちらさんも、年寄りには、ほんとうに泣かされてしまいますわね」誰からも興味をもたれず、認められず、大切にされなくなったといったところで、冬の蠅を何の感動もなくぴしゃりと叩いてしまう風に、老人を殺してしまうことはできないのである。一日生きておれば、一日だけ子供や孫に迷惑をかける存在、——もうあとには死ぬことだけが残されている存在、——本人も一日も早く死にたいであろう、永生きすればするだけ悪口を叩かれ、憎まれ、永い生涯中のもっとも分の悪い記憶だけを残すにすぎない存在! 「おいくつですか、お婆さん?」「八十六ですの」「わたしの方は、丁度八十ですのよ。どうして八十まで生きてるんでしょうかね、生きてたって、何の役にも立たず、当人ももう生きることに飽き飽きしてるんですけどね。配給制度をちっとも判ってくれなくて、みんなが意地悪をするのだと、すっかりひがんでいるんですよ。人一倍食慾だけはあるんですの」「あたしの方も、そうなんですの。普通の人以上に食べますわ。一日じいっと坐っているだけで、よく食べられるものと、不思議になります。それでいて、ちっとも胃を害《そこ》ねないんですわ」「ごはんを食べる化物ですよ」「ええ、そうなんですわ。化物ですわね」二人の化物は、自分のことが喋られているとも心付かぬ風に、移り変る車窓の風景に、うつろな目を向けていた。まわりの人々も二人の女性のいつわらない説明には心を動かされた。期せずして二人の老女に目は注がれるのだったが、それは人間を見るというよりは、何か珍しい長寿の植物か、長寿の動物に注がれる眼差《まなざし》であった。喋る当人達も、見物衆も、自分たちが二人の老女と同じ生理的約束や宿命や共通点をもっていることは忘れているらしい。若しも彼らが、いつかは自分らも長生きをすれば、人生の厄介な荷物となって、窓からほうり出されるわけにもいかず、日に三度ごはんを食べねばならず、生きるよろこびも失ってしまい、それでもなお生きていなければならない無惨な運命に間違いなく落ち入るものだという理解や想像が出来たならば、いい加減然るべき怖気《おじけ》を感じて、ひとごととは思えなかったに違いないのである。自分らだけは、このような死にそこなって恥を晒す老人の組にははいらないのだと思っているらしい。

四時間の汽車中は、大して面倒な事件も起こらずに、目的の駅に着いた。駅前の交番で、美濃部たちの疎開先を訪ねると、ここから一里半はゆうにあるというのだった。若い巡査は、気の毒そうに生きている荷物を眺めやった。「バスがあるんだが、近頃は日に二回、午後のはもう一時間も前に出てしまったのでね、もっともそのバスも途中まで行くだけで、バスを降りてから半里は歩かなければならないのだが……」一刻も早くこの厄介な荷物の肩代りがしたいと、瑠璃子は歩き出した。今にして、姉が最後の言葉に託したよくよくの感情も、妹にはよく判るというものである。瑠璃子は一里半の道を歩きとおす覚悟だった。駅のある町はすぐに切れて、あとは小山を切り開いた新開道路になった。三町と平坦な道はなかった。炭俵二俵より体重は軽いにしろ、半里も歩くと、瑠璃子は汗をかいた。「脚が痛いよう、一と休みしたいよ、瑠璃子、道ばたでよいから降しておくれよう」「何言ってるのよ。一と休みしたいのは、あたしの方じゃないの。負ぶさっていて、贅沢言ってるわ」「だけど、脚がちぎれるみたいに痛いんだよう。腋の下にも紐がくいこんで、痛いんだよう」「永生きするから、いろんな罰が当るのよ」「脚が痛いよう」「仙子姉さんを、呪い殺してやるなんて言うから、追い出されるんじゃないの。おとなしくしておれば、あそこにいられたのよ。あたしだって、こんないやな思いをしないでも済んだんだわ」「腋の下が、痛いよう。脚が痛いよう。脚が痛いから……」邪慳に瑠璃子は背中をゆすぶった。ゆすぶると意外に手応《てごた》えがあり、瑠璃子もつられて、ふらふらになった。彼女はすでに額に玉の汗をかいていた。全身の知覚が急に鈍感になったかのように、寒さを少しも感じなかった。赧《あか》い顔になった。通行人が、二人を眺めてとおった。「降しておくれよ。脚が痛いよう。死んじまうよ」「何いってるのよ」「お願いだ、瑠璃子さん」「ふん、何かたのむ時には、芝居もどきの猫撫声ね。それだから嫌われるのよ。ちっとも素直じゃないんだわ」田舎道なので、方角に迷うということはなかった。一つの坂を降りると、前方に田圃《たんぼ》と丘と森が展《ひら》けて見えた。深く空気を吸った。自分の胸が拡がるように感じる。胸壁がみしみしと快い音を立てて、ひろがるのを感じたが、もしも背中に八十六の女を背負っているのでなかったならば、どんなに愉快に、素直に、美しい景色を鑑賞することも出来ただろうと思った。「おろしておくれよ。死んじまう」孫は取りあげなくなった。すると、うめ女の嘆願もいよいよ必死となり、「死んでしまうよ、助けて」と叫ぶようになった。孫はいっそう腹をたてた。その内にうめ女は、効果を考えるようになり、誰か前方から歩いてくると、その人の耳にはいるように、「助けて！　死んじまう！」八十六にしてはびっくりするほどの肉感的な高い声をあげた。通行人は驚いて、立ちどまった。瑠璃子は仕方なしに、その人の顔に微笑してみせた。「仕様のないお婆さんね。もうすぐじゃないの。辛棒するのよ」言訳をしないではいられないのである。通行人は安心して通りすぎた。都会に遠い田舎の人々は、他人の不幸には同情しやすくて、その朴訥《ぼくとつ》な顔には、善良な作用をうけつけやすいと描いている。うめ女はそれにつけ込もうとする。一回目で失敗すると、二回目と、それがまた失敗すると、「お助け下さい、よそのお方、わたしゃ、死んでしまいます。殺されてしまいます」両手をひろげて、宙に振り、哀れな孤児のように、通行人に救いを求めるのだった。その度に、瑠璃子は苦笑をうかべるのだったが、見知らぬ通行人に対して、照れて微笑をしてみせる自分の顔が、追々と鬼女の面相になって来るような気がするのである。「そんなに言うなら、おろして上げるわ。もう二度と負ぶってやらないから」乱暴に結んでいる紐をほどき、丘の傾斜に向かって老婆をおろした。が、ほとんどそこにほうり出すようにしたので、うめ女はしたたかに腰を打った。無意識にとび上ろうとして、力足らず、上体はのめって、そこの溝にうつ伏せに倒れた。両手はあっても、いつからか自分の体を支える役目は怠っているので、支えるに足る力がとっさに出なかった。溝にはどろ川が流れていて、水成岩で囲まれていた。額と頬をすりむいた。肩から胸は泥にまみれた。うめ女は倒れたまま動かなかった。頭の方が少し傾斜になっているので、よけいに起き上りにくいのだ。溝に這いつくばった恰好は、首を絞められた鶏が、井戸端にほうり出されたのに似ていた。人間は思いもよらぬさまざまな環境に置かれるものであるが、この溝にほうり出された格好は、さまざまな環境の中にも、めったに類似はない風に珍しく、異様に見えた。瑠璃子は顔の汗をぬぐった。胸もとから手をつっこんで、腋の下や、手の届く限りの乳房のあたりを拭った。瑠額際の髪は水をかぶったように濡れていた。その間、うめ女は溝に這って、のびていた。助けを呼ぶ気力も起らない。このまま死んでいく人のように無力に見えた。片脚はまくれて、膝頭の上まで現しているが、痩せた手と錯覚しそうな細り方であった。骨と皮ばかりという形容は珍しくないが、滋養分をとれば、またもとに太るという場合の痩せ方とはちがって、いくら食べても営養分が筋肉の方にまわらなくなった高齢の痩せ方は、何とも致し方ないのである。うめ女の腿のあたりの皮をつまんで、右の方にひっぱると、つままれた形のままで停止してしまう。すておけば、またもとに戻るということがなかった。うめ女の肉体の上では、もはや腕であろうと足であろうと、役にたたない点では大して区別はない。区別の必要をそれほど感じない肉体である。

「どうしたのけ」

おだやかな、太い声が降って来たので、瑠璃子がふりかえると、四十がらみの農夫が、這いつくばったうめ女を眺めていた。同情心を起すよりも、先ず、どうやら好奇心を動かしているらしい。「S村は、まだ遠いでしょうか」「S村かね。お前さんたち、S村へいくのけ？　半里はあるだんべ」「まだ半里あるんですか」「おら、S村の近くへけえるんだから、おらが負ぶってやるべ」「背負って下さいますか、すみません、ありがとうございます。あたし、もうどうしようかと、途方にくれていたんですわ」農夫は軽々とうめ女を溝から抱きあげた。すりむいた額と頬の血はあざやかであったが、あとが続かないのだろう、一定の血が出ると、ひとりでにとまっていた。うめ女は瑠璃子に支えられて、やっと立った。泣きごとも、よろこびも口を出なかった。ジャワのワーヤン人形のように長い手と脚をひとの力で動かした。農夫は背負ったが、その足つきは背負わない時と少しも変らなかった。「いくつだんべ」「八十六ですの」「ほういいおばあちゃんだぜや」そのあとは、農夫はぴたりと口をきかなかった。自分の老母を背負っているほど農夫は何気なく歩いた。時間と距離は急にはかどって、たちまちS村が見える橋のとこまで来た。瑠璃子はそこで肩代りをした。農夫はふり向かずに、戻っていった。彼女は新鮮な力で、祖母を背負う気持だったが、訪ねあてた美濃部達の百姓家の表庭にはいっていった時には、祖母をここに運んで来た理由が、皆無であったという恐しい絶望に気が付いた。甥が彼女を見付けて、「瑠璃子姉さんが来たよう」と三人、集まって来た。「お婆ちゃん、また来たの?」幸子はその騒ぎで部屋の障子を開けた。瑠璃子は一言の言訳も出来ず、先ず腰の高い縁側にうめ女をおろして、帯紐をといた。自分はいま深淵にのぞんでいる気だった。幸子は蒼くなって、妹を睨んだ。「どうしてお婆さんを連れて来たのよ?」「仙子姉さんが、つれていけって言ったから……」「子供の使いじゃあるまいし、瑠璃子はいったいいくつになってるの。こんな山の中に、お婆さんを連れてくるなんて……? 仙子姉さんのいうことを、はいはいと聞いて、連れて来る馬鹿があるの? この家をごらん。あたし達五人親子は、この家の二た部屋を借りているのよ。窮屈な生活よ。だからお婆さんを仙子姉さんに頼んだんじゃないの。あそこは、焼けなかったし、部屋数も多いし、子供はなし、女中さえつかっているんじゃないの。お婆さんを世話するには、もってこいのところよ。お婆さんのひとりぐらいがどこにいようと、ちっとも邪魔にならない筈よ。今までは美濃部がお婆さんの世話をしてたのよ。焼け出されたから、だから仙子姉さんのところに頼むとお婆さんを預けたのに、たった三ケ月で、お婆さんを追い返すなんて、それじゃあんまり非常識すぎやしない? 勝手すぎるじゃないの。くらしに困っているというのならともかく、仙子姉さんの家は闇肥りじゃないの。誰が聞いたって、ここへ連れてくるなんて、無理よ。間違ってるわ。見てごらんなさい、一室は八畳だけど、親子五人がねるのよ。簞笥やトランクや行李で一杯よ。次の六畳は火鉢やら食卓やら茶簞笥やら、子供の本箱やらで、ろくろく坐る場所もないじゃないの。いったいどこにお婆さんを置けというの」瑠璃子は仙子の非常識と、わがままの分を代って叱られているので、頰をふくらませ、赧《あか》い顔をしていた。四時間の汽車と、苦しい背負いの道中を経て、しかもよろこばれずに、頭ごなしに嚙みつくように叱られることは、――多分そうなるであろうと考えていないわけではなかったが、甥や、農家の子供のいる前で、がみがみと呶《ど》鳴《な》りつけられると、泣きべそをかくより仕方がなかった。「仙子姉さんは、喧嘩をしてもよいから、お婆さんを押しつけて来いって言ったのよ」「喧嘩? それじゃ初めからこちらが困ることを承知でやったことなのね」そこへ美濃部が現れた。「お婆さん、また来たのかね」と、廊下から一段高くなっている閾《しきい》に跼《かが》んだ。苦い顔だった。冬の陽は、廊下を赤く染めていた。前方にひかえる山々の頂は、塗ったように赤い。「あたしには、仙子姉さんの気持が判らない」すると瑠璃子が、「伊丹の義兄《にい》さんは、うちにお婆さんがいるなら、会社から帰らないというのよ。いく日でも宿直室で泊ってくると言うのよ。三日とつづけて、家では寝ないの」と言った。「伊丹がお婆さんを嫌っているのは、昔からのことだけど、姉さんまで伊丹と一しょになって、お婆さんを虐待することはないのよ。あんまりだわ。あんまりひとを馬鹿にしているわ。お婆さんがしゃんしゃんしてて、役に立ってた間は世話をしていて、役に立たなくなって、邪魔になると、こちらに押しつけてよこしたんじゃないの。でも、何年か美濃部は世話をしてたのよ。今度は疎開しなければならなかったから、頼んだのよ。それを承知で、また押しつけるなんて、こちらの不便な疎開生活のことはちっとも考えてくれないのよ。やることが気狂いだわ」美濃部が口を挿んだ。「まあ、そう言うな。どちらにしたって、こちらの負けさ。世話はしかねるといったところで、こう本人を持って来られては、引きうけなければならないじゃないか。しかも、伊丹じゃ、このため喧嘩をしてもよいと言ってるんだろう？　徳義とか忍耐とか犠牲とか、そんなものは薬にしたくも持っていない連中のやることだ。自分の家さえ面白おかしくやっていけたら、それでいいんだ。お婆さんを押しつけたことは、宣戦布告だよ。左封じの喧嘩状だよ。ところで、こちらは明らかに負けなのさ。まあ、いい、何とかしてやっていこうよ。お婆さんの葬儀は、美濃部から出して上げることにしようよ。社会道徳なんて、全く無力なものだね。結局、世間というところでは、伊丹夫婦のようなのが常に勝利者なのさ。不愉快な奴は誰かれの容赦なくほうり出して、自分の思ったとおりずばずばとやってのける奴が、勝ちなのさ。それだけあんまり非常識だろうと、倫理とか犠牲心ということが無意味になると、口をすっぱく言ったところで、先方じゃ馬の耳に念仏だよ。法律じゃ、もちろん、何とも出来ない問題だからね。まあ、いいさ。ところで、お婆さん、どうだ、驚いたろう。その顔はどうしたのか。泥と血がついてるよ。お婆さんは東京の下町育ちだから、こんな山の中に来て、面くらったろう。お婆さん、ここじゃ電燈がつかないのだよ」見なれない山村の風景に、うめ女は、大して面白くもなさそうな目を向けていた。自分が呼ばれているのに気が付くと、ちらりと美濃部を眺めて、漠然と頭を下げた。一度下げると拍子がついて、三度四度と両手を縁側について、額を板にくっつけた。「お世話になります。ごめんなさい、ごめんなさい」と、一応まともな挨拶の出来るところをみると、八十六でも、そうそうぼけてばかりもいない風であった。

瑠璃子は一ト晩とまって、帰京した。往復切符のためもあったろうが、昔から妹は幸子の家より仙子の家を好んでいる。幸子の家にいると、三人の甥の世話を押しつけられるので、やり切れないのだ。仙子の家庭は万事が派手で、愉しいのである。交際がひろく、闇屋が入りかわり立ちかわり出入していた。だから と言って、幸子にいやみを言われる筋はない。一度しかない青春を、甥の世話などで潰したくはない。仙子の家庭から祖母を追い出したことについては、自分の意見もかなりあるのだったが、実行力の伴わない意見は感傷にすぎず、不満は胸の底に畳んでおく。

○

一週間ばかり胸が痛いとか、腰が痛いと言っていたが、瑠璃子にほうり出された結果である。が、直った。

「……因果なお婆さんよ、一番手塩にかけた仙子姉さんや瑠璃子には嫌われて、ほうり出されて、それほど面倒もかけなかったあたしのところにころがりこんでくるなんて、考えてみれば気の毒でもあるのよ。死んだ母など、よく言ってたわ。仙子は長女でも、ちっとも自分の子供のような気がしないって……それほど、お婆さんが独占して可愛がっていたからよ。お父さんだって、思うように仙子姉さんを叱ることが出来なかったわ。うっかり、仙子姉さんを叱ったり、打つようなことがあると、お婆さんが二人の間にからだを投げ出して、仙子を打つなら、さあ、わたしを打ってくれ、あたしを殺せって下町仕込みの啖呵《たんか》をきったものよ。盲愛とは、よく言ったものよ。ほんとうに盲目だったわけね。八十六にもなって、一番可愛がっていた仙子姉さんに、追い出されてしまうなんて、自分の盲目に、今になって、うんと思い知らされていることでしょうよ」「この地方には、かかりっ子という習慣があるらしいんだね。つまり、大勢の子供の中で、特に自分の老後の面倒をみて貰う子供を、子供の内から極めてかかるのだよ。うちのお婆さんのように、悲惨な思いをするくらいなら、かかりっ子の打算も、賢明な方法と言わなければならないよ。経験の教えた結果かね」

六畳の隅に小さい蒲団を敷き、炬燵《こたつ》をかかえて、うめ女は、枕屛風で囲われた。障子を隔てて廊下であるが、そこが美濃部たちの台所になっていた。窯《かまど》は軒下にまる出しである。疎開者の窮屈な生活状態は、惨めというよりは、ままごとあそびに似ていた。縁側が料理場にもなった。うめ女は障子の破れからのぞいている。誰もいないと、そこにあるマッチや、ふきんや、小刀を盗む。ほしいとは言わずに、黙って自分のものにしてしまうのである。孫娘のものなら祖母が自分のもの同様に扱っても差支はないのだが、そのやり方は、明らかに窃盗《せっとう》であった。人目を忍び、すばやくやってのけるのである。その敏捷な手つきは、陰険極まる動き方である。その手つきを眺めていると、これは決して一朝一夕に習得したものではなくて、そうした手つきにならずにはいられなかったという特殊な環境を思わせた。それほど電光石火の早業であり、巧妙であり、その瞬間の瞳の鋭い光り方にいたっては、これはとうてい八十六歳の手腕とは思えなかった。ところが、うめ女は、いい加減な生れではなく、歴とした家筋の出であった。盗みなどという習癖は、後天的なものであり、盗みということに常人では考えつかない或る種の快感を見出しているのかも知れなかった。或るあそびの昂《こう》じたものではないのか。

温かい陽が当っている間は、幸子が抱いて、うめ女を縁側に運ぶのだった。背を曲げて、日向《ひなた》ぼっこをしていて、眠っていくことがある。眠りすぎて、ころりと縁側から転倒した。中途できれいに頭を下に一回転したが、かすり傷一つうけなかった。棚の達磨《だるま》が落ちたので、もとのところに拾い上げた。自分が頭から一回転したことも、うめ女は頭脳の中に残さない風である。小さい顔であった。白髪も上頭部は疎《まばら》になっているが、まわりにはふさふさとしていた。眉は太くて、二ケ所に固まっていた。窪んだ眼もと、筋のとおった高い鼻、小さい、品のよい唇、瓜実型《うりざね》というのだろう。若い頃の美貌を想像することは、それほどむずかしくなかった。近年になって、額から上頭部にかけて、色素が現れていた。そばかすのように点在しているが、一つ一つが大きく、日によってそれが濃い褐色となり、また褪せた色になった。美濃部は職業柄、じいっと相手を見詰める癖がある。その目で眺められると、うめ女は照れて、笑っているが、しまいに横を向いてしまう。肚《はら》をたてて横を向くのではなく、目の前にいる人を無視してしまうのである。そのやり方は思い切った、すさまじさであった。動物が無用心に横を向く白々しさを連想させる。人間の場合なら、技巧や習練で打てる芸当ではなく、是非とも八十六という尨大《ぼうだい》な年齢の裏打なしには打てない無表情ぶりであった。

或る時、東京から美濃部の友達が訪ねて来た。六畳で話をしていると、うめ女がのっそりと枕屏風から姿を見せた。

何の気配も感じさせず、まるで幽霊のように立ち上るのである。慣れていても、ぎょっとする。「越後の人ではないかしら」とうめ女が問うた。「違うよ、お婆さん、東京からの僕の友達だ」「越後の人とは違いますか」「お婆さんの知った人ではないよ」うめ女の頭に越後が現れるようになったのは、その頃からであった。うめ女の知合の越後の人間ならば、八十歳を越えていなければならないのだったが。越えていようと、いまいと、そんなことはいっこうに差支はなかった。越後から誰か自分に逢いに来るという観念が、ぽっかりと青空に浮く白雲のように現れたのは、死期の近いのを感じるせいであろうか。

うめ女は、越後の生れであった。二十一歳で結婚をしたが、赤い手柄《てがら》の丸髷で、良人《おっと》と共に東京に出て、それきり今日まで越後に一度も帰らなかった。生れ故郷を出て、六十年間も帰らないということは、尋常のことではない。よくよく一徹な気性である。越後には本家なるものが残っていて、幸子の記憶の中でも、二三度、本家の人がうめ女を訪ねてきている。この本家が由緒《ゆいしょ》ぶかい家柄で、往年源義経を一ト晩とめたことがあるというのである。泊ったか泊らなかったか、記録も残らず、一片の伝説にすぎないのだが、伝説が棲喰《すく》う程度に古い家柄であったことは、話を半分にしても信じられるというものである。うめ女は一女を得た。そして三十二歳の時、つれ合いに死別した。以来五十三年間の未亡人生活である。未亡人には年限はないにしても、せいぜい永くて二十年前後が相場というものである。あまり永く生きのこっては、墓の下のつれ合いに逢わす顔がないではないか。あまり永く生きることは、つれ合いの顔や感じを忘れてしまうという絶望を考えねばならない。それなのにうめ女は、傍若無人に生きも生きたり、五十三年も墓の下に行かずにいる。今後まだ何年墓の下に行かずにいるか判ったものではない。後家の名前を良人と共に墓石に彫りつけるには、二人の名前を並べて、一方は生きているというしるしに彫ったあとを赤色で塗る習わしであるが、いわゆる赤い信女《しんにょ》も五十三年生きのびてしまうと、墓石の赤色もすっかり色が落ちてしまうのだった。四十年配の良人の写真を所持品の中に蔵っていたが、うめ女は一代法華《ほっけ》で、写真に香華《こうげ》を立てることを忘れなかった。拝む人と拝まれる人間の年齢があまり開きすぎているので、せいぜい拝む人の子供か、孫に当るのではないかと誤解をうける危険があった。しかし、その写真も美濃部の家が焼けた時に、消滅してしまうと、うめ女は写真のことも、法華経も何もかもいっぺんに忘れた人になった。最近は殊に、宗教では捉えられなくなっている。宗教の観念が人間を捉えるには、或る程度の年齢の限度があるらしい。人間は、遺憾なことに、この限度を越えても、なお生きる力を持っている。先頃この村で、八十八の老婆が死んだ。二年間は糞尿の中に生きていた。目は見えないが、食欲は旺盛なので、おまるを腰に結びつけていた。這いまわるので、用をすましたおまるをひっくりかえし、顔やからだにくっつけて、牢屋のような暗鬱な日を送っていた。農家では、清潔という衛生思想の大切なことは十分に判っていても、それをやる人間がいないのだ。老婆は糞尿の中で二年間を生きぬき、死んだ。その部屋の二畳の畳は裏返しもならず、田圃《たんぼ》の畦《あぜ》で焼いたが、死臭に似た匂いが終日山村に漂った。また或る農家では、現に七十九の老婆が糞尿にまみれて生きているが、糞を粘土のようにこねて、細工をほどこし、孫がくると、「ほら、ねじんぼう、くれるぞう」と、気が狂っている。危険はないのである。宗教はこれらの人々の頭を越えて、もっと若い、感受性にとんだ男女のふところにすべりこんでいく。宗教に見放されるか、自分の方からうけつけないか、いずれとも判らない。しかし、老人は生きている。

「困ったお婆さんね、いつになったら覚えこむの。廊下に出たら、左へいくのよ。左の廊下のつき当りが、便所なのよ。毎晩毎晩、お婆さんに起されているんじゃやり切れないわ」

と、幸子が口を酸っぱくして教えるのだったが、電燈のない、農家の真夜中は、うめ女を毎夜途方にくれさせた。そのためうめ女は、夕方からは出来るだけ水をのまないことにしているが、こう寒くては、二度は便所にいかねばならない。まっくらがりの牀《とこ》を出るが、とたんに右と左の方向を間違えてしまうと、どこに障子があり、唐紙があるのか判らなかった。うめ女はやむを得ず、手さぐりで這ってみる。いくら這っても、障子にはぶつからない。左に廻ってみるが、手にあたるものは何もない。空漠たる広野にほうり出されたように心細い。せめて火鉢か、食卓か、そういった人間臭いものに手がふれたら、このやるせない、おそろしい孤独感は救われるのだと、なおも闇の中を這いまわるのだった。随分這って歩いたつもりだが、うめ女は一ヶ所で左へいったり、右へいったりして、まったく距離感を失っていた。いくら這って歩いても、出口は見付からなかった。「どうしたのかね、わたしは、いまどこにいるのだろう」と、闇の中で顔を挙げる。また手さぐりであたりを探す。せまい六畳で、しかも部屋の調度品で埋まっているようなところで、永い間、何にもぶつからずに、空々漠々の心細さを続けているなど、これは却って奇蹟の振舞いだった。「幸子さん、幸子さん、後生《ごしょう》ですから明りをつけて下さいませんか。わたしはどこへいったらいいんでしょう。幸子さん、助けて下さいよ」隣の八畳では、すでに美濃部と幸子が物音で目をさましている。その内に、どしんと障子にぶつかる音がした。軈《やが》て、その障子に両手をかけて、さぐっている気配であった。「お婆さん、表の方の障子を開けているわ。仕様のないお婆さんね」と、幸子が起きていき、六畳でマッチをすると、うめ女は寝巻をふり乱し、必死になって違った方向の障子につかまっていた。

うめ女は、マッチを使用することを禁止されていた。ところきらわず摺ったり、火のついているのを捨てるからである。この頃は一ト晩に三回、後架に立つ。先ず牀を出て、自分の前の障子を開ける。開ける場合に、手のかかった場所に細心になることは出来なかった。手にさわったところを、どこでも構わずしっかりと摑む。そのためいくら貼っても、障子は破られてしまう。うめ女は障子をしっかと摑んで、立ち上る。廊下に出る。それから左手で障子にさわりながら歩く。ざらざらざらと、掌一杯の音をたよりに歩いていく。その音が切れたところが便所であった。障子を道案内に押えて歩く音で、夫婦はいや応なしに目をさまされる。毎日三回は目をさます。ところが便所の戸の前で、また一ト苦労であった。戸の把手《とって》がどこについているか、これも暫くは右手であたりを撫でまわす。なかなか手にさわらない。やっとの思いで手にさわると、ああ、ここに把手があり、把手のおかげで戸は開くのだと、いちいちその意義をかき立てるようにして、大きな音を立て把手を引き、戸を開けるのだった。その間、生理的要求は抑えていなければならない故、把手の意義を見出すことは生死の関頭に立ったほどの重大ごとであった。用をすませて、出てくると、とたんに左右の記憶に迷い、あたりをいくら手探りにしても、障子にぶつからないことがあった。来る時は左手で障子にさわっていたのだと、左手をたよりに探りまわすのだが、左手にさわるものは雨戸の方で、八枚の雨戸をしまっておく場所が、いきなり廊下から凹んでついているので、そこへ迷いこんでしまうのだった。まっすぐには歩けず、左手はすぐつき当り、つき当った側を手探りに歩くと、すぐにまたつき当ってしまうのである。そこが廊下つづきに戸袋であるという秘密が納得出来ず、暫くうろうろしていると、「幸子さん、わたしはどこへ歩いていけばいいのでしょうか。助けて下さいよ」ということになった。

手洗い鉢の水を飲んで、幸子に叱られたが、やめなかった。炬燵《こたつ》の火をいじりまわして、消しては叱られた。消えると、「火を下さいよ。寒くて死んでしまいそうです」と、火を貰うまで根気よく繰返し言っている。抑揚のない声で、喋っている本人は喋っている意識もない風に喋っている。炬燵蒲団をこがしては叱られる。家人がいないと、枕屏風から抜け出して、茶簞笥の引出をあけ、手あたり次第に盗んでくる。盗んで来て、どうするという目的もなく、ただ盗まずにはいられない。盗んだものは蒲団の下にかくしておくが、毎朝幸子に掃除をされるので、隠匿物は脆くも発見されてしまう。それでも懲りずに盗みをはたらく。それがボタンであったり、封筒であったり、紐であったりする。病気のようであった。病いといえば、近頃うめ女は耳が遠くになったようである。ようであるというのも、必要な時には、普通のように聞えるからである。叱られる時には、聞えないふりをする。防御の姿勢である。が、年が年なので耳も遠くなったのだろうと、幸子も信じないわけにはいかなかった。うめ女は生葱を食べたがった。曾孫《ひこ》の九歳になるのが、二三間はなれてうめ女に向かい、普通の声で、「お婆ちゃん、葱をあげようか」と言った。当然聞えない範囲であり、もっと大きな声で叱られても、きょとんとしているのだった。うめ女ははかりごととは知らず、身をのり出した。「葱？　ああ、葱がたべたいんですよ。頂戴よ」「わあい、お婆ちゃんの勝手つんぼ！　計略にのっちゃった」

うめ女はさすがに、山村の生活に参っていた。食物は土地柄貧しいのは仕方がないとしても、電燈のない不便には懲懲《こりごり》しているし、やはり仙子の家が恋しかった。「仙子のところへかえりたい」炬燵にうずくまりながら、思わず口に出すのだった。「仙子姉さんを、呪ってやるなんて憎まれ口をたたくから、追い出されるんじゃないの。おとなしくしておれば、伊丹だって、そうは嫌わなかったでしょうにね。身から出た錆よ」「ああ、わたしは仙子のところにかえりたいよ」これでは美濃部の面は、踏んだり蹴ったりであるが、もともとうめ女は自分の感じだけを言うのであり、自分の言葉のこわい責任には心はなかった。「僕は初めからうめ女お婆さんに対しては、言亡絶慮といった立場でのぞんでいるのだから、僕の立場に気がねすることはないよ」美濃部は妻に言っていた。

ところが、仙子がS村の近くの温泉に来て、自分ひとりが自動車でのりつけ、ふもとから上って来た姿を見かけた時には、美濃部は自分の目を疑った。農家の庭に無言ではいって来た仙子を眺めて、幸子は息も出来ないほどに顔色を変えた。今にもとびかかって、くちばしで突っつき合い、脚で蹴り合う二羽の軍鶏《しゃも》のように殺気立った。うめ女を押しつけただけではまだ全部ではなくて、押しつけられた相手の様子は如何にと、他人の傷口を自分の手で開いてみたいのか、そこにどういうもくろみがあるのか、いずれにしてもこのような訪問をうけようとは、美濃部夫婦も想像はしていなかった。

「いらっしゃい。まあお上りなさい。ごらんのような二タ部屋の生活です。台所は廊下のはしで、竈《かまど》は雨ざらしです。疎開生活はこんなものです。こういうところへ、お婆さんを引きうけているのですよ」

感情を抑えて、美濃部は辛うじてそう言った。「そりゃね、あたしの方だって、よくせきのことだったのでね……」と、漠然と言訳やら主張やら判らないことを口にして、仙子は部屋に上って来た。幸子は表庭から、身を震わせて、「伊丹の義兄《にい》さんが、お婆さんを嫌うなら、美濃部だって嫌っていいいんですからね。お婆さんはあたしひとりのお婆さんじゃないわ。女中を使って、子供もなく、大きな家に住みながら、お婆さんの一人ぐらいの世話が出来ないなんて、あんまりエゴイストすぎるわ。あたしに姉さんがなければ、お婆さんを引きうけるのも仕方はないんだけど、このままじゃあたしは我慢が出来ないわ」仙子としては、妹の言葉はどの言葉も覚悟の上であったろう。自分ならそう言うにちがいないと思われる言葉が、妹の口から噛みつくようにとんで来た。どの言葉も急所をついているので、返す言葉がなかった。仙子はここへ来た時から喧嘩腰の昂奮の表情であったが、いっそう血の色を失うと、俄かに立ち上った。そそくさと、草色の皮の草履をつっかけたが、

「姉さんがない方がいいのなら、今日限りないことにしたらいいじゃないか。お前の方だって、少しは考えてみたらいいんだ」

そこには農家の人々も出ていたが、仙子は目もくれず、ゆるい坂道を半分駈けるように帰っていった。幸子は唇を噛んで、見送った。蕭條《しょうじょう》たる冬枯の山村の中を、都会風の派手な衣裳がひるがえるのは、印象的であった。四十三とはいえ、仙子は若造りの方であった。仙子は自動車のところへ戻ってくると、「お婆さんは可哀そうだわ。美濃部は虐待してるんだわ。そうじゃないかと心配して来たんだけど、やっぱり想像どおりだったわ。部屋の隅で、屏風で囲われたりして、あれじゃ人間扱いじゃないわ」と片足をステップにかけ、ひとり言を言った。が、何となくそこに来合わせたS村の住民らしいのに、聞いて貰いたかったのである。あいにくその人は、幸子と親しかったので、かねて噂の姉とはこの人かと、「美濃部さんたちも、間借りでは窮屈しているんだぜや」と応《こた》えた。すると仙子はいそいで車内にはいった。車は走り出した。

仙子の捨台詞《すてぜりふ》が後日幸子の耳にはいった時のもようは、ここに持ち出すまでもないだろうが、はからず

も幸子の友達の身の上に起ったと同じことが、自分の上にも起ったのだと皮肉に思わずにはいられなかった。友達の姉妹も、母親ひとりを手古摺《てこず》りながら世話をしていた。姉夫婦が北海道に転勤することになると、姉は母親を突然妹のところにつれて来た。「姉さんは死んだものと思って頂戴」と言った。姉が死ねば、母の面倒はいや応なしに妹がみなければならないからである。ところがこの姉が、いよいよ北海道に渡るという時に、再び来て、母の扱い方がぞんざいだと、姉の立場から叱りつけたというのである。「日本人の倫理、道徳というものは、ほとんど書物の中に置き忘れになっているようだね。書物を読まない人達が、それを忘れてしまうのは無理じゃない」と美濃部が述懐した。「どこの家庭だって、いやいやながら老人を扶養してるのね。この村にも、疎開者の間借の二家族のところへ、それぞれ奥さんの母親とか、祖母とか伯父を無理やりに押しつけられて、困っているのよ。S村もとんだ姥捨山《うばすて》になったものよ。ね、アメリカには、近代的で、衛生的で、明朗な養老院というようなものがあるんでしょうか」「あるようだね。老人は自分の老後に必要な額だけを財産の中から取ると、それをもって養老院というようなところにはいってしまうという習慣があるらしい。そうした方が老人も助かるし、家族の方も救われるのだ。世間もそうしたことを、当然のことと考えているらしいから、日本の養老院行のようにじめじめはしないのだ」「いつだったか、老人ホームという小説を書いた小説家の後日譚《ごじつだん》をよんだことがあるわ。架空の養老院なんだけど、そこはうんと文化的な明朗な老人ホームで、そこに集まる老人達は、みなそれぞれ相当の家庭の人達なのよ。だから費用にはけちけちしてないのよ。老人達は毎日、子供や孫の自慢話をして、老人同士で気持も合って、愉《たの》しく送っているの。その一人が死ぬと、びっくりするほどの高級車が迎いに来るんですって。みんな自家用車なのよ。そして老人のなき骸《がら》を運んでいくという筋だったわ。その小説を発表すると、方々から、そういう老人ホームはどこにあるのかと、問い合わせの手紙があんまりたくさん来たので、小説家がびっくりして、あれは創作ですと釈明をしたっていうのだったわ。そういう老人ホームを要求するのは、どこの家庭でも真情だと思うわ。日本の今までの養老院は設備が悪く、扶養能力のない人のために、仕方なしに世話をしてやるのだという観念から出来ているだけに、老人ホームの必要を痛切に感じていながらも、誰もアメリカ風の老人ホームの実現にのり出さないのね。一つには日本の家族制度が間違っているのよ。誤算をしているのだと思うのよ」「そうだ、日本人は離ればなれになった方が、却って人生が幸福に送れるという考え方を、家族制度の中に持ちこまないのだよ。ところで、そういうホームが出来たなら、いの一番にうめ女を送り込むか」「とたんに還《か》えされるか知れないわ。ひとのものを盗む癖があるから、共同生活が出来ないという理由でね」「しかしあれは、赤の他人のものを盗むというのとは違っているよ」「どちらにしても、共同生活の出来ない悪い病気よ。ひとの引出を開けることは、楽しいものだとお婆さんは白状してるんだから」「ところで、お婆さんがああひがんだ心根になってしまったのは、半分は、孫達が思ったように優しく世話をしてくれないところから来ているんだが、死んだ両親の代りに、お婆さんに孝行をつくすという気にはならないものかね」「孝行て、どんな孝行？　あたしひとりが貧乏籤をひく孝行？」美濃部は微笑しながら、「孝は百行の本《もと》と、翁《おきな》問答にも書いてはあるが、孝は人倫の根本で、孝がなければ忠も徳もないというよ。もっとも忠は、今日流行しなくなったが。時代によって流行したり、すたれたりする項目を挙げているのでは、中江藤樹も考え直す必要があるが孔子は、孝行の定義をいろいろと言っているよ。たとえば、孟懿子《もういし》に向かっては、違《たが》うこと勿《なか》れと言っている。正しい道に一致するようにと言うのだよ。正しい道というのが抽象的すぎるが、樊遅《はんち》に対しては、親が生きている間は、いつも誠心をこめて仕えることが孝行だというのだよ」「それも、あんまり一方的な言い方ね」というのも、——先日、子供が竹とんぼをとばして遊んでいた。勢いづいたのが一つ、部屋にとびこんでいくと、「あっ、痛たた！」と悲鳴が挙って、屛風の背を鷲づかみに、片手で頭を抑えたうめ女が、はったとばかりに庭を睨んだ。「どの餓鬼だ、何しやがるんだ、畜生！」曾孫ならずとも顫え上ったほど悪鬼のような形相《ぎょうそう》で声を高めた。竹とんぼはうめ女の頭の一部を破っていた。そこから血が滲み出た。それをかねてからくすねておいたふきんで拭った。「お婆ちゃん、血のついたハンカチを大切に持っているよ」と子供に教えられて、美濃部が、「そんなものをどうするつもりか」と訊いた。うめ女はふところから、仔細ありげにふきんを取り出すと、まん中を開けてみせた。血はすでに変色していたが、血であることは確《たし》かであった。「一生の記念になる。ひとに見せてやる」対等の口吻であった。美濃部はただならぬものを感じた。「たかが子供のあそびではないか。偶然の怪我だ。それをそんな風に根にもつなら、こちらにも覚悟があるよ」「いいえ、今のは冗談ですよ」くすりと笑って、首を竦《すく》めた。口調もがらりと変った。こいつ、どこまでも喰えない婆だ……こうした真実を、孔子は少しも取り上げてはいないようである。孔子が孟武伯に向かって、孝行を定義する時、孝は親に心配をかけないことが最も大切だと言う。しかし人間は時として病気にかかるのだから、平常衛生に注意して、病気しないことである。体質的に弱い人間は、その点で親に心配かけるのはやむを得ないが、病気以外は親に心配をかけさせるなと説いている。生理上の病気同様に、人間には心の病気もしばしば起るものである。孝行をつくしたい相手が度々こちらの心に病気を起させる。その事実を、孔子は少しも重大には考えなかったようである。孔子はまた、子游に対して、親にうまいものを食べさせたり、暖いものを着せたりするだけなら真の孝行ではない。人として親に仕えるには、親を敬うことを主にすること、親を軽んじたり、侮《あなど》ったりしてはいけないと説明しているが、うめ女の如く、あんまり永く生きすぎたために、日々の出来事をあまりに多く経験したために、生とは何のことやら判らなくなってしまった人間に対して、孔子流に敬うことは、偶像崇拝であろう。うめ女の生命が、現在どのような無意味になっているか、気が付かないのは本人だけであった。三度の食事時に、孫や曾孫が自分よりうまいものを食べているのではないかと、そうっと立上り、屛風の上から辛辣な目を注ぐ八十六歳の魂が、今更他に精神の糧《かて》をほしがっているだろうとは考えられない。それで魂を養い、心を慰めていようとは思えない。うめ女はもはや精神のない肉体だけであった。精神は、かつてそこにあったという痕跡があるにすぎない。これでは、宗教もとりつく拠りどころがない。魂の発展など、それはまだ精神が若々しく、伸びる可能性のある場合に限られているようである。八十六にもなると、肉体だけが何よりも頑強で、魂も、精神も、良心も、一切のものを挫《くじ》いてしまうのだった。中には、幸田露伴の如く、老いてますます頭脳は冴え、矍《かく》鑠《しゃく》たる人間もいるが、それは特例であろう。千万人の一人である。あとの九百九十九万九千九百九十九人は、誰もかれもうめ女の類似を、わが肉体の上に予約されているのだ。いつか肉親に迷惑がられる宿命をもっている。そして、老人ホームという理想的な社会的施設が実現されない以上、日本の家族制度は十年一日の如く、浅はかな見栄坊と、感傷と、矛盾と、無理の多い、誤算の、凡俗なくらしをつづけていくのだろう。互に馬鹿なめに遭うのである。それがどうにもやり切れない生活であること、決して自然なくらし方でないことは、誰もが骨身に徹している。不聡明な生き方でさえある。どこの家庭でも、似たりよったりのこの種の愚かな、のっぴきならぬ不幸をもてあましているのだ。もういい加減に、はっきりと互に打開け合って、この種の問題を率直に考慮し、善後策を講じてよいのではないか。家族制度の改革をいつまでも社会評論家の手頃なお題目として任せておいてはいけないのだ。日々の生活を愉《たの》しむべき家庭が、どこの家庭も大なり小なり、じめじめした日本的養老院の面影を宿していることは、聡明な生活方法ではない。方法は容易に見付かるのである。現にアメリカにそのサンプルがあるではないか。小説家ですら、架空の老人ホームを編み出している。彼もよくよく老人には、手古摺ったにちがいない。確実なその成果を見届ける以上、今までの不聡明な方法をいつまでも継続していくことは、優柔不断な、ごまかしである。しかしこういうやむにやまれぬ、近代的な決意はよくよく孔子のあずかり知らぬことであるらしい。孔子は子夏に向かって、子供は親の顔色をしょっ中見ていなければならないと説く。親の気分を察して、始終優しい様子で親に接しなければならないという。親というものは、老いると気が弱くなるものだから、子の方で正しい理窟があろうと、むつかしい理窟を並べると親は心細がるものだから、そのような心配を一切かけぬことが、孝行だと説明している。ところが、老いてますます気の強くなる親もあり、総じて、親は死ぬまで気は強いようである。美濃部の父は死ぬまで白石を離さなかった。白を四つも置きながら挑戦してきた。これを要するに、個々の老人の現象をはなれて、どこに親とか孝行の本質を求めることが出来るだろうか。

「お婆ちゃん、おらげに来てから肥ったね」と、間貸している農家のおかみが言った。「そうかしら、むくんでるんじゃないかしら」「うんん、肥ったんだよ。むくみとは違うよ。お婆ちゃん、九十まで大丈夫だぜや」「九十まで？　あと五六年も生きるの？　耐らないわ。その内にこちらが死んでしまうわ」

○

友達夫婦が田舎に引っこむので、偶然そのあとを借りることが出来、美濃部一家はトラックで東京に帰って来た。荷物と一しょに家族六人が、荷物同様にはこばれたが、八時間のトラックは辛かった。トラックの荷物と一しょに移動する人間は、常識としてせいぜい二三人である。運転手と助手を除いて、もう二三人が、荷の上に乗る。ところが家族全部が上乗りをしたので途中で、どこかの女の子が荷物の上の人数を指差して数え始めた。美濃部は左手をひろげ、右手の薬指をそれにそえて、全部で六人だと走り去るトラック上から教えてやると、女の子はびっくりして、呆れて微笑した。二人の間には瞬間の共鳴が火花と散った。うめ女は大して苦痛がらず、ゆすぶられていたが、途中で一度、幸子が幼児をかかえるようにうめ女をかかえて、小用をさせた。その場合も、八十六歳の鶏の脚に似た、そして長い脚には、感覚の上で憎悪しないではいられなかった。うめ女には迷惑なことである。

玄関脇の、便所に隣合った三畳が、うめ女の部屋に当てがわれた。万年床になった。東京に帰ってから、不思議な癖がついて、着物であろうと、手拭であろうと、かりにも繊維と名のつくものはことごとく、一センチの幅にずたずたに裂いてしまうのだった。再び使いものにならない程度に、丹念に引き裂いた。着ているものを裾の方から段々と引き裂きはじめて、腰のところまで来ると、一応そこはやめて、袖の部分にとりかかるのである。一センチ幅に繊維類が引き裂かれる瞬間の、微妙な手応えに、うめ女は恍惚となった。娘時代から女のたしなみとして、いやというほど仕込まれたお針仕事への愛着を思い出し、せめて布を引き裂くことで思いを慰めようとするのだろうか。裂かれた残骸は、塵払いとしてまとめて結ぶならともかく、ほとんど塵芥《ごみ》箱に移るよりほかはなかった。しかし、これもうめ女ひとりの奇異な習癖ということは出来ない。何でもある農家のお婆ちゃんは自分の着ているものから蒲団、手拭、帯、扱帯《しごき》、腰巻にいたるまで、根気よくずたずたに引き裂いたあげく、もう引き裂くものがなくなってしまうと、死んだのである。一種の病気にちがいなかった。うめ女は努力して、脇目もふらずに着物を引き裂いているが、その顔はいかにも無邪気であった。獲物をすっかり征服して、そこにぼろの山を眺めると、幾度でも、うめ女はこみあげてくる内心の満足から、にこにことほくそ笑みさえした。しかし、これには二つの不便がすぐに来た。一つは、繊維類は統制であって、近頃は衣料切符は配布になっていても、肝腎の繊維類がまわって来ないということ。もう一つは、うめ女に着せるには、まさか三十六歳の幸子の柄では不適当であり、八十六が三十六の、まだ赤味を失っていない柄の着物を着ると、田舎芝居の楽屋を思わせるので滑稽であった。つまり代えがないことである。但し、このことだけは附加しておかなければならない。年寄りに対して、肉親のたれもかれも薄情であり、かゆいとこに手が届くというどころか、初めから遠いところで掻く真似をしているような連中に、思い知らせるため、自分の着物の形見分けなど思いもよらず、二度と役に立たないように廃物にしてくれようと計画をたてて、引き裂いているというのではないことであった。だが、客観的にうめ女の奇妙な習癖を善意に眺めているにしても、時には、四十女のように意地汚い下心から、着物を引き裂いているのだとしか思えない節々もあった。四十女が油断も隙もみせられない、図々しくて、腹黒い代表のように考えられるのが相場ならば、うめ女はその二倍の年齢をもっているので、意地の悪辣《あくらつ》さも二倍に換算出来る理窟である。が、どうやら年齢と意地の汚さは数学のようにはいかないようである。

「老人は甘いものを欲しがるんだけど、うちのお婆さんは、塩をほしがるのよ。甘いものは食べないわ。これじゃまだまだ死なないわね。今のお婆さんが、一番立派なことの出来るのは、早く死ぬということ以外に何もないのよ。どうしてああも生きてるんでしょうね。ごはんばかり食べるお化だわ。自分でも死にたいと言ってるのは、真実だと思うわ。生命《いのち》は大切だとか、永生きは立派なことだとか、生命讃美ということを、あたしは疑うわ。九十まで生きたから立派だということは、無責任な、好奇心以外の何物でもないわ。うちの犬はもう十五年も生きていますよと、隣人に自慢するようなものよ。犬にしたって、もういい加減死んでしまいたい本当の気持は、人間は判ってくれないんですものね。八十六にもなって、廃人となっても、なお生命を大切にすることが醇厚美俗のお題目なら、あたしは宗旨変えをするわ。人間は何故生きなければならないのか、という問題は、生きてることに何か意義が見出せる間のことでしょう？　お婆さんのように、自分でもこれ以上生きたくないのに生きているような、何のために生きているのやら、あたしたちを厭がらせるだけの生命なんて、ちっとも尊重出来ないわ。それでもなお、生命は大切だと思わなければならないのかしら。あたし、考えたのよ。どこまでも生命は大切だと言うことは間違いで、と言うより、そういう言い方は一方的な、片手落な言い方であって、人間の生命というものは、美しいとか、正しいとか、大切だとか、有意義だとか……そういう観念では割り切れるものではなくて、何か、もっと他の、思いがけないものの正体のような気がするのよ。人間は、自分の生命で虐待されたり、呪われたりもしているものだと思うわ。自分だけでなく、周囲の人間を厭がらせ、呪ったりもするものだと思うわ。第一、お婆さんは、一日配給基準量六十一歳以上の二七〇瓦《グラム》、今では三二〇瓦になっているけれど、そのことがどうしても腑に落ちないのよ。パンやお藷《いも》の代用食だと言って渡すと、そういいながらあたし達がごはんや、おいしいものを食べているのだろうと、こっそりと廊下に出て来て、茶の間をうかがっているのよ。あんまり永生きするから、こんな時世にぶつかったのよ。お婆さんは、日に六回ごはんを食べるでしょう。おとなしく三畳の間にいるのは、食べてから僅か二時間ぐらいのものよ。年よりって、どうしてああも食べたいのか知ら。政府は六十一歳からは減配しているけれど、本当は六十一歳以上のものが、たくさん食べたがるのだから矛盾してるわ。それも、自分の生命で虐《いじ》められているからでしょう。そしてお婆さんが死ぬとするでしょう、あとに残るのは、不快な、醜悪な記憶だけが残るのよ。人間てどうして美しい思い出だけを残さないのでしょうか。青春、壮年期には、その人のもっている限りの美しさが出ているものなのに、長寿して死ぬと、青春期や壮年期の記憶はなくて、死ぬ間際の醜悪な外形だけを、うんと印象づけてしまうんだわ。お婆さんにだって、何々小町といわれた時代もあったのよ。レコードが割れてしまっても、あとに美しいメロディが残るように、人間も美しい記憶だけを残さないのかしら。人間というものは、もっといろんな可能にとんでいるものだと考えていたのに……？」

若《も》しもそのような幸子の述懐を、聞き手がうめ女であったならば、どのような感銘を抱くだろうか、そして自分の長寿の生涯についてどう歎くだろうか、——耳が遠いので、家人はうめ女に必要以外のことは何も言わないことにしていた。昼間は炬燵にあたって、横になっている。この年齢になりながら、足は炬燵の外に出していた。のぼせ性である。手だけが寒いのだ。昼間は眠りつづける。食慾を忘れている間は、眠っている。そして夜は、一ト晩中目をさましていた。電燈はつけ放しであった。きまって真夜中になると、家人の睡眠に容赦はなく、廊下に出て、空腹を訴えた。パンか、譱か、握り飯が与えられる。夜中に、便所に出たり入ったりする。単にはいるだけの場合も多い。便所のスイッチはつけっ放しである。まだ夜は明けないのかと、便所の蠅防ぎの金網越しに、じいっと闇の空を眺めている。ところで、近頃やり切れないことは、しもにしまりが段々とゆるんでしまったことであった。匂いの消えないものを着物につけたり、廊下に落した。悪臭は、それと気が付いて誰かが始末するまで廊下中に漂っていた。「また落してるよ、お婆ちゃん」と子供が発見して騒ぐ。美濃部も二三回、夜に便所で、いきなり便所の草履に足を入れると、足裏でぐにゃりと潰れたものがあった。うめ女は便所にはいると、突如として、奇怪な幻覚につかれるものらしく、用を足した落紙を落さずに、また紙箱にしまっておくのである。子供が何心なく、紙箱に手をつっこむのだった。

深夜の静寂を破って、

「ああ、苦しい、死ぬ死ぬ、苦しい、誰か、助けて、ああ、死ぬ、死ぬ！」

叫びがあがった。美濃部はぎょっとして、床を蹴って、駈けつけると、うめ女はけろりとして床に坐っていた。「どうした、お婆さん?」ここが苦しいのだと、うめ女は申訳のように喉をさすってみせる。「水をのむんだ。そこにある水をのむんだよ」死の瞬間の絶息状態が襲うのか、その錯覚をおぼえるのか、いずれともはっきりと判らないが、高熱に浮かされて、譫言《うわごと》を喋っているのに似ていた。

「一円でお誂と、一円で煙草を買って来ておくれ」と、曾孫をとらえて、うめ女は十円札を差し出した。「駄目だよ、お婆さん、ここはお邸町だから、何も売ってないよ。売ってたにしても、今はなんでも配給制度だから、自由に買えないんだよ」「お邸も、おやすしもあるものか。窓を開けて、前の小僧を呼んでおくれ。いつだって買えるんだよ。昨日も買ってるんだから」五十年前に住んでいた下町の記憶が、ありありとうめ女の前に現れている風だった。自分のいうことを聞かない曾孫に見切りをつけると、幸子の丹前の上を半分に裂いた腰巻で結んだ恰好で、小さいバスケットをさげ、片手に十円札を握って、よたよたと廊下を歩き出すのだった。「お婆さん、どこへ行く?」と美濃部が訊く。「はい、ちょっと買物に」「ご苦労さんだね。どこへでも行ってくるがいいよ」許可は出たが、うめ女は風呂場をのぞくと諦めたように、自分の居間に帰っていった。

居間から、お経を読んでいるような声が流れていた。「お婆さん、法華経を暗誦してるのかね」「お経じゃないわ。女大学よ。寺子屋で教えられたのを思い出しているのよ」女大学とは女子修身の要義を一巻にしたためたものであり、序に曰《いわ》く、「女子に衣服、道具等多く与《あたえ》て婚姻せしむるよりも、此條條を能く教《おしう》る事、一生身保養成《なる》べし」とあるが、八十六年の生涯の中で、果して女大学がうめ女に何をもたらしたろうか、とくと訊ねてみたいものである。「法華経は、近頃すっかり忘れてしまったようだわ。その代り源平とうきつ何とか何とかと、人の名前ばかりお経のように並べたりしてるのよ」幼時のつめこみ主義の教育は、時にはこれほどまでに記憶力を縛り上げることがある！「山高きが……尊からず……尊むべし」よく聞きとれない文句が聞えてくる。抑揚もなく、棒読みであるが、棒読みも早いところ舌の上をころがさなければ、あと文句につかえてしまうので急いで、一ト呼吸のように暗誦するのだった。それがやむと、「昼ごはん、たべたかしらね」と、ひとりごとを言っている。「食べたのだったかね、食べなかったような気がしてるけど……」本気になってうめ女は、そのことで迷うのである。食べないとすれば、大変なことになるので、二時間前の食事を思い返そうとするのだが、なにしろ八十六年間も、日に三回食事をとるとなると、九万三千百七十余回となり、昼食だけでも三万一千五十余回となるのだからたまに一回ぐらいは食べないような錯覚にも陥ちるのもやむを得なかった。「ああ、ひもじい、死んじまう、助けて下さい。何か下さい。おむすびでも、おしんこのはしくれでも、かまいませんから、何か下さいよう」「火を下さいよう、火が消えてしまいましたよう」「水、水、あついお湯を一杯、お願いします、あついお湯を下さいよう」「奥さま、旦那、お願いします」と目がさめている間は、以上のことを繰返している。そして誰かが現れるまで、繰返している。美濃部はアトリエで、時々絵筆を叩きつけずにはいられなくなる。いつからか幸子をとらえて、奥さまと呼び、美濃部を旦那と呼ぶのだった。子供は坊ちゃんである。廊下に這い出てくると、首をのばして家の中の様子を伺っている。人目がなければ、納戸《なんど》にはいりこむ。簞笥を開ける。手あたり次第に持っていく。そのため何か紛失すると家人はうめ女の部屋を検査することにした。間違いなく品物は出て来た。どこへも行くわけがないので、安全でもあったが、布類となると、いつ引き裂かれてしまうか知れなかった。「お婆さん、洗面所の手拭を持っていっては駄目よ。ちゃんとお婆さんのは渡してあるじゃないの」と言うのだったが、手洗場の手拭、洗面所の手拭は、ちょっと油断していると、三畳の間に移転している。「わたしは知りませんよ」「とぼけたって駄目よ、ちゃんとほら、ここに炬燵にあるじゃないの」「それじゃわたしの知らない内に、ひとりでに肩にひっかかって来たんでしょう」しかし便所の手拭となると、手拭挾みを外さない以上、魔術のように老人の肩にふわりとかかる筈はなかった。

餅を五個もらったが、二時間が経つと、「ああひもじい、何か食べさせて下さいよう。死んじまう」と叫ぶので、「餅をしまい忘れているんじゃないかしら」と幸子が出向いた。炬燵の中、外、押入の中をしらべたが、見当らない。「お餅はどうしたの」「お餅？ そんなものは知りませんよ」「五つ、あげたじゃないの。どこかにしまい忘れてるのじゃないの」「いいえ、知りませんよ」うめ女も一しょになってそこらを探したが、出て来なかった。「五つもお餅をたべたの？ そしてすぐ腹がへるのね？」「お餅が見当らないところをみると、それじゃわたしはお餅を食べたんでしょうか」半信半疑であった。八十六歳にとって餅五個は、相当な食糧でありそれが胃袋におさまって、少しも餅の印象を残していないということは、何としても奇体なことであった。幸子がぶつぶつ言って出ていくと、うめ女はぺろりと舌を出した。小言に対する腹癒《い》せである。

便所の掃き口の外に、代用パンが捨てられてあるのを、子供が発見した。うめ女はパンに塩をつけて食べているが、もともと代用食は喜ばなかった。幸子にたしなめられた。すると、数日置いて、ごはんが同じところにすててあった。「いまどきごはんを捨てる人がありますか。ごはんも食べられない人は、大勢いるのよ。罰が当るから」「はてな、誰がごはんをすてましたかね」「お婆さんじゃないの。お婆さん以外に、便所の掃き口から捨てる人間はいないわよ」「いいえわたしは知りませんよ。ごはんを捨てるなんて、もったいないことだ。罰が当りますよ」咎める方が、これでは負けであった。幸子は美濃部に言った。「判断力がまるでなくなってるのね。外にすてたら見付かるということが、判らないのよ。そんなに食べたくなかったらこっそりと便所の中にすてたらいいんじゃないの」「冷飯だったから、腹を立てたのかしらね」「うちのものだって、みんな冷飯食べたのよ。同じものよ」「それをお婆さんは、自分だけ冷飯を食べさせるのだと、ひがんでしまったんだろう。とすると、わざわざ人目につくところに捨てるのも、腹を立てていることを判らすための仕業かも知れないよ」「そうかしら、そこまでに知能が働くのかしら」「ところで近頃のお婆さんは、ひどく卑屈になっているね。廊下にぺたりと坐って、額をつけて、拝む真似をされるのは、やり切れないよ」「何か食べさせて貰えるならどんな破廉恥《はれんち》の真似だって出来るって恰好ね。食慾だけで生きているのね。何か食い気に憑《つ》かれたみたいで、祟られた人のようだわ。これでも自分のお婆さんかと思うと、悲しくなるわ」

うめ女は客が来ると、必ず廊下に這い出て、「越後の人かしら」とのぞいた。白髪の、蒼白い、ふかい皺の、人間ばなれのした不気味な顔をつき出されると、客は驚いた。びっくりさせておいて、今度は茶の間の方に向かって、「おなかがすいたよう。ごはん食べさせて下さいよ。今朝から何も食べていないんですよ。ひもじい、助けて下さいよう」哀れな声を立てた。いう度に、幸子か美濃部は、走り出て、客に向かって一場の弁解をしなければならなかった。これは、笑いごとではなかった。八十六といえども、うめ女は人間の然るべき弱点を衝くことを心得ている。耐《たま》りかねて、幸子が或る時きつく叱った。その時、うめ女は黙って聞いていた。がそれから暫く経って、幸子が井戸端で洗濯をしていると、ちらりと門のところに人影が映った。見ると、うめ女である。三畳の部屋からどうして表に出たものか。玄関には鍵が下りている。それでは三尺高さの窓から、一世一代の気概を見せる気で、断乎として降りたものであるらしい。うめ女は幸子に発見されると、遠くから片手で合掌の形をつくり、片手で喉をつく真似をしてみせた。はだしで、丹前の上に羽織を着ていた。そのまま門を出ていかないとこをみると、この必死な、思いつめた哀れな姿を誰かに発見してもらいたかったのであろう。「あなた、大変よ、お婆さんが表に出ていったわよ」その声で美濃部はアトリエをとび出して来た。玄関にくると、すでに幸子がうめ女をつれ戻していた。玄関を開けると、うめ女は身も世もない、哀れな顔をしていた。虐げられるだけ虐げられ、悲惨に叩きつけられた姿であった。片手で拝んでみせ、片手で錐《きり》をもち、喉をつく真似をする。中風気味なので手は震えていた。牛乳壜の蓋を開ける錐で、しかも先が折れていた。これもくすねておいた品物である。「駄目だよ、お婆さん、そんな錐ではとても喉はつけない。皮膚をひっかいて、痛いだけだ」と美濃部は笑った。ひっぱたいてやりたい思いは抑えていた。「あてつけなのよ。叱られたものだから、腹いせするのよ。こんな恰好で表を歩いたら、近所の人が見るからと、あたし達が困るだろうと、何もかもお芝居だわ。伊丹がお婆さんのお芝居気に腹を立てているのも、無理ないわ。なんて憎らしいお婆さんでしょう。——待ってるのよ、お婆さん、足を拭いてあげるから」「腹を立てて、いやがらせをする気力だけは、一人前だね。八十六年間には、さぞかし腹癒《はらいせ》の方法をいろいろと覚えこんでいることだろうね」

S村から引越したまま、捨ててある荷造の荷を、美濃部は暇にまかせて、ぼつぼつと整理していた。小さい、写真の額が出て来た。美濃部はしばらくその写真を眺めていたが、持って、三畳に出向いた。「お婆さん、これは誰か覚えているかね」うめ女は納戸《なんど》からくすねて来た曾孫のパンツを例によって引き裂いていた。ゴム紐をとおしたところが、思うようにほどけない。写真に目を向けた。がすぐに、「おお」とうめ女の喉が異様に鳴った、「おお、おお、逢いたかった、逢いたかった、わしの娘、たった一人のわしの娘、ああ、逢いたかったよう」両手で額をもって、顔にすりつけ、おろおろとなった。幸子の母親である。母親は三十歳で亡くなった。うめ女が五十二歳の時に死別した娘である。うめ女は泣いていたが、泪《なみだ》は一滴も出なかった。それでも全くどうしてよいか判らない風によまい言を並べながら、別れて三十数年のはかない己が半生を、訴えるのであった。美濃部は、ひさしぶりに、うめ女の中に人間らしい一面を見た。憐憫の情に胸をうたれて、部屋を出た。美濃部が部屋を出ると、三畳は急に静かになった。一人になれば縷々《るる》としてうめ女の泣き悶《もだ》えは続くものと当てにした。またそれには、うめ女を一人にして、思う存分に悲歎の情に沈めさせなければならなかった。あまりひっそりしているので、若しやと不吉を感じた。跫音《あしおと》をしのばせて戻って来ると、うめ女は写真を脇にのけて、せっせとパンツのゴム紐を引きぬいていた。

壺井　榮

# 浜辺の四季

**壺井 榮**（つぼい・さかえ） 一九〇〇―六七年。
香川県小豆島生まれ。内海高等小学校を卒業。一九二五年に上京、詩人の壺井繁治と結婚。
宮本百合子、佐多稲子のすすめで『月給日』（一九三五年）『大根の葉』（一九三八年）を発表する。『二十四の瞳』（一九五二年）は映画作品でも大反響。児童文学でも多くの名作を残す。その他の作品に『裲襠《うちかけ》』（一九五六年）などがある。

浜辺のその家は神社の森と隣りあっていた。そこへ移ってからのミネは、「もう六つにもなったんじゃさかい、ひとりで顔ぐらい洗いな。」といわれたことがうれしくて、早起をするようになった。井戸は神社との地境にあった。竹棹についた釣瓶《つるべ》はまだ扱えなかったが、水がめにはいつも水が一ぱい汲みこんであった。父親の手製である足長の手水盥《ちょうずだらい》はミネの胸の高さまである。柄杓《ひしゃく》も手製なら釣瓶も手製、瀬戸の水がめにまで箍《たが》のはまっているところ、いかにも桶作りの家であった。六歳といってもが小柄なミネが柄杓をもって水がめと手水盥を二度三度する中に、水はこぼれて手首から流れこむ。ぶるんとふるえるが、しかしミネは平気だった。大人の手水盥が嬉しかったのである。ミネが顔を洗い出す頃は、きまって聞えてくる歌声、

「あ、あ、おばあ、来たぞ、来たぞ。」

ミネは大騒ぎで家の中へ叫びながらその歌声を迎える。

ここはお国を何百里、離れて遠き……

二列縦隊の小学生が歌声と共に繰りこんできて、ミネの目の前で拝殿の前に整列したかと思うと一人の生徒の号令のままに頭を下げ、黙禱し、やがてまた歌いながら帰ってゆく。その一部始終を毎朝の井戸端

で眺めたのが、ミネにとっては浜の家の初期の記憶である。日露の戦いが当時の国民の生活全般にどのように響いていたか、幼い意識には残っていない。だが神社の隣りに住まったことによって、戦勝を祈願する小学生の朝々の姿だけがはっきりと記憶の襞《ひだ》に刻まれ、そのことがまた、一家の浮沈の歴史をたどる一つの目標にもなって、ミネはその後の生活の中で幾度か浜の家の井戸端を思い出す。足の高い手水盥と、何となく構われなくなった自分たちの存在と。

浜の家に移ってからの一家の生活は毎日のおかずの上にまで極端な狭まりを見せた。そのことが、ミネだけではなく八人の子供たちの全部の心に沁みこんでいって、何となく殊勝らしい顔つきをして暮す日がだんだん多くなった。浜の家はもとはミネたちの父重吉の仕事場であり、そこには樽屋《たるや》重吉の若い弟子たちだけが寝泊りしていたのである。粗末な茅《かや》ぶきの小さな家ではあったが、それでも全盛の頃の重吉が自分の甲斐性で買いとった家である。海に面したその家は、軒下の雨垂石が、すぐに往来との境界になっていて、海の荒れる時など、一段高い入口の敷居際まで波が押寄せてくるほどのせせこましさであったが、宿屋や料理屋や、汽船会社の出張所や、いろいろな商店の並んでいる浜通りの一等地であった。茅ぶきの粗末な家とはいい条、住居は別にあっての事であってみれば時にはその粗末な家も身の飾りとさえなっていた。そこで樽職人重吉が大勢の弟子たちと一しょに、その全盛を村中にふれ回るがように、家の内外は朝から夜なべにかけて、とんとこ、とんとこ樽作りに明け暮れていた。神社の境内までもが隣り同士のよしみで誰に遠慮もなく使われてさえいたのである。重吉の得意先は三軒の醬油屋であった。生れつき器用な重吉はその器用さを仕事のそとにまでひろげ、村の旦那衆と競って浄るりだの三味線だのとさまざまなけい古ごとや遊びにも手を出していた。そういう、いわば職人としては分不相応な暮しをしている時期にミネは生れ、威勢のよい父の姿を幼い心に受けとめたと共に、まるで坂道を転がる石のように、とめ度なく転落してゆく父の姿をも、ミネ自身の成長と共に、いやというほど見せつけられながら大きくなった。ミネは重吉の五番目の娘である。まだ浜の家に移る前だった。

「ミネちゃん、ようかんあげよ。」

　仕事場の下の砂浜で遊んでいたミネは、弁天さんと仇名のある芸者に笑顔を見せられて、大きな羊かんを一本胸に抱えこまされた。駆けて帰ると母親のマサは何となく不機嫌で、それを小さく子供の頭数だけに切り分けてくれながらつぶやいた。

「高い羊かんにつくじゃろ。今に家も畑も羊かんになってしまう。」

　ミネはその言葉が妙に頭にこびりついていて、何か母に対して悪いことをしたような気がした。そしてその通りやがて家も畑も人手に渡ったのであるが、それまでの一家は子供心にも残っている程大袈裟な暮し方をしていた。八人という子沢山に重吉の弟子がいつも五六人、子守女も交えて十七八人の大家族は三軒の家に分れて寝泊りしていた。学校へゆく子供と乳呑児《ちのみご》とは両親と一しょに母屋《おもや》に寝起きし、母屋とは少し離れた隠居所には学校前の子供が祖母と暮した。そして弟子たちのいる浜の家へみんなが食事にだけは通った。大家内《おおがない》の炊事を一手に引受けている母は毎日暗い中に起き、十七八人の腹ごしらえに忙しかった。浜の家では炊事場を広くとってあった。座敷にすれば八畳ほどの広さに、赤い煉瓦の西洋かまどがでっちりと壁際に築かれていた。焚き口が四つ並んだ西洋かまどは終日冷めるまがなかった。五升炊きの大釜や鉄鍋はいつも湯気があがっている。一日四食の職人たちは起きて顔を洗うなり立膝で朝の膳に向う。めいめい小さな箱膳の前で、飯は嚙むべからずとばかりに競争でかき込むのである。親方の重吉だけは一番上座に抽出つきの高膳だった。それと向って検査前の兄弟子から十二歳の新弟子にいたるまでが、膝の立て方、茶碗の持ち方まで親方を真似て、すさまじい勢いの朝飯は終る。早飯早糞は職人の掟とされ、食事中にもおいと呼ばれればさっと立ち上るために膝を立て、誰が決めたか飯を嚙むことさえもさきを急がねばならないのを親方も弟子も不思議としない。そのあわただしい箸の音も終らぬ中に次の組がやってきた。長男の隼太《はやた》をはじめ、小学校へ上っている娘たちである。その一座を送り出した頃を見はからって、今度は学校以下の孫共を引きつれた祖母が、ゆっくりやってくる。若い時からの働きすぎで腰が二つ折りに曲った祖母は細い竹の杖をつき、いつも左手を曲った腰にのせて、からだをふりふり歩いた。おけし頭のミネはいつもこの祖母と一しょに隠居所と浜の家を往来した。ミネは誰よりも祖母が好きであり、その当時八人の兄妹の中で誰よりも祖母に可愛がられていた。「ミネはやさしい子じゃ。」祖母がそう言うのは、ミネがほかの孫たちのように祖母の足をまだるく思って先に駆け出すのとちがって、いつも祖母の杖に合して並んで歩いたからである。それはミネが虚弱に生れついたからでもあった。畑の中の隠居所から浜の家への道のりは祖母の足でも十分もかからない位だったが、その道のゆきかえりは祖母と孫との世間話の道であった。その道に山茶花《さざんか》の花びらが散り敷く曲り角があった。見上げると大きな山茶花の木は往来にそったその家の白いねり塀をのり越えてはらはらと花びらをこぼした。桃色に染めた路上の花びらをミネが片手一ぱい拾う間祖母は足をとめて腰をのばした。その山茶花のある家の屋根には、村でそこだけのあかがねの樋《とい》がかかっていることをミネは知っていた。その道に村で一人の医者の家もあった。大きな門のあるその家は昔は庄屋の住居で、山あらしやばくち打ちなどがつかまると、百たたきの罰をうけたという。その話を聞いた時、ミネは尋ねた。

「百たたきいうのは何ぞいの。」

「百たたくんじゃがい。棒でな、一つ、二ついうて数えもってたたくたびに、あいたっ、あいたあというのが聞えよった。」

「人間をたたくんかいの。」

たたくというのを板でもたたくことのように考えていたミネはひどく驚いて眼を丸くした。ばくちといい、山あらしといい、それさえ知らないミネであったろう。祖母はばくちや山荒しの罪をいって聞かせ、その罰としての百たたきのことを語った。

「人間をたたくんじゃとも。はだかにした背中を棒でたたくんじゃ。中に悪い役人もおってな、袖の下をもっていた者はほんとうに悪い人間でもあんまり力を入れずに声だけでそうっとたたく。銭のない貧乏人は起きられんほど力一ぱいたたかれて死んだ人もある。」

「百もかいの。」

「おお、百もじゃ。」

「一つでこらえてやったらえいのに。」

百という数を思い浮べると、黒い小石が無限に飛びかかってくるような恐怖をさえも感じさせ胸がどきどきした。その同じ道に為右衛門の牛小屋も長次郎の鶏小屋もあった。為右衛門の牛は秋茄子《あきなす》のように黒い眼をしていた。それはやさしい眼であった。長次郎の鶏はミネの足音を聞くと寄ってきてみんながくちばしを横に向けてミネたちを見た。その退屈を知らない隠居所の道を、ある日限り祖母と一しょに歩かなくなったのである。

「どうして隠居へいなんのぞい。」

「隠居はな、もうよその家になったんじゃ。」

「どうしてい。」

「どうしていうても仕様がないわい。ミネんとこはもう貧乏してしもたんじゃ。忠衛さんや山一さんさえひっそくしたんじゃもん。」

醤油醸造の忠衛さんや山一さんは重吉の仕事先である。そこの仕事をすることで重吉一家は暮していた。だがそのいきさつがミネに分ろう筈がなく又しても祖母にせがんでみた。

「隠居へ寝にいかんか、おばあ。」

そういうミネを祖母はタマだといった。猫のタマは誰もいない隠居を離れず、ひとりでうろうろしていた。ミネはすぐ姉の道子と二人でこっそり隠居へいってみた。山茶花の散り敷く道を曲り、更に左へ折れると隠居所の紅《べん》がらぬりの門がみえる。門の脇に小さな流れがあり、そこにかかった石橋を渡ると門の戸に手が届く。だがその戸を開けることが出来ない。小石で築いたねり塀は夏になるとノウゼンカズラに覆われて、朱色の花の見事さと珍らしさはここを通るほどの人の足を石橋の上に暫しとどめさせるほどであったが、今はひっそりと裸のねり塀であることが、珍らしいように眺められた。隠居と呼ばれるほど小さな、たった三部屋の家ではあるが、物心ついて以来殆どそこで暮した道子やミネにとっては、なかなかに忘れがたい。そこでままごとや紙かくしをして飽きることのなかった小さな庭、赤い実のなるユスラ梅も泉水の金魚も見ることが出来ない。ミネたちが背のびしてもねり塀は頭より一尺も高く、えにしだの枝の先だけがのぞいている。

入江にそって片側並びの家々の軒下を村道が一本東西にのびている。二間幅のその道路一つへだてて、砂浜へは子供の一またぎの低さで降りられる。夏の夜はその海辺に床几《しょうぎ》をもち出しての一涼みが、誰に遠慮もない慰安であった。月のよい夜毎夜毎を村の童たちはミネの家の床几へ集ってきて、歌を歌った。祖母や重吉までが出てきて時に仲間入りをした。重吉の長男である隼太がバイオリンをひくのが珍らしかったからである。バイオリンが珍らしかったのは大人ばかりでなく子供たちもそうだった。子供たちはそれを真似て人さし指を弓に見立て、自分の鼻柱をこすった。隼太に教わった歌を歌いながら大真面目でバイオリンをひいているのだ。バイオリンは大流行で、集る子供は日に日にふえた。隼太は師範学校に行っており、その夏休みだった。ミネは嬉しくて日の落ちるのを毎日楽しんでいた。軍歌や道歌的唱歌より知らない子供たちは初めて知った二部合唱など、隼太の歌の指導がおもしろくて、早くから押しかけてきて、隼太を待った。隼太がなかなか出て来ないと使者に立つのはミネであった。

「兄やん、みな待っちょるで。早うおいで。」

その日もミネは隼太のいる部屋の窓の外から呼びかけた。暗い部屋の中には人の気配もなく森閑《しんかん》としている。ミネは表に回り、家の中へ入っていった。暗いとはいえ窓からさしこんだ月の光でそこだけは明るい。その光を足もとにうけて、隼太は裸のまま寝転んでいた。

「兄やん。」

「お。」

「何しょんの。みんな待っちょるのに。ミネが窓から呼んだのに聞えなんだん。」

「兄やん寝入っとった。」

さっと起き上った隼太は白絣の浴衣を着、黒メリンスの兵児帯《へこおび》をぐるぐる巻きつけながら、つうんと鼻をすすった。ミネははっとした。隼太は泣いていたのだと直感したのである。しかし、だからといって九歳のミネに何の知恵が浮ぼう。兵さんのことだろう――ミネはひとりでそう決めた。夕飯の時、兵さんはやってきた。ちゃぶ台をとりまいて賑やかにそうめんを食べていたミネたちは、挨拶もなくのっそりと入ってきた猫背の兵さんをみて、思わず箸の手をとめた。まだ四十そこそこの兵さんは青くやせていて、六十にも見える貧相な男であった。三人の女の子を持ったやもめの兵さんは、夏でも水ばなのしずくを鼻の先にためて、うつむいて歩いていた。何か落ちているかと思っていつも下向いて歩くのだとかげ口をいわれている兵さんは、ものをいうと泣きそうな哀れな顔になる。首が動かないかのようにうつむいたままの顔を眼つきだけで、土間に立った兵さんはいきなり隼太に向った。

「隼さん、お前のお父に貸した銭を今日はお前に払うて貰いに来たんじゃ。」

お父と呼び捨てられたことにミネたちがびっくりした。重吉はいなかったので、母親のマサが慌てて土間に下りてゆき、これまでついぞ聞いたことのない追従声でぺこぺこした。

「兵さんのような。隼太は何ちゃ知らんのじゃせに……」

「お前にいよりゃせん。お前らにいうてもらちがあかんせに息子に談じにきたんじゃ。」

細い三角の眼でマサをにらんだ。そして又隼太に向い、

「お前《ま》やシヤン学校たらへ行て、バヨリンたらを鳴らして、結構な身分になっとるいうのを聞いて来たんじゃが、どんなもんぞいの。」

隼太はうつむいて黙っていた。マサがそれに代って、

「兵さん、まあ聞いてつかあされ。師範学校はな、銭のいらん学校ですんじゃ。打ち割っていうたら兵隊のがれもあってやったんでな、ぜいたくで学校へやるんとはちがいますんじゃ。」

日露戦争の結果は僅か三百戸足らずの村からさえ十二人の若者の命を奪い、七人の傷兵を出していた。隼太の下に娘ばかり六人つづく重吉夫婦にとっては、そんなことも息子を師範学校につなぐもととなったのだろうが、兵さんが帰ったあと、隼太はため息と一しょに、「学校やこい止めてしまおか。」といった。それを聞くとマサは手離しで声をあげて泣いた。不安な顔で成行を案じている子供たちに、祖母が舵をとった。

「そらそら、子供は心配せんと早う食べて浜い涼みに行こう。」

それでようやくもとに戻った。と思うと兄姉中一番茶目の道子が早速兵さんのまねをした。首をちぢめ

て猫背になり、

「隼さん、おまやシヤンシヤン学校たらいて、バリヨンたら……」

マサが道子の口の端をつねったが、みんなくすくす笑った。

「ほんまにシヤン（思案）学校じゃ。」

隼太ももう笑っていた。つるつると、そうめんの音がたかい。それはすさまじいばかりに賑やかな音であった。

「これだけの口じゃもん。なかなか借金もなせんわい。」

祖母がつぶやくと、マサはそれにさからうようにいう。

「そんでも兵さんのような人の銭まで借らいでもよかりそうなもんじゃ。」

兵さんは三人の娘を小学校にもあげず子守に出している男だった。失業して今では漁師になっている重吉が息子を働かせずに学校へあげることがわかろう筈もなかった。夕飯がすむと祖母は近所の新仏《しんぼとけ》の看経《かんきん》にまいり、マサは親元へ相談に出かけた。誰もいない家の中で隼太はひとり泣いていたのだろうか。ミネは自分の不安を払いのけるような気持で呼びかけた。

「兄やん。」

「何じゃい。」

「歌、歌うん。」

「歌うとも。」

だが隼太はバイオリンを持たずに出てきた。そしていきなりはじめた。

「さあ、二組に分れて、昨夜の通りに。」

人さし指を出して右手を高くあげると、隼太をとりまく二十人ほどの子供たちは男女に別れて一せいに隼太を見る。二部合唱だった。

「はい、『あなおもしーろの、きょうのむしーろ』こっち、『あなおもしろーの、きょうのむしいいろ』……」

いつもより声をはり上げて隼太は歌う。瀬戸内海の静かな波の音が歌声の合間合間に、じょぼんと、バイオリンの低音のような間奏を寄せる。隼太は月を背中にうけ、子供たちはまともにうけて、黒い影法師も一しょに手をふり、頭をふり、海も陸も平和な夏の夜であるが、右手を指揮棒にして声はりあげる隼太の顔を、ミネは眼を離さずにみていた。そうしながら、道ゆく人々が足をとめる姿の中に、猫背が現われはせぬかと、ひそかな心をも配っていた。

米屋の使いは道子とミネの役割だった。日の暮れるのをまって出かけた。枡《ます》ではかったようにきっちり二升入る提げ箱に一升ずつ買ってくる。提げ箱は丸型で重吉が念入りに作ったものだった。あかの輪がはまっていた。米屋はお寺の下にあった。浜通りからはずっと山手になるその道は細い上り坂で夜は人通りも殆どなかった。二人はいつも歌を歌いながら、淋しさをけしとばそうとしていた。ありったけの歌を歌ってようやく往復出来るその道の途中の十字路に道祖神の祠《ほら》がある。少し時間がおくれると、いつもそこには盲目の按摩がしゃがんでいて、一心におがんでいる姿を見なければならなかった。初めてそれを見た時、二人は背筋に水を浴びたような思いで米を買わずに戻ってきた。そんな時、母は二人を促して米屋のそばまでついてきた。しかし馴れるにつれて恐さは、次第に薄らぎ、二人はそばに立ってぶつぶつ何かを唱えながら祈る女按摩の一部始終を見たりした。何を唱えているのか言葉の意味は分らないが、合掌している手が上下に動き出し、それがだんだんはげしくなるにつれて、女按摩は立ち上り、狂気のようにからだ中を前後にゆり動かした。二人はさすがに気味悪くなり、そっとぬき足でそばを通りぬける。そして遠ざかってからミネがたずねる。

「あんまさんは、何をあない拝みよるのかしらん。」

「そりゃ、めくらがなおるように拝みよるのに決っとる。」

「めくら、見えるようになるんかしらん。」

「ならんよ、ありゃ迷信じゃないか。」

ミネはそんな風に答える道子を非常に偉いように思った。そのくせ道子は按摩の姿が見えないときなど、わざわざ道祖神のまん前に行って、どうぞ分限者《ぶげんしゃ》になりますように、などと半分ふざけながら拝むことがあった。そんな時ミネも一しょに頭を下げた。そうすることで無気味さからも逃れた。道祖神が何の神様であるのかミネは大人になるまで知らなかった。ただその時ミネたちの願いは、米を俵で買えるほどの分限者に母をおきたかったのである。

ある夜、ミネはふっと目を覚した。あっあっあっと押えつけるような泣声がたしかに聞えた。よく見ると、ミネの枕もとで大人たちが何かの相談をしているらしい様子だった。ミネの頭のそばに母が背を向けて坐っているので、二分芯のランプの火影は暗く、誰もミネに気がつかないのだが、泣いたのは祖母らしい。両手で顔を覆っている祖母の前に父と母がだまって俯向《うつむ》いている。母も泣いているらしい。だがそれっきり言葉はなく、めいめいの寝床へ入った。十畳の部屋に寝床が五つ敷かれていて、二人ずつ寝ている。ミネはじっと耳をすましていた。こおろぎが鳴いている。土間に床几を置き、その上に長持を置いてあるそのへんでこおろぎは鳴いていた。祖母はなぜ泣いたのだろうか。ミネは翌朝学校へゆく道で、道子にそっと聞いた。

「ゆうべな、夜中におばあが泣きよったど。何じゃろ。」

すると道子もそれを知っていて、教えてくれた。

「家売ることじゃ。そして姉やんらは皆奉公にゆくんじゃど。」

ミネは二の句がつげず、心配そうに道子をみた。道子は小声で、

「シヤン学校がな、ゆうべ又どなりこんできたんじゃど。これだけ娘がいて金にならん筈がない、女郎になと売りゃえいじゃないかいうて。あいつ。」

「シヤン学校」は猫背の兵さんのことである。その兵さんが、昨夜ミネたちの寝たあとへ来たというのだ。そして娘たちを女郎に売れと大声でどなったというのだ。村でも娘を女郎に売った家が二軒あった。漁師と日傭取《ひようと》りで二軒とも貧乏だった。その貧乏とは別に二軒とも人から軽蔑されていた。その人たちと同じになるのかと思うとミネはいやだった。ミネの不安な顔を見ると道子は怒るようにいった。

「心配するな。女郎にやこいなるかいや。お母さんがいうたど。家も売ってしまお。そしてみんなで働いて一旗あげるんじゃいうて。姉やんらもよそへ奉公にゆくんじゃ。そしてな、道ちゃんやミネを学校いやっ

てくれるんじゃ。」

「ふうん。」

ミネはほっとした。女郎にならないためなら家を売ってもそれは仕方がないと思った。しかし、そしたら今度はどこへ住むのだろう。

「ミネ、えいこと聞かしてやろか。」

「うん。」

「ミネは先生になるんど。道ちゃんはな、看護婦になるんじゃ。」

ミネの耳のそばで、道子は笑顔の声でささやく。ミネは思わず笑顔になり、

「ほんまかい。」と聞きかえす。

「馬鹿ア、ゆうべ相談したんじゃど。」

「ほんまかい。」

ミネはもう家を売る心配さえも忘れかけていた。袴をはいた先生、白い服を着た看護婦、それが自分たちの行手にまっている。観音山から今、朝日が輝き出したような、それは新鮮なよろこびであった。

「ミネー　ちょっと来う。」

母に呼ばれてミネは茶の間にはいって行った。マサの兄にあたる京都の伯父が来ていて、重吉やマサと話しこんでいた。京都で酒屋をやっているくせに酒に弱いと評判の伯父は、重吉と交した杯はいくらでもないであろうに、柿のように赤い顔をしていた。

「これがミネです。学校は道子よりも出来るけんど、道ほど気がきかんので、町へ向くかなあ。」

父はそういって、そのあとをミネに向い、

「どうじゃミネ、京のおっさんが子にほしいいよんじゃが。」

それを聞くとミネはあわてて茶の間を逃げ出した。そして伯父が帰ってゆくまで出てゆかなかった。伯父はマサの実家に逗留しているのだった。マサの兄妹の中で一番気楽に暮しているということで、たまに帰ると親類中がちやほやしていた。マサとよく似ていたが女のように狭い額を広く見せたいとて、ひまさえあればその生え際を白ちりめんでこすっていた。そのせいで四角な額ではあったが、生れつき固くて太い頭髪は黒々として栗のいがのように立っていた。子なしの伯父が一人だけ貰って育てようというのも妹の苦境を察してのことであったろうが、そうなるとやはり最もよい条件を見つけ出そうというのであろう。ミネと道子と、その上のヨシが一人一人呼ばれて首実験をされた。その結果、白羽の矢は道子にあたった。気さくな道子は器量の上でも一ばんよかったのである。話が決ると一家は大騒ぎになった。来る日も来る日も京都の話でもちきりだった。

「京都はな、そうどすえ、いうんじゃやど。」

聞きかじりの京都言葉のまねなどしながら、ミネはしかし、いいようもなく淋しかった。だがそれは、涙を流して泣く淋しさではない。何かしら大事なものを、ごっそりと人にやってしまわねばならない淋しさであった。みんながよろこんでいるその中で、これはミネだけの淋しさなのであろうか。といってその淋しさがミネの心にはっきりと感じられていたわけではない。もしもミネが文句をつけ、それが聞き届けられるとでもいうなら、ミネの答えは、これから米屋へは誰とゆくのかといったかも知れない。もうあと四五日の中に伯父が迎えに来るという日、ミネはたずねた。

「道ちゃん、京都へ子にいっても看護婦になるん？」

道子はけらけらと笑い、

「なるかいや、馬鹿。」

といった。いよいよ出発の日の道子の姿はミネの眼に輝くばかりの美しさに映った。その頃の田舎ではまだ見たこともない紫紺地の絣銘仙《かすりめいせん》の袷《あわせ》に、細い朱子《しゅす》の縞のある桃色のメリンスの襦袢、カシミヤの紫の袴をつけ、真紅のコハクのリボンを大きく蝶々に結んで頭をかざった。赤い鼻緒の畳の下駄をはいたその姿で親類や友だちの家へ別れの挨拶に回る道子を、人々はただ感嘆の声で見つめた。子供たちがぞろぞろとそのあとへついて歩く。それはまるで見知らぬ他国の人をみるように、遠い存在に感じられた。そのぞろぞろ歩きの子供たちの中へミネは交って、その美しく新しい衣裳が、京では普段着であることを得々と説明しながら、淋しさを忘れた。だがその夜、迎えにきた伯父と一しょに道子が汽船に乗りこむのを見ると、ミネは母の後ろに身を寄せてすすり泣き、家にかえると声をあげて泣いた。

「おかしげな子じゃな、道の首途《かどで》じゃないか、泣いたりして。」

そういう母もやはりのどにつまったような声だった。

道子をさきがけにして家の中は淋しくなっていくばかりだった。長女の加代も次の小たかも、その次のヨシもそれぞれゆく先をみつけて出て行ってしまった。ミネは一番姉娘の立場に立たされ、妹たちに向っていつとなく道子の態度を真似ていた。ミネは十歳であった。ある夜、ミネは母にゆりおこされて目をさました。母は耳もとへよってきて、

「ちょっと親もとまで提灯もちしてくれ。」

ミネは敏感にさとり、とび起きて着物をきた。それは夕方母の親元の伯父がきて、大事なものだけ換わしておけと内しょで母にいっていたのを聞いていたからである。母は目顔でミネを制しながらぬき足で外へ出た。裏口の外には赤いぬりの小袖簞笥がはだかのまま持出されていて、そばに父が立っていた。荷い棒が白い角のようにとび出しているその先棒へ母が肩をあてると、後棒の父は、よいしょとかけ声かけて腰をあげた。ミネは先に立って提灯を後ろに照した。簞笥の環ががたがたと鳴る。それが気になるらしい母は急に立ちどまり、切口上でいった。

「足、合わそー。右、左。」

簞笥は少しばかり静かになり、ミネの足音が耳についた。

「草履、ひきずらんと。」

ミネはつま先に力を入れ、足をもち上げて歩いた。母の親もとは小さな丘の中途にあった。浜通りを山手に向って折れ坂道にかかると、簞笥は又鳴りはじめ、マサは舌打ちをした。寝しずまった夜更けの村はひっそり閑として簞笥の環だけが騒がしい。親もとはもうそこであった。ミネが門の戸をあけると、その音で伯父が出てきた。そしてミネの提灯を取り、先に立って土蔵の方へ案内した。待っていたらしく土蔵の錠前をはずしてあった。その中へ簞笥を持ちこむなり、母は泣声でわめいた。

「差押えするならして貰おうじゃないか。子供のぼろ着物ばっかりじゃのに、こんな、まるで盗人《ぬすと》かなんぞのように……」

もうすぐ九人目の子供が生れるので、そんなこともマサの気を立てていた。伯父が誘うのも断って、三人はすぐ帰途についた。お互いに一言も交さずに歩いた。浜通りへ出ると急に波の音が高く、夜中に着く定期船の汽笛が鳴った。ミネは道子と別れた夜を思い浮べ、赤い鼻緒の下駄をふと思い出しながら草履のつま先にまた力を入れた。

学校のそばを流れている石橋を渡ると、道は二つに別れていた。浜へ出る道と、上の道とである。その二つの道のどっちが早いか、ミネと妹のスミ子とは道ごくをした。橋の上から二人はかけ出した。ミネは上の道だった。畑の石垣にそった細い道を、ミネは一生けんめい走った。背中で筆筒ががたがた鳴りつづけ、ミネのおけしの髪の毛は風を切って流れた。畑を出はずれようとしたとき、ミネは思いがけず、畑の中から声をかけられた。

「ちょっとちょっと、その子、樽屋の姉ちゃん。」

のめりそうになってミネは立ちどまった。すぐに返辞も出来ず、肩を波打たせて呼んだ人をみた。有福に暮している醤油屋の小母さんだった。村には何軒もの醤油屋があり、それはみんな金持であった。何の用かとミネは、走ったのと別の胸さわぎでその人をみた。三十そこそこなのに前歯のぬけ落ちた小母さんは、片手にネギを握って畑から出てきて、ミネと一しょに歩き出した。

「姉やん、虱《しらみ》わいとらせんの？」

ミネは背の高いその人をふり仰ぎ、妙な質問にだまってかぶりをふった。

「わいとらんの。そんならうちへ子守にきて貰えんか。」

「…………」

「学校がすんでからでえいんじゃ。帰ってお母さんに聞いてみてのう、よかったら来ておくれ。」

はい、とうなずいて、ミネはかけ出した。そしてとびこむように勝手口から台所に入ってゆき、スミ子が何かいうのを聞きもせず母に大声で告げた。

「お母さん、ミネ、今日から林田さんとこへ子守にゆくど、学校がすんでからでえいんじゃ。」

その翌日からミネは子守になった。学校の帰りの足はそのまま林田家へ運ばれ、教科書の包みを小縁の隅に置くと、ミネはすぐ背中へ赤坊をくくりつけられた。のばしかけのおけし頭を手拭でしばって、おでこの上で結んだ姿は一ぱしの子守女であったが、誕生前の男の子は十歳のミネには相当に重たかった。学校がひける三時から夕食がすむまでの子守は、晩飯を保証されるだけの報酬であったが、それでもマサは喜んだ。十歳の子供の食べる一食でさえも一家の経済の多足《たそく》にしなければならないほど、ミネの家は窮乏のどん底にいたのである。売る筈の浜の家を何とかそのまま維持してゆくことになったことの気兼もまた、十歳の子供を子守に出さねばならないほど複雑な心くばりをなさねばならなかったのだろう。しかし当のミネは案外にそれを苦労とも思ってはいなかった。十歳にもなれば、身の回りの変化を覚り、人並の我ままはいえないのだと、大人のようなあきらめをいつとなくミネは植えつけられていた。子守の集る場所は決っていた。冬は暖かく、夏は涼しい神社のお堂や学校の庭に決っていた。そこでミネは、額に手拭を結んだつれを見つけ出した。おそのは十二で他国者の娘であり、おかるは十三で樵夫《きこり》の娘であった。三人はよるとさわると世間話をした。三人は三人とも一日も早く大人になりたい娘であった。大きくなればになるのだというおそのは背の子がむずかると、憎らしげに歌った。

うちのてつ子さんにやりたいものは、破れ袋にホツレ椀——

乞食になれと歌うのである。それを聞いておかるが笑う。おそのに教わっておかるもやはり大きくなったら「姫」になりたいという。「姫」は芸者や酌婦をいう地方語であった。おそのたちは料理屋の女がつれ立って昼風呂にゆく姿を見、襟白粉をつけたその帰り姿を待ち、食い入るように眺めてはぬき衣紋のまねをし、気どって内またに歩いてみた。だが彼女たちの背中にはいつも大きな瘤がついており、彼女たちの首は垢にまみれていた。どうして「姫」になどなりたいのかと不思議に思うミネに、おそのが聞いた。

「ミネは大人《おせ》になったら何になるん？」

ミネは得意になり、「学校のせんせ。」と答えた。

「へえ、せんせ。」

おそのが事の意外に呆れたというような顔をすると、おかるはおかるで、

「せんせじゃと。子守やこいしよってせんせになれるん。」

口々にいわれてミネは、うっとのどがつまり赤くなってしまった。赤くなりながら、なにくそなにくそと気ばっていた。その次の日だけ、ミネはおかるたちと仲間はずれになっていた。

# 第三十六号

野間 宏

**野間宏**（のま・ひろし）一九一五—九一年。

神戸市に生まれる。三高在学中に詩人竹内勝太郎と出会い、フランス象徴主義をはじめ二十世紀ヨーロッパの前衛文学を学ぶ。富士正晴、桑原静雄と同人誌『三人』を創刊。京都帝国大学文学部仏文科在学中は、マルクス主義運動に参加する。一九四六年『暗い絵』で注目を集め、『顔の中の赤い月』『崩解感覚』などで荒廃した人間の身体と感覚を描いた。日本軍内務班の卑劣を赤裸々に描く『真空地帯』は山本薩夫監督が映画化。全体小説の理念を提唱、一九七一年に最大の長篇『青年の環』八千枚を完成。一九七五年より一九九一年まで十六年間、雑誌『世界』に「狭山裁判」連載（没後『完本・狭山裁判』として刊行）。差別、環境問題に関わり、新たな自然観・人間観の構築を目指した。晩年の長編に『生々死々』（未完）がある。

陸軍刑務所で私は一人の奇妙な逃亡常習犯の兵隊と親しくなった。彼は第三十六号という番号を持っていて、私の独房のちょうど後三つ目に当たる房にはいっていたが、すでに数回の獄生活で獲得したに違いないあの「あーあ」とか「ほー」とかいう暗い調子で長く後に引く技巧的な嘆息を始終はいていた。技巧的というのは、そこには看守の同情を引こうという意図と、それによって自分の心の内の息づまった状態をいくらか軽減しようとする意識が認められるのであって、陸軍刑務所の長い獄生活を経たものは、自然そうした嘆息の方法を自分のものにするからである。そしてまた第三十六号自身、私にそのことを話したことがある。そのような如何にも嘆息らしい嘆息は看守に一種の安心感を与え看守が覗き穴からその房の内部を覗く回数を減じるというのである。

第三十六号に私がはじめて会ったのは、私が治安維持法によって原隊で逮捕され、郊外にある刑務所に送られてから、最初の取調べのために市中にある中部軍軍法会議に出廷した時であった。この時彼は逃亡中憲兵に発見され連行されて来た。ちょうど食事時間であり、看守は軍法会議警手から第三十六号を受け取ると地下室にある食堂に昼食を注文するため、第三十六号と私とを、被告控室の隣につくられた格子のついた小さい房に入れ、錠を下して出て行った。

私達は看守が話をしてはならないと言い残したにかかわらず、すぐ口を開いた。彼はまず私の階級を聞き私が彼と同じ一等兵であると知ると、兵隊達が互いに未知の兵隊同士の間で感じるあの安心と軽蔑の交った親しみを感じたもののようであった。そして私は獄生活に必要ないろいろの注意を彼から聞いたのである。彼の獄生活は四回目であり、刑務所内の生活は、至って過し易いものであると彼は言った。殊に刑が決定して作業に出るようになると、一月の経つのがはやいから、それに彼は靴工で、靴修理の方に廻してもらうので、非常に楽であると彼は話した。

「お前、何回目や。」彼は言った。

「はじめてだ。」と私は答えた。と彼は、突然、何事においても彼の方が一段私よりも優越しているということを示そうとするかのように、私に私の持っている女の数をきき始めた。

「お前、女あるかい？」そして彼は右手の小指を曲げてみせた。

「うん。」私は彼の意味するような女との関係はなかったが、どうしたはずみか、こう答えた。彼は明らかに私の答えによって、彼の予想を裏切られたらしく、それならば、「女の数で行こう。」というもののように、せきこんだ調子できいた。

「ふん？　何人ある？」

「二人。」

「二人だけか。」

「うん。」私は答え、今度は私が彼のもつ女の数を問うべき時がきたと悟った。「お前は？」

「三人や。四人あったんやけど、一人は死によってん。」

それから彼は、彼の女について、明らかに事実と虚言と誇張の混交したと認められる愚鈍で厚顔な男を主人公とし同じ程度に無智な女をヒロインとする哀れな情痴物語を私にきかせた。そして彼の逃亡はそれらの女達との短期間の快楽とその後に起る何カ月かの刑務所内の苦役とをはかりにかけて行なわれているという風であった。彼は今度の逃亡中にも既に一人の女をちゃんとつくったと言って、その女の職業、容貌、身体つきなどをあの靴工たちのよく持っている親指のひしゃげた左手を、前につき出すようにして私に説明した。

「お前、腹へるやろ。」彼はすぐ話題を変えた。そして食物は出来るだけ噛まないようにしてのみ込み、茶や水の類は絶対に手をつけないようにすれば、非常に空腹感は救われるということを私に教えた。彼は言わば初心者の私に種々の獄生活の裏を開いてみせることに喜びを感じているようであった。それと共に私の尊敬を正当にも要求しているようであった。彼はまた、刑務所生活を楽にする方法として、誰でもよいから一人の看守をつかむことを考えなくてはならないと私に教えた。事実靴工の彼は刑務所ではいつも靴修理係に属し、与えられる靴修理の材料の一部を看守に廻し、それによって看守を自由にしていたのであって、看守の心を把えることは非常に容易であると彼は話した。

　彼は牢獄のことならば何一つ知らないことはないといったような話し方をした。そして彼の教える方法によれば絶対に間違うことはないし、その他にはまた絶対に獄生活を切りぬける方法はないのだと信じ切っているもののようであった。しかし彼のその話し振りによって、彼の語るところは、彼が獄生活を送るうちに、彼よりもはるかに獄生活に長じ、彼よりももっと大胆にことに当る人間から聞かされたことを、そのまま私の前でくりかえしているのであるということは明らかであった。間もなく控室に食堂から帰って来る看守の足音がしはじめ、私達はす速く両方に別れて、背中合せに坐り、前方の壁をみつめる姿勢をとったが、その前に、私達は互いに刑がきまれば、刑務所で友達になろうと話し合った。

「お前、刑がきまったら、わしのところに来いよ。」彼は言った。「雑居監の右手の作業場のところにいるよって。」彼は彼の刑が決った時は、当然彼が以前と同じように靴修理の係に廻されるにきまっていると信じこんでいるようであった。

「雑居監てどこにあるのや。」私は彼と同じ口調を用いてきいた。

「すぐわかる。わかる。刑がきまればお前も毎日作業に出んならんのやさかいな。」

「そう。でも俺の方は、ちょっと、ひまどるぜ。」私は言った。彼の話には大きな誇張があるとは思えたが、それは未知の獄生活に対する私の不安を幾らか消した。

第三十六号は横幅の広い、額の狭い、顎の小さい平板な顔をしていた。そしてひしゃげたような眼と先のつき上って赤紫に変色した低いこっけいな鼻と自由に虚言をはきうる厚い唇を持っていた。彼の背丈は低く頑丈な広い肩と外に向いた短い脚がついていた。もっともこの肩は右肩が左肩よりはるかに高くつき出ていたが、これは長い間の靴工生活が原因したのであろう。彼が身体を動かすと皮革のしめっぽい刺戟のある匂いがし、何か怠惰な精神が行き渡っている筋肉の存在を感じさせた。

彼は両親をもたず、全く身よりというものもなかった。そしてその身軽さと、肉食動物が肉に対するような女性観とによってしばしば逃亡を断行したのである。彼は軍服をきていたにもかかわらず、その眉の薄い輪郭のぼんやりした表情のとぼしい顔や、ちょっとの間もじっとしていることのない、注意力を欠いた挙動の中には、あの一銭宿や簡易宿泊所や公設保護所などの名ばかりの救済機関が表通りに建ち、裏通りにはその住人の精神と同じように、壁土をすり落して内部を覗き見ることの出来る廃屋の立ち並んだ、学術的用語を用いて言えば、不良住宅地区、あるいは密集住宅地区といわれる地帯の生活の影がにじみ出ていた。彼が短い時間に、私が尋ねもしないうちに語ったように、彼が軍隊に入る前に住んでいた、その街での彼の生活は、前日の生活と次の日の生活とが同じ一人の生活でありながら、なんら緊密な関係をもたないというような生活である。彼の食事をする場所は市営の宿泊所の付設食堂か、一膳飯屋である。彼は、怠惰と仕事に対する嫌悪がのせられている彼の肩の上に、靴修理の道具のはいった小箱をのっけて、昼近くその街を出て、駅前か、盛り場近くの交叉点の街角に、小さな店を開く。が、四時頃には、もうそこにはいない。

私は彼の中に鈍感と同じ程度の狡猾と同じ程度に単純な虚栄心とを認めた。彼は不潔で、陰鬱で、すべての努力は全く人間にとって無益であるという教育を生活によってつぎ込む、あの日本の最下層社会がつくり上げた人間であった。そしてその彼を軍隊がさらに完全に仕上げたのであった。

「あーあ」という幾らか調子のついた第三十六号の巧みな嘆息を、私は、私の周囲の房から放たれる生気のない頼りなげな、生命の消滅を意味するような多くの囚徒の嘆息の中からきき分けることが出来た。独居監は、山の麓の盆地につくられた陸軍刑務所の中でも、もっとも奥地を占めていて、建築様式も古く棟の高い奥行の長い建物の両側に、厚い木の壁でへだてられた小さな独房が、人間の眼球大の円い覗き穴と食器を入れる四角い箱穴のついた頑丈な扉を持って、百幾つか並んでいた。そしてその一つ一つの房の中から、うす暗い監房内を一層暗くさせるようなとぎれとぎれの嘆息が交互に出されると、それは、ゆらめくように立ち昇り、高い天井まで上って行くように思われた。そしてそのしめった響きは消えようとする灯の炎の色彩を思わせた。それは刑務所内の唯一の音楽であり、嘆息がつむぐ交響楽である。食道を通って口の中まで押し上って来る、粘液の交ったような心の思いを彼等が僅かに吐き出すとき、囚徒達はこの嘆息の中にまさに彼等の生活を語る幾万言を含めるのである。看守はこの嘆息を身に浴びながら、房の前に敷かれたマット道を、音もたてずに歩き、次々と覗き穴をのぞいて行く。

第三十六号の嘆息はこれらのいつ吐かれたともいつ途絶えたとも解らないようなほの暗い嘆息とは類を異にしていた。彼の嘆息はこれらの嘆息の中にはとけ込まない。そこには何か人工的な感じと、刑務所慣れのしたもののもつ余裕とがあった。「あーあん」という低音の、咽喉の奥をかすって出される、よく注意さえすればすぐに作意の跡の発見できる音声が放たれ、一定の周期をもって動く機械か何かのように、しばらくの間それが途切れる。そしてまた繰り返される。と彼の房の辺りで看守が彼を叱責する怒声がきこえる。

「第三十六号、何をしとるか。」看守の声が、わーんと冬の暗い房内にこだまして、かえって来る。

「…………」

「第三十六号。」

「はあ。……何もしてえしまへん。」第三十六号の哀れを粧うた細い声がする。

「何？　何もしてへんことがあるか。お前いま、膝をくずして、右足をのばしていたじゃあないか。嘆息ばかりつくりやがって。そんなことで誤魔化されると思うか。」

「…………」

「第三十六号。在監者心得第二十九条、知らんのか。在監者ハ前方ノ壁カラ一尺ノトコロニ坐リ、手ヲ膝ノ上ニ軽ク握ッテ置キ、顔ヲ真直グニ保チ、眼ヲ閉ジルコトナク……四度も五度も、ここへはいって来やがって、知らんとは言わさんぞ。」そして、看守の罵声に全くひそまり返った監房内に、ひゅーっと太い棒をしごくような音が二度ばかり聞え、それがぐさっと肉の中につき入る鈍い音がして、辺りは全くもとの静寂にかえる。

「よくこの味を覚えてろ。」

しかし第三十六号の房からはなんの物音も上らなければまた何の答えも聞えなかった。監房内の二百幾つかの耳が、獄生活によってみがかれた鋭い神経を集めて第三十六号の房に向けられているのを私は感じる。私の耳もすんでくる。私は小さい箱穴から第三十六号の肉と骨の中に陸軍刑務所在監者規律をぶち込んだ看守が、まだ木銃を握って、彼の房の前に立っているのを感じ取る。覗き穴にあてられたその看守の右眼は大きく開いて、姿勢を正している第三十六号の背をじっとみつめているに違いない……。いや、私は、私の左の眼の隅で、私の房の覗き穴に、黒い鈍い輝きをもったものが、光るのを感じた。とそれが、動いた。そして覗き穴は再びほのぐらく開いた。私の房の横を、ひたひたとあるかなきかの足音がし、空気を動かして、人の行きすぎるけはいがした。そして再び人々の嘆息の音楽が始まった。

横の調練場に面してつくられた高い小さな網窓からさす太陽の光が、房内の木の壁の上に光の正方形をつくり、それが次第に位置を高くし、うすれ、ぼやけ、セルの薄鼠色の獄衣をつけた囚人の体に、夕の色がまといつく。分列行進の演習をしていた囚徒達を還房させるために看守達の掛ける号令が、遠く調練場の果ての方にきこえる。とやがて刑務所の西の隅にある浴場のあたりから、囚徒達の素足で力一杯床板を踏む足音が、とどく。それは彼等が調練服を獄衣に更《きが》える前に行なわれる検身の足音である。私の眼には、その浴場の身体検査の光景が浮かんでくる。裸の囚徒達は浴室の前の板の間に、長い列をつくって、順番をまっている。銀の帯に銀の星一つの襟章をつけ、長い曹長剣をつった木綿の制服姿の看守達がその周囲を取りまく。中央に突っ立った検身看守の前へ囚徒は歩む。そして最後の三歩に力をこめて、足音を床に響かす。彼は止り、不動の姿勢をとる、「始め。」看守が号令する。「一。」囚徒は両足を開き、両手を水平に上げ、顔を左右に振って、耳の穴が看守の眼に入るようにする。口を開け、舌を上に上げる。「二。」囚徒は足を閉じ、両手を下し、廻れ右をする。「三。」左足を後に上げる。右足を上げる、両手を前についで肛門を見せる……。長い間つづく検身の足音がやがて途絶え、広い刑務所は嘆息と弱々しい呼吸にみちて来る。そして点呼がはじまる。

東第一雑居監、東第二雑居監、北第一禁錮監……次第に点呼責任者が独房監に近づいて来る。「気を付け。」二人の看守が号令をかける。とその声が高い棟に響いてうなりを生じ、独居監の各房内で人々が立ち上り、床板をふむ足音が拡がって来る。在監者は前方の壁から二歩の位置に不動の姿勢をつくって待っている。「第何号、少し前。」「第何号、右手を伸ばせ。」看守がマット道をあわただしく駆けぬけ覗いて廻る。やがて監房の大きな重い戸が開かれ、看守長が点呼責任者を伴ってはいってくる気配がする。

「第六十二号。」点呼責任者が力をセーヴした、職業的な抑揚のある低い声で番号をよみ上げて行く。「はい。」在監者は大声を上げて、一歩前に踏み出す。すると厚い木の床をふみつける足音が、房内にとどろく。こうして彼は自分が房内に確乎として存在していることを証明するのである。「第何号。」「はい。」そして足音が鈍くとどろく。「第十八号。」私の番号が読み上げられる。「はい。」私は一歩前にふみ出し、わたしの存在証明をする。私は自分の役目をすませて、第三十六号の順番が来るのを待っている。私の胸は小さい期待にふくれる。というのは第三十六号の存在証明には、時々何か奇妙でこっけいな添加物のあることがあるからである。それはいつも私を微笑ませ、点呼のときそれを待ち望む気持にさせる。

「第三十六号。」

「はーい。」

第三十六号の点呼は暇どる。彼は或る時はその声を大きく長く後に引く。或る時は全く聞きとれぬほどの低いものである。

「第三十六号。」点呼責任者は直ちにやり直しを命じる。

「はーい。」

第三十六号が一歩前進する。そしてつづいて「馬鹿者。左足から出る奴があるか。」という看守の注意がきこえる。

「第三十六号。」第三十六号は一歩前へ出て、発言許可を求める。

「第三十六号。何か。」

点呼責任者が言う。

「はい。診断を受けたいのであります。」

「どうしたのか。」看守長の声がする。

「痔ができましたんです。」

「貴様、なに言うか。」横から看守が罵声を上げる。

点呼責任者は第三十六号を放置して次に進む。点呼がつづけられる。そして囚徒の前進する足音がする。点呼責任者達は次第に向うに遠ざかって行く。そしてその番号を読み上げる声と、囚徒の存在証明の足音の中を、「痔が出たんですよう。」という低い第三十六号の声が繰り返され、やがてきこえなくなる。

これは第三十六号の刑務所に対する一風変った一つの抗議の仕方であったようである。独房の中で厚い板壁に真直ぐ顔を向けたまま板の上に一日中坐って、眼を閉じることも顔を動かすことも許されぬ陸軍刑務所の囚徒が、彼の身体をかこむ陸軍刑務所在監者規律と独房の壁に向ってはかなく投ずる反抗である。というのは彼はその方法によって、何よりも厳粛を必要とする神聖な点呼の秩序を乱すことになるからである。しかも点呼を事故なく終了しようという看守達は、点呼時間に彼に制裁を加えるということはないのである。私はときどき第三十六号がこうした方法を採用するのに出会った。このようなとき、彼の言葉の中から、彼は単に一回二回の入獄者などとは訳が違うのであって、獄生活にふかく通暁した存在であることを周囲の他の囚徒達に示そうという気持を看取することが出来た。そして彼の発言によってどこかの房で誰かが忍び笑いをもらし房内の空気が少しばかり変化して来るようなとき、彼の声は調子づき、上ずり、生気がはいって来る。私はこのときの彼の得意げな顔を想像することが出来た。狭い額は黒く輝き、小さい鼻はふくらみ、厚い唇に唾液がねっとりからまっている彼の顔を。

第三十六号の取調べも私と同じようにかなり手間取っているようであった。普通軍法会議公判は、予審を経ずに二、三週間の取調べの後行なわれたが、彼はすでに一カ月以上も未決生活を送っていた。そして彼が以前未決期間の苦しさについて話したその言葉通り、私はしばらくして第三十六号が次第に弱り始めてきたことに気づいた。彼は例の技巧的な嘆息をもらすことがなくなりそれと共に彼の房のあたりで看守の叱責する声もきかれなくなった。

或る日私は久しぶりに彼が看守に発言許可を求めているのを聞いた。

「第三十六号。」彼は咽喉の奥にじっとこもっているような声で自分の番号を唱えた。彼の抑揚のない、はかなげな声は、昼近く空腹に襲われ、力なくそれと闘う囚徒達の心を堪えがたくさせる調子をもっていて、最初そのような声があの三十六号の口から出てくることを私に疑わせた。私は彼の声の中に彼の苦しみが溜っているのを感じ取った。すでにその頃看守達は彼を真面目に相手にするということはなくなっていて、この時の看守も彼の発言許可の願いをそのまま放置して黙って通りすぎた。

「第三十六号。」第三十六号は幾度も同じ調子で繰り返した。

「第三十六号何か。」看守はようやく彼に発言を許した。

「はあ。何か作業させてほしいのであります。」第三十六号は弱々しい声で言った。

「出来ん。」

「何かさせて下さいよう。お願いします。何もせずに、じっとしてるの、ほんまにつらいんですよう。」

私には彼の苦しみが解った。彼の言葉の中には彼の身体の上に働いた強力な獄の作用の影があった。私は彼の身体の中に陸軍刑務所の未決生活の苦しみ、絶対の無為の苦しみが食い込んでいるのを認めた。私は房内であの少し猫背の体をまるくさせて、規定どおり両手を膝の上にのせ、すでに見あきた眼の前の壁の上の木理《もくめ》や節穴模様に力のない眼をぼんやり向け、許されているただ一つの自由——呼吸の自由を享楽しながら無為と怠惰の大きな相違を感じさせられている第三十六号の姿を想像した。彼は彼の半生が彼に教え彼の軍隊生活が彼を導いた真理、怠惰は人生を渉るための確かな方法であり、生存のために必要な要素であるという真理の正しさを、さらに獄の壁によって知らされているのであろう。

「未決者には作業が許されんことは、お前も知っているやろう。第三十六号。」看守が声を和らげて言った。私にはその幾らか円みのある、発音の明瞭な声で、それが花岡という図書係をしている看守であるということがすぐ解った。彼はバセドー氏病を思わせる大きなつき出た眼と高い鼻をもった色の白い四十前後の看守であった。彼は以前大阪市内でチェーンストア式の喫茶店を経営していたが、企業整備で事業を中止し、徴用逃れのために刑務所にきていることを、私は出廷のとき彼からきいて知っていた。彼は陸軍刑務所には稀な物解りのいい、彼が喫茶店事業時代に拡げたに違いない、幾分視野のある考え方を持っていた。が彼はあの四十代の人間が往々抱く説教教育に対する趣味をもっていた。

「第三十六号。じっとよく考えてみるんや。……お前みたいに刑務所が恐くなくなったら、人間ももうおしまいやぞ。」看守は始めた。「結局刑務所で死んで、誰一人骨の引き取り手もないという具合になってしまうのがおちだぞ。」

「………」

「お前は今度も六カ月の懲役ぐらいに考えてるやろうが、そいつが第一大きな間違いだぞ。最近法律が変ったのを隊できいたろう。内地も戦地並になってただの逃亡でも、四年五年の懲役のものはいくらでもいる。それに第三十六号、お前の罪は逃亡だけやないというやないか。窃盗、詐欺、……それにまだある。今度こそ、お前もほんまにじっくり胸に手を当てて考えてみんといかん。」花岡看守は彼が既決囚に物を説いて聞かせる調子を用いて言った。が彼が「胸に手を当てて考えよ。」と言ったとき、この言葉は私を微笑ませた。というのは、膝の上に置いた手を胸の上に移す自由は刑務所の囚徒にはなかったのである。

「五年？」第三十六号はしばらく黙っていたが口を開いた。「看守殿、五年？」そして彼の声の中には明らかに驚愕に近い狼狽の響きがあった。「四年や五年ぐらいじゃあ、まだお前の身にはこたえんやろう。」

しかし第三十六号の声はなかった。彼の房は全くしんとしずまっていた。そして看守の声だけがつづいた。

「じっくりよく考えるんやぞ。胸に手をあててよーく、考えてみるんやぞ。」

調練場の向うの刑務所衛門に吊り下げられた鐘が一つ鳴りひびいた。

「安坐《あんざ》。」花岡看守がよくとおる声で号令をかけた。そして監房内に囚徒達が正坐した足を組みかえて安坐の姿勢をとる物音がしばらくの間拡がり、やがてまた、全くもとの静けさへかえった。

一週間ほどして私は取調べに出廷する第三十六号と一緒になった。私が箱穴から房内に入れられた薄い木綿の出廷服に着替えて、独居監と雑居監の間に建てられた看守夜勤室の傍の出廷準備部屋に、看守に後を追われながらはいって行くと、すでに手錠をつけ、捕縄をかけられた両手を、上衣の前裾にかくして、壁の方を向いて寒そうに立っている二人の被告が眼にはいった。二人共出廷服と同色の鼠の、小さい庇のついた、小学生の運動帽様の出廷帽をかぶり、兵隊靴の紐を取り去った大きな出廷靴をはき、頭を前にたれて、出発の命令を待っていた。一人の方は身長が普通以上に高く、一人は横幅の広い体つきをしていた。

私の手錠、捕縄が終り、私達は、朝早く掃除囚が箒の目を正しく入れた広い調練場を斜めに横切って、歩いて行ったが、私は私の前を歩いている二人のうち、左側の背の低い方の右肩が左肩よりはるかにつき上っているのを認めた。そして私はそのときはじめてそれが第三十六号であると気づいた。注意してみると、彼は、不精のしみ入った彼に相応《ふさわ》しい、靴を地面にするようにして歩く、あの彼の歩き方をして、歩いていた。もっとも彼のはいている靴は特別大きく、それ故に、そうした歩き方をしなければ、ただちに靴は彼の足からぬけ落ちたでもあろうが。

私達は大きな鉄の扉のある衛門の処までやってきた。と、傍の小さな廠舎《しょうしゃ》から外套をつけ、白い軍手をはめた若い円顔の立番看守が姿を現わした。

「御苦労さんです、おはやいのに、えろうますな。」彼は、まだ軍隊口調の残っている言葉で言い、私達の後にいる先輩の出廷看守に敬意を表した。

「三十六号、百一号に第十八号、三名。」と出廷看守は、その示された敬意は当然先任者として受け取るべきものであるといった風に、出廷被告の番号を規定通り告げることによってそれに答えた。

きい、きい、きい。白いペンキを塗られた鉄の扉を、衛門看守が開いた。「出よ。」出廷看守が言う。私達は、コンクリートの勾配を上り、寺院の塔のような建築様式に依って建てられた、高い尖塔のある陸軍刑務所表玄関建物の横に出、網の戸のついたバス型の出廷自動車の準備が出来上るのを待っていた。

冬の空は冷たく晴れ、長く彎曲して突き出た寺院風の庇の下から、生駒《いこま》や志貴《しき》の山の向うに連なる大和の連山の山頂の光りを放っているような長いうねりが、眺められた。ちょうど山の向う側にまだ昇らぬ朝日があり、山の頂上線は異常に強い光を含んで、くっきりその傾斜を空の中に印していた。そして山の中腹の突き出たところには、山の黒い地肌をところどころ見せて薄い雪がのこっていた。私は、私の右横に一尺ほどの間隔をおいて並んで立っている二人が、私と同じように久しぶりに接した外界の広々した姿から生れる解放感を眼の中に放っているのを感じた。がふと頸を右に廻して一番端の第三十六号の横顔を眺めたとき、私は彼の容貌の激しい変化に驚かされた。そして彼が少し顔を動かせて、その面をほとんど全部私の眼にみせたとき、私は私の眼が異常な刺戟をうけるのを感じた。その顔の幾らか黒味を帯びた皮膚はすでに脂肪が抜け、かさかさし、獄生活を送るものに特有のあの肌の色の変色がはっきり現われていた。

小さい眼を容れている下眼瞼の皮膚は緊張を失い、たるみ、二つの頬骨はその位置を大きく示している。赤紫がかった小さい鼻の頭は、何かに圧えられたように白味を帯びていた。そして、ただ形を変えずに比較的整って見える円い太い眉も、浮き上った眉の下の骨の上に付け眉毛のようにのっかっていた。私がはじめて彼に会ったとき見た彼の相貌は全くそこには見られなかった。多分、第三十六号も、私の顔が彼と同じほどにも変化していて、私を私と見分けることが出来なかったのであろう。彼はしばらく、何ということもなく私を見つめ、やがて私を思い出して、かすかに笑ったが、その笑いはたしかに心に反して強いて笑われたものであったようである。彼が私に向けた眼の中には、彼が以前、獄生活の初心者の私に示したあの軽蔑の色はなく、そこにはどこか放心しているようなあるいは視神経を奪い去られてしまったもののような感じがあった。

彼はすぐに顔をもとにもどし、しばらく眼の前の背丈の低い槙《まき》の植込みにじっと顔を向けていたが、やがて、恐る恐る首をつき出す亀のように、その太い頸を前にさしのべ、小さな顎をもち上げ、彼の顔を、冷気がとけて水にぬれたように光っている槙の葉に近づけた。そして手錠のはまっている手の代りにその頬と唇とで槙の葉に触れた。私は彼の円めた口から苦しげに白い息が出るのを見た。口中に熱を持った病人の唇に触れる氷のように彼の厚い唇に触れる槙の葉を見た。

「第三十六号、勝手なことをするんじゃない。」後で看守のきつい声がした。と第三十六号は、びくっと全身をふるわせ、それから、力を入れて伸している首をもとにちぢめた。

私達は間もなく自動車にのせられて出発した。陸軍刑務所の被告に取って出廷は一つの楽しみである。

被告は途中、刑務所のあのコンクリートの高い塀にかこまれていない大気の中に出ることが出来る。風景や人や動物が彼の前に現われる。彼は踏切りと遮断機とすぎて行く列車を見る。村と街、街の埃の屋根屋根を見る。戦争で荒れたアスファルトを見る。出勤時間、交叉点で信号を待つ人々の中に、ハンドバッグの紅い色を見る。被告の前に遮断されている日常性が展かれるのである。被告は対空防護用の紙片を貼った自動車の硝子窓に顔をあてて、視覚によってかすかな自由を恢復し、ときに看守達のもらす言葉をむさぼるように——収める耳によって、外界の動きと関係を結ぶ。しかし、この日第三十六号は、この出廷の楽しみを思う存分享受しなかった。彼はいつもに似合わず、肩を細め、頭を前におとし、時々、彼の右側に腰掛けている看守の方を窺いながら、じっと彼の心の中に生れてくる不安に堪えているという風であった。もっともこれは後で解ったのではあるが、この日は彼の最後の取調べの日であったようである。私は自動車の揺れる反動を利用して、彼に、以前彼と私とが軍法会議控室の房内で話し合ったときのことを思い出させようと右肘で彼の横腹をついたが、彼はまるで去勢を受けたもののように私に応じようとはしなかった。私は彼の横顔に眼をそそいだ。そしてもう一度改めて彼の変った顔を調べた。彼の眼は眼瞼の肉がおちてしまっていて眼をとざしているにもかかわらず眼球を蔽いきれないとでもいうかのように開かれていた。そしてその眼瞼の端に少し尖のちぢれた短い睫毛がへばりついていた。その下眼瞼には縦にはしる幾筋かの黒味がかった皺が出来ていて、彼の不健康な性生活を思わせた。細い褐色の頭髪は長くのびて横に臥《ね》、彼の狭い額を一層狭く見せ、厚い上唇の上はまばらな鬚がのびていた。小さい耳は埃をかぶったように白っぽかったが、それは長い生毛《うぶげ》に蔽われているのであった。そして彼のその打ち沈んだ顔からは、もはや刑務所生活に慣れた人間という感じを受け取ることは出来なかった。

しかし第三十六号は、出廷自動車が奈良街道を折れて大阪市内にはいる頃、ようやく元気を取り返し始めたように見えた。もちろん元気を取り返し始めたといっても、彼は、以前私が見た彼のように、そわそわし、前の座席に掛けている第百一号に眼を注いだと思うと、次の瞬間には、頭をさげて、自分の大きな出廷靴に見入り、また眼をあげると、運転台の硝子窓にはいる外の事物に見入るという風の人間に返ったというにすぎないのであるが。

私達は間もなく大阪城内にある中部軍司令部の三階建の横の長い煉瓦の建物の前についた。そしていつものように、左横のガレージの横を通り裏手に廻り、建物の一階左翼を占める軍法会議公判廷の前につくられた被告控室にはいって行った。

私の取調べはいつものように非常に簡単なものであった。もっとも検察官達は日毎に増加する犯罪のために繁忙をきわめていて、わずかばかりの証拠物件と膨張した推理力により刑罰年限を決定することによって、過労を防止しているようであった。その日私は私の家の家宅捜査によって発見された秘密出版物が私の所有であることを承認し、すぐ控室にかえされた。第百一号と第三十六号の取調べは、担当検察官がちがっていて、午後に開始されることになった。そして、すでに役目を終えて、他の被告の取調べの終了を待ちながら、私に出来ることと言っては、ときどき顔を左に向けて、私の横に腰掛けている二人の被告や、控室の入口に席を占めている看守を観察して時をすごすというだけであった。もちろんこうして、自分の眼の前に（眼の前というよりもむしろ眼の横に）自分が眺めたり観察したりすることの出来る対象物を持つということは刑務所の独房に於いては全くないことであり、それはまた出廷被告の享楽の一つであったのである。

部屋は六畳あまりの小さい細長い部屋で、埃と手垢で薄汚くなった卵色の塗料を用いた安っぽい張りぼての壁とその壁と同色の低い天井に囲まれていた。そこに処々毛がすりきれ褪色して灰色のように見える水色のビロード張りの六尺椅子が二脚縦に置かれ、その前の方の椅子に私と第百一号と第三十六号が壁の方を向いて腰掛けていた。

被服廠《ひふくしょう》の徴用工員で官品横領の罪名をもつ長身の第百一号は、すでにかなりの年配で醜いしなびたような坊主頭を他の者の頭よりも一段高くにょきんと突き出し、獄内の囚徒作法を守って、じっと前の壁に顔を向けていた。彼は高い段のある鼻と深くまなじりの切れ込んだ大きな眼をもっていて、頭を刈り取っているのでやつれていたにかかわらず幾分若く見えていたが、彼の人生は刑務所に来る前も決して幸福なものではなく、第三十六号の生活の営みとはその方法や形態に於いては異なるが、やはり生れた時からすでに僅かしか手元に残されなかった自分の中の人間を、漸次ひとに売り渡しながらようやく生計を立てるという風な仕方で送られてきたものであるということは、長年にわたる栄養と自分の生命の消費に対する無関心によってもたらされた、頰の肉のたるんだ、肌の色のくすんだ、受動的な（しかもすでに磨滅した）神経によって表情する彼の顔からはっきり見て取られた。

彼の耳は、耳たぶの大きな拡がるように突き出た少し奇怪な形をしていた。その耳はトルストイの「アンナ・カレーニナ」のカレーニンの耳を思い出させ、カレーニンの耳があのアンナの心に嫌悪を起させたようにこの男の耳は多分看守の心にさわるに違いないと思わせた。事実彼は絶えず膝の上の手をもぞもぞ動かし、それと共にゆっくり右膝をもち上げるようにしては、右手の甲を出廷服のズボンの布切れに押しつけるようにする。するとその度に手錠をつなぐ鉄の環鎖がかすかに引きずるような響きをたてる。そして看守の注意を受けるのである。

看守は私達の左側のこの部屋に一つしかない小さい開き戸の左横に椅子を据えて膝の上に公判日誌の綴りを開いていたが、第百一号と第三十六号とにきびしく当たっていた。

「第百一号。」看守は頭を上げて腰を浮かせ、ひそめた眼でじっとその方を見ながら低い声で言う。

「第百一号。」

「はい。」第百一号は身体を硬直させ、右足の踵を持ち上げ、膝を高め、左手の甲を膝の上に置いた姿勢でぴたりととまっている。そしてしばらくの間、彼の背で看守の様子を窺っている。がやがて右膝を動かし、右手の甲をズボンの布切れにすりつける運動を開始する。そして鎖の微かな響きが起こる。

「第百一号。」

「はい。」

「第百一号。何か。第百一号何をしているのか。」

「おい、何をしてるかと言うているんだ。」

「第百一号。」

「はい。」

「第百一号、ひぜんかき奴《め》。俺の言うことがきけんのか。」

看守は普通刑務所内とはちがって、取調べのために出廷しているときは、その手綱をゆるめるものである、しかしそれはこの日の看守にはあてはまらなかった。もっともこの日の看守は（これは後で解ったことではあるが）、刑務所内でも有名で、徴用逃れのために来ているような他の看守達から敬遠されているという風の人間であった。彼は政治犯の私にはかなりのことを許したが他の二人に対しては少しの容赦もしなかった。

彼は上背のある骨組の頑丈な体をしていて、木綿の軍服様の制服をつけ、すねの長い足に、手入れのゆきとどいた、光沢のある革脚絆をつけていた。高い鼻は長い顔の真中に長く筋を引き、その下に黒味がかった幅の広い唇があり、下顎がとがっている。そして一皮眼瞼の、少し黄味を帯びた眼の中に、ときどき、長年看守を職業にしてきたものに特有のひとの心の奥を信じ切れない疑うような不信の光がぱっと輝き出る。すると、彼は頭を上げて辺りを見廻すようにする。そして何でもなかったというように再び眼を開いた日誌の頁の上に下す。

それは坂中という看守であった。これは後で解ったことであるが、彼は陸軍刑務所に十二、三年も勤めており、最近毎年看守長になるための法務部録事の試験を受けて、いつも不合格になっていた。私は運動のために独房を出されて刑務所の雑居監の裏の広場の農事囚がつくっている野菜畑の辺りへ向う途中、彼が学校出の若い看守長から叱責注意を受けているのを見かけたことがある。そのようなとき、彼は心には怒りをもちながらも、上官からそうした荒い言葉を受けるのは当然であると認めている模様で、姿勢を正してきいていた。時々私は監房検査や入浴の時、彼と顔を合せた。そして私は彼の心が軍隊の階級組織の一番下層にいるものが往々持っている、あの全く抑圧され、意地悪な表現による以外には出口をもたなくなっているような心に所属することを見て取った。彼の心の襞の間には絶対に服従を強いる陸軍刑務所看守服務規律というような条文の下で長年働いてきた彼の苦悩が幾重にもまき込まれているに違いなかった。実際私は、出廷のために刑務所雑居監の横の長い廊下を渡って行く際、彼が房内の囚徒の反則行為を摘発して、房の格子戸にかけ寄り、囚徒をおびやかす兇暴な声をきいたことがある。彼は腰にはいた長い軍刀の柄に右手を置き、向こうむきにならんで正坐している雑居房の横のマット道を足速に行きすぎる。そして彼が囚徒の反則行為を発見するのは、この行きすぎた瞬間である。というのは、囚徒は看守が自分の背後を通り終ったということを、鋭敏な背で知覚するや、その反則行為を開始するのが常であるからである。坂中看守は真直ぐに顔を上げ、房内に眼を向けることなく行きすぎる。そしてこの瞬間を老練に活用する。彼の視覚の隅にうつる囚徒のかすかな動きによって、彼はすべてを見抜き、次の瞬間、何か動物的とも思えるような軽い跳躍によって、横側の格子戸にとびかかる。「しゅあー」彼は、左手を格子戸にかけ、腰をおとして身を低め、全身の力を引きしぼってそれを彼の唇に集め、くいしばった歯の間から、圧力のある不気味な過擦音《かさつおん》を吐きかける。とすでに看守が自分の背後を通りすぎたと判断して、膝の上に置いた右手を顔の上に移した囚徒は、不意を襲われ、彼の弱りはてた身と心に、戦慄を交えた衝撃をぶっかけられる。「しゅあー」坂中看守はさらに一度あの厭な音を房内にはきかけながら、何か不可解な喜びの笑いを頬に上せる。彼が囚徒の背後から「しゅあー」という気持の悪い音を浴せかけるとき、その格子に近づけて大きな歯をあらわに見せた口から出る彼の声の中には、また彼が彼の前の格子戸の内の弱者の狼狽した姿に向ける笑いの中には、彼の十何年かにわたる人生の上にのしかかる軍隊組織の重圧がはっきり姿を表わしていた。彼はおびえたように身をちぢめている囚徒の眼の前に、彼の軍刀の尖をつきつける。そしてその冷たい鉄の鞘を囚徒の頸筋にじっとあてて、こう命じる。第何号脱衣。それから、谷間の冬の冷気が入りこむ房内に骨の多い裸体をのこしたまま、再び巡視勤務をつづける。

彼は陸軍刑務所にはめずらしい政治犯でしかもまだ刑の決定していない私に対しては他の看守達と同様に少し控え目な心の動きを示していたが、監房検査を規定通り実行した。彼は他の看守達が私の房内では省略し勝ちな、毛布の検査を欠かさなかった。彼は裸になった私の頭髪、耳、目、舌の根元、腋の下、掌、足の裏、肛門をしらべた。彼は私の便器の底をしらべた。また彼は規程の入浴時間一分を、一秒も延長しようという気持を起さなかった。そしてこの男が監房の前を通るとき、この男の発する何か不思議な気配でこの男の存在を判別することが出来た。私はすでに軍隊内で自分を人間としてではなく物品として取扱われることに対してはかなり心を鍛えていたので、彼のこうした規程の忠実な実施に対しては、心を動かすことは少なかったが、私は彼がその周囲にふりまく陰鬱な空気から、彼がただ単に軍隊組織の上からの重圧によるだけではなく、自由を奪われた人間達との長年の看守としての奇妙な交わりによって、彼自身自ら自分の自由を奪ってきたのだということを感じ取った。

「あー、あー、あー」第三十六号が、嘆息をもらした。それは私に刑務所内に於ける彼のあの技巧的な嘆息を思い出させた。私は彼のそのような嘆息を長い間聞くことがなかったことを思い起した。そしてその嘆息は第三十六号の中に出廷によって幾分余裕が生れ始めていることを私に感じ取らせた。

「第三十六号。」坂中看守が顔を上げ声をかけた。私は彼が第三十六号をしかりつけるのではないかと恐れた。第三十六号は黙っていた。

「第三十六号。」坂中看守が繰り返した。かれの声は、私が意外と思ったほど、優しさのこもったものであった。

「はい。」第三十六号は、垂れていた頭を上げた。

「第三十六号。つらいか。」看守が言った。

「はあ、つらいです。つろうます。」

「つらいか。ふん？　つらいということがお前にも解るか。」

「はい。解ります。」

「嘘言え。」しかし看守の声はとがってはいなかった。むしろそこには幾らか、からかうような調子が交っていた。

「解ります。解りますよう。」第三十六号は看守の言葉付きから看守が決して険悪な気持を抱いているのではないということを見抜いたのに違いない。彼は少し甘みのある声を出し、彼の言葉を看守の心にからみつけようとするような幾らかねちねちしたところのある物の言い方をした。

「嘘言え。」

「ほんまです。ほんまにつろますよう。」

「ふん？　女に会えんのがつろますだろう。お前なら。」

第三十六号は顔を振った。そして右側の私の方にその面を向けた。がその顔の上には虚栄心の満足の現われがはっきりと窺われるへんてこな笑いが上っていた。そして彼は坂中看守のいつにないそのような言葉に勢いを得て、彼が最近ずっと心の内で考えつづけていたに違いない質問を始めた。

「第三十六号。」と彼は発言を求めた。

「何か。」

「看守殿、ちょっとお尋ねしてもよろしますやろか。」彼は、彼が丁重と判断する語調を用いて、なれなれしい敬意をそこにこめながら言った。

「何だ。言うてみい。」

「看守殿、逃亡で四年、五年というような刑が最近ほんまに出来ましたんでしょうか。」

「何？」と看守が言った。と彼の頸が真直ぐのびた。彼の顔が平素の看守の職業的な冷たい顔にかえった。

「何？」彼は繰り返した。「お前の刑のことを言ってるのだな。」彼は第三十六号の背にじっと鋭い眼を据えて言った。

「看守は被告にそんな刑の長短をとやこう言うことは許されん。」それから第三十六号の少しく調子にのった言葉を冷酷にはねかえすような、抑揚を圧えた無慈悲な調子でこう言った。

「あたり前じゃないか。お前なんか、四年や五年の刑ですむと思うのが間違いの元だ。五つも六つも罪名をもちやがって、それで五カ月六カ月ですむんやったら、正直に軍隊づとめをするもんは、一体どうなるのだ。ちょっとは恥を知れ恥を。いま日本はどんな戦争をしてると思うてるか。」彼はここで言葉を切った。そして自分の言葉が相手にあたえた効果を見とどけようとするかのように、しばらく黙った。

第三十六号と第百一号の取調べが終ったのは、午後の三時過ぎであった。私達をのせた出廷自動車は暮れ方の奈良街道を走って行った。私はまた次の出廷まで十日間ほど、見ることの出来ぬ外界の姿を、硝子窓に顔をよせてじっと見つめた。遠く右手に生駒山とそれに連なる低い起伏の少ない山々が夕陽の最後の光を映して薄紫に輝き、頂きのなだらかな線をしばらく黒く強く暮れ残る薄白い夕の空にきわだって見せていたが、やがて潮が引くように次第に暮の色が山並から下りて来る。そして広い耕地のなかのまばらな野菜畑や麦の芽の伸びた田や耕されたまま放置されてある畑がくらんでくる。黒いとびとびの家に灯がともる。ただ西の空だけが、いまなお長く引いた冷たい黄色い光に明るんでいる。

自動車は田の中に白く暮れ残っているような街道を走った。凸凹の多いその道は自動車の古い車体をゆすり、はずませ、きしらせた。そしてその度に、両側の席の間に置かれた大きい補助バッテリーの箱の上の、被告達の空にした弁当箱の風呂敷包をはね上げ、軽い金属と金属のふれ合う音をたてた。

暗くなって、私はようやく窓から顔を離した。私は私の前の座席に眼を移した。入口近く坂中看守は曹長剣を両足の間に立て、その柄の上に白手袋の両手をのせ、手の上に顎をおいてじっとしていた。看守の右手には第百一号が足を座席の下に引き、長い顎を右の方に延して窓の外の暮色に眼を向けていた。第三十六号は、その右隣に、手錠のはまった両手を上衣の下に引き入れ、肩をすぼめ眼の前のほのぐらい空間の一点に眼を据えて、何事か考え込んでいた。

闇のまといついたその顔は、大きく開かれ動くことなくその大きさをいつまでも保っている眼だけを残して、ぼんやりした輪郭をくらい車内の空気の中に浮かべている。がやがてその眼は開く力を失ったもののように、次第に眼瞼を下し半眼に近いいつもの彼の小さい眼になり、そのまま再び動かなくなる。

私には彼等のつかれた身体と、その身体の中の、刑罰に追いかけられて支えを失った心の状態とがよく解った。被告達の身体をつつんでいるものは、空腹と寒さと取調べの際に検察官の前で使いはたした神経のはげしい消耗とである。そしてこの荒々しく揺れる車は、この全く力を失った人達の体を、あまりにもむごくゆさぶる。私は私達が帰って行くところを頭にちらと描いた。私達の帰って行くところは監房である。高い天井に小さな電球がとぼりその下の床板の上にはアルミニュームの容器にはいった夕食が、私達のかえりを待っている。それが私達の休息の場所である。いや、休息などはない。そこで囚徒は、今日一日の取調べを思い返し自分の身近にせまった刑罰におののく。

私は第三十六号の顔にじっと眼を向けていた。（四年、五年の刑……）日がとっぷり暮れてくる。そして車内はいよいよ薄暗く、第三十六号の眼をとざした顔は全くその形を車内の闇の中にうすれさせる。

「横に切るぞ、スピードを上げるぞ。」運転係が運転台から振り向いて叫ぶ。が車の音で、はっきりとはききとれない。

「近道を行くから顔をぶつけんようにに用心してろ。」看守が顔を上げ思い出したように言う。そして顔を元へもどし、剣の上にのせた手の上に顎をおいて、眼をじっとうす闇の中にすえる。

自動車は大きく横に一揺れする。そして右に切るとそこから少し上り坂になる刑務所道路にはいった。

と私の前の第三十六号の頭の上の硝子窓に暗い西の空から大空の高い天頂にかけてかすかに光のさまよう ているような最後の暮の色が一瞬うつり、やがて自動車は片方の崖のある山路にさしかかった。出廷は終った。そして在監者心得が再び私達を取りまく。

第三十六号の公判が行なわれたのは五日後のことであった。その日も私はちょうど取調べのために出廷し、公判当日の彼の姿を見ることが出来た。彼は公判出席のため、頭髪を刈ってもらい、陸軍一等兵の肩章をつけたラシャの軍服を着込み、赤い軍帽を右横に置いて、静かに腰掛けていた。このとき彼は全く生れつき、おとなしい女性的なか弱い人間であるかのように見えた。そして、その上、すでに判決に臨むものに取って必要な決意を固めているもののように見えた。彼は手錠を解かれた両手を膝の上にきちんとおき看守が何回となく繰り返す注意に所々長い毛の残っている青い坊主頭を振っていた。

「俺が教えた通り大きい声ではきはき答えるんだぞ、お前の態度は、何から何まですっかり裁判官に見られているんだからな。それから、絶対に壇の真中に腰掛けておられる裁判長殿のほかに眼をむけてはならん。ほかの方が何か問われても、決してその方は見ない。やはり真直ぐ裁判長殿の方を見つめたまま、その問いに答える。解ったな。」

「はい。」

「落ち着いたか。第三十六号。」

「はい。」

しかし、冷たい暗い建物の端で鳴る軍法会議公判開始のベルが、被告控室横の廊下を渡って、聞えてきたとき、彼の眼は、一瞬、おびえの色を見せ、彼の心の深い不安をあらわにした。彼は前の壁に向けていた顔を左に廻し、後の看守の方に向けた。

「よし、よし。」看守が言った。「まだいい、まだいい、俺が立てというまで、待っていればよい。」

そして、第三十六号は再び顔を元にかえした。

やがて引きつるような響きでなりつづけていた低いベルの音が止んだ。すると横の廊下にあわただしい多くの靴の音がし始め、どこかで重いドアが開いたりとじられたりする響きが聞えてくる。そしてこちらへ近づいて来る長靴の皮のきしむ音が次第に大きくなり、急にはたと止んで控室の小さい入口の戸が音もなく開く。と白髪頭の、鼻の下に鬚を蓄えた円いあから顔の軍法会議録事の、銀の帯に銀の星二つの襟章の付いたラシャ服姿の上半身が、ほのぐらい影をおびたまま部屋の内をじっとのぞき込み、しわがれた声で言う。

「君の方、準備はいいね。始めるよ。」

「はっ、御苦労様。準備はできております。」看守は習性になった敬意をあらわに現わし、一つ一つ区切ったはっきりした言葉で言う。録事はそれで満足して眼をしばたたくかのように細め、軽くうなずいて戸の外に身を引くが、しばらくすると裁判官達が公判廷裏の会議室の辺りにもどって行く長靴のあわただしい足音が、再び聞えてくる。やがてその足音の中から一つの強い足取りの音が別れて、近づいて来、銀の帯に銀の星一つの襟章をつけた肥満した軍法会議警手がはいってくる。

「さあ、第三十六号。あずかりますよ。」彼は鼻を鳴らせ、太い頸を廻すようにして、被告の方を無頓着な態度で眺め渡す。

「立て。」看守は折りたたんで右手にもった手錠ととがった顎で第三十六号に歩けと命じ、後から被告を追うようにして警手のところまで来るうちに愛想のいい笑いの浮かんだ顔をつくり上げる。

警手は自分の前に立って頭をたれている第三十六号の服装を点検し、そのボタンの線をじっと見ながら、勿体ぶった、しかもその肥満した体にちょうど調和した重々しい調子で「よし。」と言う。それから第三十六号の上衣の真中を親指と人差指でつまんで手元に引く。「出よ。」「じゃあ、お願いします。」看守は警手の「よし。」という声をききとると、安堵の素振りを肩の辺りであらわにして見せ、お世辞に代える。そして、警手の長靴の皮のきしむ音と第三十六号の出廷用の大きな兵隊靴を引きずる音とが次第に廊下に遠ざかり、小さくなり、やがて、きこえなくなる。

しかし第三十六号が懲役五年の判決をうけて被告控室に帰ってきたとき、彼の顔は私の心を引きちぎった。私はその縦の短い額の狭い鼻の小さい彼の顔が、何故ともなくその大いさを一寸あまりも縮めているように感じたのである。

彼の公判は三時間に満たぬ短時間で終了した。その日も私の取調べは簡単にすみ、私は取調室から控室にかえされて第三十六号の公判の終るのを待っていた。と正午近く、彼は公判廷から、警手に連れられて帰ってきた。警手は彼を控室に入れるとすぐ公判廷の方へ引き返して行った。第三十六号はその短い頸を角ばった肩の上に真直ぐ据えて静かにはいってきた。彼はしばらくそのままの姿勢でそこに立ち止り、それから何ということもなくその真直ぐのばした首をゆっくり前にまげ、自分の足下に眼をそそぎ、再びそれを元にもどした。(このときの彼の顔は全くの無表情であった。あるいは少なくとも表情をする顔の筋肉を奪い去られてしまったもののようであった。そしてその眼は、厚い膜をもった、焦点のはっきりしない馬や牛などの眼球を思わせた。)それから彼は入口の右側に立っている看守の方に向きをかえ、自分からすすんで手錠を求めようとするかのように指の太い爪ののびた両手を黙って前に突き出した。

看守はその手に手錠をはめながら、判決年数、刑罰名その他をきき取った。

「懲役五年。」と彼は無感動の口調でそれに答え、被告椅子の自分の席に帰ろうとして身を廻した。がその瞬間、彼は彼の方をじっと見つめている私の存在に気づいた。私は彼がそのとき私の方に向けた顔を忘れることは出来ない。人間はそうした種類の顔を一生のうちほんの一度か二度しかすることは出来ないであろうし、またひとはそうした瞬間の顔に出会うということも非常に少ないであろう。そしてそうした顔こそは人生の認識の一つの真の手口となるものである。

私の存在が彼の心に与えた打撃は大きいもののようであった。彼は最初ぼーっと私を眺めながら、次第に彼の視線の中で私の姿の映像がはっきり結ばれて行くらしく私を見据えて来て、私を未だ刑の決定していない私としてしかと認め、私を厭《いと》うもののように私から眼をそらせたとき、私は彼の顔の後に、白い炎を発するような暗い生命の衝撃を認めたのだった。

間もなく私達は出廷自動車で刑務所にかえってきたが、私は彼が独居監の監房から雑居監に転房して行くのをきいた。

「第三十六号、転房。筵《むしろ》をもって外に出よ。」全く暗くなってから、彼の房のところで看守の声がした。

「はい。」そして第三十六号の低い小さい声がきこえた。房の錠前が夜の冷たい空気の中で鳴った。扉が開いて第三十六号の素足がマット道の上にとび下る音がした。

「第三十六号、履物をもて。」

「はい。」

そして第三十六号の足音はマット道をすすみ、やがて、下駄の音になり、雑居監の廊下を向うへ渡り、遠くなり、聞えなくなった。

# 石像歩き出す

島尾敏雄

**島尾敏雄**（しまお・としお）一九一七―八六年。
横浜市生まれ。九大文科東洋史在学中、繰り上げ卒業で海軍予備学生となる。一九四四年、特攻隊隊長として奄美の加計呂麻島に駐屯時、後に妻となるミホと出会う。『夢の中での日常』（一九四八年）、特攻隊体験を描く『島の果て』（一九四八年）『出孤島記』（一九四九年）『魚雷艇学生』（一九八五年）、自身の浮気に神経症を発症した妻との確執を描く『死の棘』（一九七七年）等がある。また『琉球弧の視点から』（一九六九年）等で南島から日本文化を捉え直すヤポネシア論を主張。

戦争は終ったと思っていた。そして生活のために国民学校風のコの字型の鉄筋建築に囲まれた広場でたくさんの人々にまぎれて力仕事をしていると、突然空気のはじけるような連続した爆発音が起った。それは一つの方向ばかりでなしにいちどきに四方八方手がつけられぬ工合に空気が割れた。私はその瞬間身体つきを猫のように地にはわせて空を見上げた。その恰好はちょうど兵隊が不慮の徴候に対して状況判断をする時の物なれた恰好に似ていた。それは恐怖とか善悪の実感に先立ってそんな姿勢をとる習慣をつけられていたからだ。私は自分の姿勢にも過去のにおいが強くしみ込んでいることをこげ臭く感じていた。そしてそんな姿勢の私の眼は真赤に焼けただれた空が一面に照り映えているのを見た。

私はいぶかった。また戦争か。もう戦争は終ったのではないか。そして悲しいことには、畜生まただまされたかという気持がふっとかすめて通り過ぎた。だが次の瞬間には、事情が何も分らぬ恐怖に襲われた。戦争ではないだろう。しかしあのような爆発音と天をこがす朱の反映が何でもないというはずはない。再びこの市街は地上から埋没させられる運命にぶつかったのではないか。

私は海の方に逃げた。なぜ海の方に逃げたのだろう。やがて私は海の上に浮かんでいた。どんなにして海の上にやって来たのか、筋道は立たないが、あるいは海の上からなら市街の滅び行く形相を見尽すことが出来ると思ったのかも知れない。私は吃水の浅い平たいボートに仲間のものとすし詰めに乗り組んで、うろうろ海の上をこいでいた。

ところが市街の上には何事も起きてはいなかった。あのように恐ろし気な赤光も、もう無い。そして一緒に逃げ出したと思えたたくさんな人々がもうどこにも見えないのだ。私の眼にうつる海上にはところせましと戦いに勝った「とつ国」の鉄船がひしめき合って、夕空を、イルミネーションで飾りたてていた。そこで私たちの一隻のボートがうろうろしていた。

私はあわてていたのだ。私は奇妙な服装だったのだ。海軍の士官の帽子と軍服とを着けていた。それは、すわという時にあわてることなく、そういう服装をして人前に出るという過去の習慣がそうさせたのかも知れなかった。しかしそんなものは今では無くなっている。私はどこからそんなものを引っぱり出して着けて来たのだろう。しかもそれでも完全な軍装ではなかった。私は短剣をわすれていた。それはちょうど上陸外出の時にどうしたのか、うっかり短剣をつりわすれて往生した時の気持であった。仲間の者に気がつかれないように落着かぬ気持でいた。だが私は何を妄想しているのだろう。戦争はもうすんでしまったのだ。ただえたいの知れぬ無気味な音響が戦争の時の色々な音響に一寸似ていただけで、私は簡単にあわてた軍服の着方をして出て来ている。その士官の服装に、いまだに何かを頼ろうとしていたのではないか。しかし今の爆発音が何でもなかったとすれば、私はとんでもないかっこうで市街の波止場を上って行かなければならなかった。

へんにやけくそな気分で私は波止場の岸壁を上った。そこからは広いアスファルトの往来が市街の盛り場の方に続いていた。

折りしも会社のひけ時で、たくさんの人々が波止場の方におりて来るのにぶつかった。日没後の名残りの明るさが今にも失われるほんのわずかの間に一刻も早く家にたどり着こうとするもののように人々は一心に道を急いで来た。今になっては少しこっけいでさえもある士官服を着ていた私は、その姿で人々と正面きってすれ違わなければならないことに、咄嗟のはげしい嫌悪と恐怖に襲われたのだった。

私は自分で自身を気もそぞろにし、際立てて浮き上らせてしまっていた。人々は復員軍人風の、といわれる灰色の服を着ていた。それは一見ただの作業向きのものであるが、その服装で行われた過去の癖のあるかっこうがしみついているようにも見えてふと錯覚を起しがちなのだ。しかしそれよりも重量のある時の急激な重なりで、その服装は新らしい一つの雰囲気になっていた。それは奇妙なユニフォームなのだ。かつて実直にかぶられたつばのある丸帽子は、だてに斜めにかしげてみられた。上衣のボタンは二つ三つはずれ、ゲタをはいたり、不均合に新らしくなまなました革の長靴であったりした。そして皆同じように顴骨《ほおぼね》の高い顔つきをしているのだ。

私は、自分もなぜ灰色の服装をして来なかったかを白々した気持でながめた。しかも私は人々が帰って来る逆の方に歩いているのだ。

人々はあの爆発音をきいたのだろうか。そして何の恐ろしさも感ぜずに仕事を続けて、いつもの通り今ひけ時で帰途についているのだろうか。私はあの爆発音をきいた後で、襲って来た恐怖に手放しで逃げ出した。それはもうこらえ切れない発作に似ていた。今、私は身体とは離れた位置に、自分の紺サージの士官服と士官帽をじっと見ている眼を持っていた。灰色の服の波はとうとうたる流れをなし、紺サージの服には見栄が憐憫とおかしさを振り分けにしてくっついていた。私は奇妙に足が地につかなくなり、灰色のたくさんの服から何か野次られることにびくびくしていた。このすれちがいで私はからかわれずにすむことはないことを予感した。

「わしら、しんどかったのぅ」「あいつらのかくれる壕を掘ってのぅ」「ええことしとったでよぅ、あいつら」もうそんな声が聞こえる。私の身体はふらふらして来た。帽子をもっと素早く脱いでポケットにつっ込んでしまえばよかった。だがそれが出来なかった。ぽかんとして、気持とは反対に、のろのろした歩き方をし肩をさげてすり抜ける努力をしていた。

もし一人この中に無鉄砲な者がいて、私をつかまえたならば、私はその場の勢になぐり倒されてしまう。私は、危険を感じた。そして私の恐怖は的中した。広いアスファルトの道はころ合いの橋を越えると急に傾斜を加えて坂になっていた。道はいくぶんせまくなり、両側の店屋に飲食店が多くなっている。その坂道の方からどんどん勢よく降りて橋を渡ってこちらにやって来る青年が、私の視野にはいった。あれは必ず私をつかまえる。その男の顔つきも服装も見極めがつかないうちに彼の猿臂が私の肩をつかんだ。

「いつまでそんなもの着とるんかあ」その男は女性的な声を出して、私の服を引張るとあたりの人に見せびらかすようにした。私は強く屈辱を感じた。そして肉体で、その男が平気で残忍なことをしとげる男であることを感知した。私の理解のとどかない種類の人間であるような気がしていた。ところが道行く人々は一人も立ち止らない。ちらと視線を向ける人はいた。しかしそのまま素知らぬ気に自分の往く方に歩いて行った。だれも私らにかかわろうとする者がいない。しかしその男はしつこく私をつかまえて放さない。私はここで殺されてしまうかも知れない。私は大声で叫ぼうとした。一方変にむらむらした、ふていな気分がわいて来るのを感じながら。

その時私は、また新らしい男が一人坂をかけ降りて来るのを見た。私たちはずるずる橋の辺まで来ていた。新らしいその男は私を見て私を知っているような顔付きをした。だが私はその男を思い出せない。どこかで見たことがあるようにも思えた。彼は右手にハンマーを握っていた。そしてどんどんこちらにやって来た。その新らしい男も不思議なくらい、いささかもためらう気配がない。そしてハンマーを振り上げた。私はやられるかと思った。だが、がくんと打ちおろされたのは、私をしつこくつかまえていた男の頭の上にであった。打たれた男はへなへなと崩れた。私はただかかわり合うことだけがやりきれない、という気持がせいぜいであった。足が縛られたように動かないのを無理やりに泳ぐかっこうでその場を脱れようとした。ハンマーの男は自分が打ちすえた男をずるずる橋のすそに引張って行った。しかしハンマーの男の眼は背中にもついていた。私は油を流したばかりのリノリューム廊下を走ろうとするようなまだるっこさに陥ち込んだ。足に入れた力はずるりと抜けてしまって手答えがなく一向に前に進まない。そして恐怖はぞくぞく背中からしみ込んで来た。私はうしろを振り向く勇気はなかった。ただ、殺されかけている男のうめき声がはっきり聞こえて来る。ハンマーの男は全く陽気に猫の子でもなぶる調子でいる様子が想像出来た。手加減などということは知らないふうだ。殺してしまうまで何か残虐なことをやっているらしい。いやなうめき声が規則正しい間隔をおいて、焦燥の地獄にいる私の耳にまつわりついて離れない。相変らず人通りはあるのに事件は何の妨害もされずに行われている。たれかが、何故何とかしてやらないのだろう。だれかが、警察に知らせてやればいいのに。その癖私は逃げ去ろうとしていたのだ。

私はやっと一軒ののれんをかき分けてその中にはいることが出来た。私は奥の座敷に上った。そこにむやみに、自分を寂しく見下げはてた私がいた。座敷の手すりの下には川が流れていた。白っぽい石がごろごろしていた。

私は無理に、赤い前垂れをかけた女に食べ物を注文した。女はほどなくあつらえたものを持って来た。ところが、女の後からのっそりとハンマーのその男がはいって来た。

「や、こんなところにおったですか」彼は人なつかし気に私の服装を見廻した。そして続けて何かいおうとした。そのとき、表口がざわついて、白いパッチにかすりの着物をしりからげした恰好の捕り方がピストルを持って二、三人どやどやとはいって来た。

ハンマーの男は、さっと身をひるがえして、手すりをおどり越え川原の方に逃げ出した。しかしときは既に遅かった。川原には、どうにも逃げ場のない捕物陣が布かれていた。男は川の深みに飛び込んだ。と同時に一人の捕り方のピストルが発射された。それは男に命中した。男の身体が川原に引き揚げられると、それを囲んで捕り方は奇妙な恰好の見栄を切った。まるで歌舞伎の幕切れのようであった。ふと私は変な気がして、てすりから乗り出して橋の方を見た。そこには、たくさんの見物人が手をたたいてより集まっていた。それがいかにものんき気な観劇者に見える。私はまばたきをして、もう一度その場の事情を了解しようとした。何打これは野外劇ではないか。すると私はどこから混線したのだろう。私の今まで心のしこりになってずっと尾を引いていたいやなある気持は、尻切れとんぼのすがたにぶら下った。

私は微熱の状態で、別のある高台のアスファルトの道を歩いていた。熱のために頭は二つに割れて、空気の中から(ここはお前のよく来るところだ)という声がきこえる。頭の一つの方は(何をしているんだお前さんよ何をしているんだ、そうではない、そんなふうにしてはだめだ、しっかりしろ)と耳の奥で私の耳にささやいていた。と同時にもう一つの頭の何やらうごめくけだものじみたものが(ほら見ろ、その通りじゃないか、すべてその通りさ)とはっきりしたささやき声を出した。それは二つとも同時にささやかれ、お互いに相手のささやきを抑えつけるほど断固としていた。私はあやうく口に出して、そのささやきの「反芻」をしかねないほどに熱っぽくなって、前こごみに歩いていた。

そこは高台であったから、あるかどに来れば市街の一部が見おろされるはずであった。そのかどに来そうな少し手前のところで、雲つくばかりの背の高い石像がひややかに歩いて行くのに追いついた。

私はその石像の立っている街角を知っていた。その石像は私にサカノウエタムラマロという「韻律」で耳を通して知られていた。おや、サカノウエタムラマロがどうして歩き出したのだろう。私は小走りに石像の前に出て、年を歴て雨風にさらされたためにのっぺらぼうに近い石像の顔を見上げた。太い口髭のへんに特徴があって、ゆったりゆったり歩いていた。

「一体どうしたというのです」

私は問いを発していた。しかしそれは、ちょっと変った仕方で相手に通じた。私はその問いを声に出していったのではない。サカノウエタムラマロの顔を見上げて横歩きしながら、そうちらと心で思うとその思いがはっきりサカノウエタムラマロに通じていた。彼は大儀そうにちょっと首をふり向けて腰の辺に眼差しを落した。私は急いでそこに眼をやると何やら昔の年号が彫ってあった。その年号こそは、たれも知ることの出来なかった重大な秘密の鍵の符号ではないか、私はそう思った。すると、私の眼の前に「つろ」という物質と、「おま」という物質がすっと現われてすっと消えた。「つろ」も「おま」も、どんなものであったかはちょっと説明出来ないが、私には、その前後して出て来た二つの物質の名前が「つろ」と「おま」であることがすぐ了解できた。私は追いかぶせるように、「もう一字足りまへんで」

と彼の顔を見上げて言った。サカノウエタムラマロは、ちょっとあわてたような身振りをしたが、その返事はすぐに与えられた。私の鼻はぷんとさすようなにおいに襲われた。それは「す」のにおいであった。

私は、彼の意思の表現の仕方を理解すると、はっはっと声を出して笑った。ははは「つろおます」か。だが、彼はちっともつらそうではない。相変らず、のん気に、しかも何か明るそうに歩いて行く。

わが市街の石像や銅像はみんな歩き出した。私はそんなふうな文句を考え出し、口に出してその思いつきに悦に入っていると、やがて自分の考え出したその文句にあわてはじめた。これは大変なことになった。私は少し不気味でもあったのだ。どこかに新らしい精神が動き出したのに違いない。それとも天変地異が起ったのか、石像までが、そちらの方に歩き出した。

浅見　淵

# 夏日抄

**浅見 淵**（あさみ・ふかし） 一八九九―一九七三年。
神戸市に生まれる。早稲田大学在学中、同人誌『朝』を刊行し、作品を発表する。一九二六年、『新潮』新人号に『アルバム』を掲載。創作集『目醒時計』『手風琴』、評論集『昭和の作家たち』『昭和文壇側面史』などがある。

八月十七日の第三日曜に、四時起きして四時三十九分の一番列車で上京、駒込の染井能楽堂に十時からある定式能を観に行く。矢張り先月の第三日曜に、偶々《たまたま》阿佐ヶ谷の外村繁宅に泊っていたところ、瀧井孝作氏が見え、誘われて初めてこの定式能を観に行ったのであるが、その時観た「三井寺」の感銘が深く、殊に曲見《しゃくみ》の面とかいう、年増の婀娜《あだ》っぽさの中に一脈なんともいえぬ哀しみの漂うた狂女の白い面の微妙な印象や、狂女が人買いにかどわかされた子供にめぐりあって、鳥の翅のように両手を静かに動かしこころの中の激しい感動を現わす仕草や、さては印象派の絵に見るような能衣裳の渋くて新しい印象的な色彩の配合とか、観ているうちにおのずと浮かんで来た曾遊の地の三井寺の風光とか、そういったものが日かずが経ってもいつまでも目先にちらついて離れなかった。従って、その日の「八島《やしま》」や「千手《せんじゅ》」は、今月の月初めに所用あって上京した時、神田の古本屋で探し求めて来た日本名著全集の謡曲三百五十番で繰返し読んで、幾日か前から楽しみにしていたのである。というのは、一方、僕が能を観るのは子供の時父に連れられて行ったきりで、いわばこれが初めてといってもいいくらいだったので、「三井寺」に感動を覚えるや否や、ちょうど瀧井さんという立派な先達があるのを幸い、この機会に一通り能を観てみたいという欲望が急に激しく頭を擡《もた》げて来たのだった。その瀧井さんは、「能に興味を覚えだしてから、この世に楽しみが一つ増えた気がする」と、いって居られるのである。

しかし、その日の能楽堂は暑かった。今年の夏は酷暑続きで、僕が数年来移り住んでいる上総の海岸町でも嘗《かつ》て無い暑さが続いていたが、染井の能楽堂は開け放した窓が直ぐ煉瓦塀に直面している上に、明り取りの擦り硝子から桟敷に日が射し込んで来て、蒸暑さは茹でられるようであった。片時もハンカチを手離すことが出来なかった。午後から始まった「千手」では、金糸銀糸を初め、様々な色糸が模様美しく繡いつけられている如何にも重そうな千手の前の能衣裳の裲襠《うちかけ》の膝のあたり、その小豆色の裏側に大きくしみになって汗がにじんでいた。この能の季は三月なのだ。が、その日の平重衡が鎌倉方に曳かれて行く途上での千手の前との再会を取扱った「千手」にしても、先月観た「三井寺」にしても、不安な時代の人間の哀しさというか、非情というか、そういったものが色濃く底流しているように思われ、この意味に於ても深く身に迫って来るものがあった。いずれも足利時代に作られたものであろうが、宛然、敗戦後の今日の時代の悲劇を観ているような気が惻々としてくるのである。そして、僕の能に対する興味は、暑さにもめげず一層加わってくるのを覚えた。

瀧井さんは尠《すこ》し遅れて「八島」の終り近くに遣って来られた。所用があって銀座の方へ廻られたということであった。「八島」が終って「千手」が始まる前にちょっと瀧井さんの桟敷に行くと、「どうだね、今日は僕のうちに泊って行かないかね」といわれた。「あした鮎釣りに行くが、よかったら一緒に行ってもいいよ。一人だと自転車だが、君が行くようなら電車にするがね」瀧井さんは戦争中から八王子のお宅へ泊り掛けで遊びに来るようにと度々僕にいって居られ、又先月、僕がこの定式能を毎月観にくることにした時、「僕のうちに泊ってもいいからね」と、いわれたのだった。それで、今日は瀧井さんのお宅に厄介になる積りで出掛けて来ていたので、僕は頷いた。「でも、鮎釣りはお連れがあるんじゃアないですか。僕がお伴しては邪魔になるんじゃアありませんか」というと「いや、一人だ」と瀧井さんは答えられた。これを聞くと、僕のこころは躍った。瀧井さんの鮎釣りに就いては、茲《ここ》数年来瀧井さんの随筆や作品で親しんで居り、それが明日は実地に見られると思ったからだ。しかも、瀧井さんの凝りようは、能見物に匹敵するものだったからである。「千手」の次に、「烏帽子折」があり、それが済んで能楽堂を出たのは午後四時であった。「烏帽子折」の中入後の牛若丸と熊坂長範の切り組の時には、ジープで遣って来ていた、三、四人のアメリカ兵が、フラッシュを焚いてしきりに写真を撮っていた。瀧井さんは暑い焼け跡の道を駒込駅へ急ぐ途中で、「今日はみんな二流どこなので、すこしぱッとしなかったね」と、笑われた。

翌朝、茶の間の目醒ましが鳴って、その隣りの瀧井さんの書斎の中で僕が眼を醒ましたのは午前三時半だった。瀧井さんはもう起きていられるらしかった。声がしていた。それで僕も早速跳ね起きた。が、僕は昨日の朝早起きだった上に一日の観能で疲れて居り、そこへ持って来て、瀧井さんのお宅に着いて風呂から上ると、瀧井さんがこの夏釣られた中で一ばん大物だという、四十匁もある肥った鮎の煮びたしで僕だけ酒を御馳走になって早寝したので、夢も見ずよく熟睡していた。尠しも眠くはなかった。電燈の下で朝飯を喰べたが、朝飯が済むと、瀧井さんは「どうせ濡れるから、ボロだが、あれを着て行き給え」そういって、片隅に既に用意して出されてあった瀧井さんの襯衣《シャツ》や猿又やズボンを指差された。又、玄関に出ると、地下足袋が二つ揃えてあった。五時発の一番電車に乗るのだという。電車は八王子発東神奈川行の省線で、目指す橋本というところは八王子から二つ目の駅だった。釣り場はこの橋本から又一里半ばかり歩くのである。

橋本で電車を降りると、瀧井さんは小さな背負籠を又背にして袋に這入った鮎竿を手に持ち、とッとと駅を出て行かれた。その跡に随う僕も網袋を背負い、同じように鮎竿を手にしていた。橋本はこの辺の平野の中心地でもあるらしく、駅の辺り商店が軒を並べて鄙びた小さな町を形作っていた。が、まだ朝が早いせいだろう、どこの家も戸を締めて森閑としていた。踏切を越えて町を出外れると、見渡す限り平坦な平野で、向うに一際高い大山やそれに連なる丹沢山塊が薄青く眺められた。が、この辺は畑作地帯らしく水田は全く見当らず、殆どが桑の木に縁取られた芋畠だった。陸稲《おかぼ》らしいものが眼についたので、瀧井さんに尋ねると、餅黍ということだった。以前は桑畠が多かったのだが、戦争中にそれが殆ど開墾され尽したとも、瀧井さんは話された。ところどころに農家の聚落があったが、それを出外れると又同じような平坦な芋畠が続いていた。そして、畔《あぜ》に植えられた桑の木の枝先の闊葉が頬に触れたりした。途中珍らしく思ったのは、フィリピンで見たと同じ両側が芝生になったアメリカ式の白い坦々たる真新しい舗装道路に、一度ぶっつかったことである。瀧井さんの足は却々《なかなか》早い。僕は辛うじてそれに追着き追着きしていたが、途中でそれをいうと、「僕もせっかちだが志賀（直哉）さんもせっかちでね、二人で歩くとだんだん競争するようにお互いに早足になって、しまいにはなんとなく殺気立って来てね」と、笑い笑い話された。一里も歩いたと思われる頃、「あそこに二つの松林が見えるだろう。遠い方の松林の向う側が今日の釣場なんだよ」と、足を弛めずに瀧井さんは教えられた。その松林が輪郭でそれと分るきりで、まだ相模川は見えず、随分な遠さなので、僕は些かがっかりした。

相模川の磧《かわら》に着いたのは六時半頃であった。大島という釣り場だそうで、厚木の上ミ四里ばかりのところだという。大粒の砂利石が一面に露出した磧は広く、半町近くも歩かねば水の流れているところに出なかった。その大小不揃いの砂利石が地下足袋の裏に痛く当り、瀧井さんは相変らず足早に歩いて行かれるものの、僕はそう早く歩けなかった。やっと水際に出ると、川瀬の流れは早いらしく、鋭利な刃物で傷つけたような皺を絶えず青黝《ぐろ》い水面に漂わしていた。そして、川瀬の上ミの方にはまだ朝霧が微かにまつわりついていたが、そろそろ暑くなり始めていた。昨夜、珍らしくもちょっと雨音を耳にしたが、夜が明けてみると、相変らずの快晴で、日中の暑さが思い遣られたのだった。瀧井さんは大きなごろた石の上に背負籠を置くと、早速白襯衣と猿又一枚になって、地下足袋を脱いで素足に草鞋を穿き替えられた。そして、僕にも草鞋を渡された。瀧井さんが背負籠を置かれたごろた石の脇に、矢張り背負籠を置いて、印絆纏の川漁師風の男が釣竿を持って瀬に這入っていたが、ちょうど上って来て、蹲って鉈豆煙管《なたまめぎせる》で刻みを喫《の》みはじめた。瀧井さんが竿を継ぎ、鉤拵《はりごしら》えをされながら、「どうかね」と声を掛けられると、「今年はからきし駄目ヨ。去年の半分ヨ。去年はこの瀬で毎日夜のしらじら明けに遣って来て欠かさず一貫目は揚げたものだがね」と、笑った。「しかし、今年は舟で四万円ばかり儲けたヨ」と、上機嫌だった。舟大工も遣っているらしかった。「いま、釣り舟はいくらするかね」瀧井さんは尋ねられた。「七千円だね。去年は四千円だったがね。釘がどんどん昂って行くからね」この釣り舟のことから、偶然共通の知人の話が出て、その知人の噂話が二人の間で暫く取交わされた。そのうち瀧井さんの鉤拵えが出来上り、「じゃア、瀬ザクリで兎に角囮《おとり》を取るからね」と僕にいわれて、釣竿を持って尠し上ミ手に歩いて行き瀬の中に這入られた。三、四尺の鉤素《はりす》に、L字型の釣鉤《つりばり》が間を置いて九本ほどと二匁ばかりの丸錘《まるおもり》が付いて居り、瀬に流して鮎を引掛けるのだそうである。丸錘を重くして川底を引摺り、同じように鮎を引掛けるのをコロガシといい、いま瀧井さんと話していた漁師などはこのコロガシを遣っているのだという。

僕も瀧井さんの這入って居られる瀬の傍へ行って見物していたが、瀧井さんは腰近くまで水の中へ這入って二間の継ぎ竿を差出し、しきりに左右に動かされていた。が、直ぐに一匹掛かった。瀧井さんが、岸に近付いて竿を揚げられると、五、六寸の鮎が背のところを鉤に引掛けられてヒラヒラしていた。僕は早速小さな錨の付いた細長い真鍮製の囮箱を取りに戻ったが、瀧井さんは鮎を自分の腹のあたりへくっつけて軽く片手で握って居られた。戻って来ると、「鉤からはずす時、こうして躰にくっつけてはずすと、鮎は決して跳ねだすものではないよ」と、教えられた。鮎を囮箱に入れて流れに沈め、その上に二つ三つ石を載せると瀧井さんは再び瀬の中へ這入って行かれた。まもなく又一匹掛かった。今度は尾に近いところを引掛けられていた。こうして短い時間に、いずれも、五、六寸の鮎が五匹掛かった。「どうだ、うまいもんだろう」瀧井さんは冗談半分に自慢された。「この調子だと、今日はいいかも分らんね。囮はこれだけあれば大丈夫だろう。そろそろ、友釣りに掛かって見よう」瀧井さんは二日程前に二十四揚げられたということであった。

瀧井さんが襯衣の上に締めた棕櫚縄の腰紐には、玉網や囮入れの竹筒などが挿されてあったが、財布のような鉤入れの袋も前の方にくくり付けてあった。その袋から小さな砥石を取出して瀬ザクリの鉤の先を時々磨いで居られたが、今度は友釣りの仕掛けをその中から出して鉤素を替えられた。丸錘は同じであったが、鉤素の先に小さな環が付いて居り、それに続いて三本ばかり矢張りL字型の鉤が付いていた。瀧井さんは囮箱の中から手頃な一匹を摑み出すと、水の中で巧みにその小さな環を鮎の頭に通された。鮎の目の近くに微かな窪みがあり、その窪みに環を通すのである。鮎は水垢の付いた底石のある瀬に群棲している。そこへ囮の鮎が紛れ込むと、闖入者だというので他の鮎が敵意を持って追掛けて来る。その時、鉤素の鉤に引掛かるのだという。「君も遣ってみるか」といわれたが、「暫く見学させて貰いましょう」と、僕は答えた。僕は瀬釣りの経験は鮠《はや》釣りしかなく、それもこの三年ばかり殆ど遣っていなかった。鮎釣りは竿からいっても鮠竿とは較べものにならぬ程重く、のみならず、瀧井さんの釣り振りを見ていると却々の荒修行らしかった。僕は稍々怯気付いて、瀧井さんの釣り振りを見ているだけでだんだん堪能して来たのだった。瀧井さんは囮の鮎を泳がせながら瀬の中へ這入って行かれた。今度は瀬ザクリの時より深く這入って行かれ、臍の辺まで流れに浸って竿を差出された。やがて竿先が強く引込まれたかと思うと、瀧井さんは竿を立てながら水際に近付くようにして、その儘下モ手の方へとっとと小走りに走って行かれた。十間近くも走って行かれたかと思うと、漸《や》っと立止まられた。そこのところで、囮の鮎と友釣りの鉤に掛かった鮎を水際に引寄せられたらしかった。まもなく腰の玉網を手にしてすくわれていた。僕が囮箱を提げて近付くと、それは八寸もある肥った大きな鮎だった。「却々見事な鮎ですね」というと、「うん」と、瀧井さんは会心の笑みを洩らされた。「慌てて引張ると、肉切れがして折角掛かった鮎を逃がす恐れがあるからね。手応えがあったら直ぐ竿を立てて岸に近付くようにして、鮎が弱るまで瀬に付いてさがらなくちゃア駄目だよ」瀧井さんは又僕に教えられた。それから、掛かった鮎を囮箱に離されると、「弱っているから」といって、囮箱に手を突込んで囮を付け替えられた。

今度は前より下モ手の瀬に這入られたが、稍々あって僕を顧み、「ここへ来て、この竿持ってご覧」と、声を掛けられた。そこで、僕は瀬の中へ這入って行った。ところが、水底が磧と同じような大きな砂利石で、しかも、ここでもそれが大小不揃いである。そこへ持って来て、水の流れが思っていたよりも早くて強い。僕は素草鞋の足を踏み締め踏みしめして瀧井さんの立って居られるところへ近付こうとするのだが、大きな石を踏みはずして足許が危なくなったり、足許が危なくなると今度は強い水勢に押されてよろめいたりして、却々簡単に近付けなかった。しまいに、瀧井さんが見兼ねて片手を伸ばされ、それに摑まってやっと瀧井さんの傍まで行き着くことができた。「この頃余り釣りをやらないとみえるね」瀧井さんはちょっと危惧の念を抱かれたらしく、そういわれた。これは事実だったが、釣りに凝っていた時分でもこういう荒い瀬には僕は這入ったことがなかった。一方、三年釣りを止めている間に、いつか僕の体力が酷く衰えて来ていることも確かだった。僕は今日それを痛感していた。これに引換え、瀧井さんは想像以上に潑剌として居られるので、尠なからず驚いた。瀧井さんは僕よりだいぶ年上だが、なんだかそれが逆で、僕のほうが年寄りで、瀧井さんにいたわられているような錯覚を覚えて苦笑した。瀧井さんは僕に手を添えて竿の操作を教えられた。その呼吸を一通り呑み込むと、僕は又苦心して磧へ引返した。と、瀧井さんはまもなく一匹釣って上って来られ、「兎に角、遣ってみるといいね」といわれ、僕の為め別の竿に鉤拵えをして下すった。その竿は矢張り二間の継ぎ竿だったが、瀧井さんの竿よりは遙かに軽いということだった。

僕は瀧井さんから竿を受取り、冠っている夏帽子に玉網を引掛けて貰うと、竿を持って囮の鮎を泳がせながら、恐る恐るいま瀧井さんの釣って居られた瀬へ這入って行った。今度は、瀬の中の歩き方が一応分ったので、どうやら無事に目指したところへ辿り着けた。砂利石が刳れて砂の出ているところに足を踏んばると、強い水勢もどうにか持ち耐えることが出来た。そして、どれだけの間か囮の鮎を流しては引戻し、引戻しては流していた。そのうち、いきなりグイと強い当りがあり、その儘引張っても綸《いと》は動かなくなってしまった。友釣りが初めての僕は当りがはっきり分らず、鉤が石にでも引掛かったのではないかとちょっとドキマギしたが、取敢えず竿を立て岸に近付くようにして覚束ない足取りで下モ手へさがって行った。すると、下へ下へと引張って行かれ、どうやら鮎が掛かっているらしかった。が却々岸に近付けず、その一方、どんどん下モへ引張って行かれ、どうかすると足のほうが遅れ、のみならず、石に躓いたりして水の中でよろめきそうになるので、僕はだんだん当惑して来た。そして、ちょっと瀧井さんの方を振返った。瀧井さんはいつのまにか二十間ほど上ミ手の瀬に這入って居られたが、絶えず僕の方を注意していられたらしく、僕が振返ると同時に「釣れたかね」と呼ばわって岸に近付かれ、自分の竿を磧に置くと、磧伝いに韋駄天走りに走って来られた。その磧は先にも書いたように大小不揃いの砂利石がゴロゴロしていて、素人には却々走れぬのである。しかも素草鞋である。が、瀧井さんは瞬くまに僕のところに近付かれ、瀬の中に這入って来られて「どれ、貸してご覧」といって、僕の竿を手にされた。そして、手慣れた調子で尠し下モ手にさがられながら竿を岸に近付け、巧みに腰の玉網で鉤に掛かった鮎をすくい上げられた。僕は瀧井さんに竿を渡すと岸に上っていたが、僕の為めに岸の磧に置かれてあった別の真鍮製の囮箱を手にすると、急いで瀧井さんのところへ駈け付けた。その時、僕は初めて気が付いたのであるが、真向いに田舟に似た底の浅い釣り舟が一隻もやっていて、漁師らしい、矢張り印絆纏の、鍔《つば》広の麦藁帽子の下に真ッ黒な顔を覗かせた中年の男が、舳《へさき》に腰掛けて煙草を吹かしながら友釣りの竿を差出していた。又、尠し下モ手に、これは百姓らしい頬冠りした爺さんが瀬に這入って同じように友釣りしていた。これら二人の男がしきりに瀧井さんの手許を見守っていた。と、瀧井さんは「友達が初めて鮎釣りに来たもんで」と、どちらへともなく笑いながら声を掛けられた。玉網の中の鮎は、五、六寸の鮎だった。瀧井さんは僕から囮箱を受取ると、岸辺の流れの中に沈めてその中に鮎を放ち、さっきと同じように二つ三つ石を載せられたが、その傍の磧にも石を積んで、「いいかね、これが囮箱の在るところの目印しだよ」と注意された。それから「気を付けて見ると、磧のところどころにこういうように石を積んだのが目に付くがね、それはみんな何かの目印しになってるのだよ」と付け加えられた。僕は嘗て北アルプスの槍岳から燕岳に抜けた時、登山者の手になったものであろう、迷い込みそうなところや、道の消えかかっているところに、道しるべの為め同じように石が積まれてあったことを憶い出し、この暗合を面白く思った。

　瀧井さんは「下モ手の人の邪魔にならんようにして釣るのだね」と、竿を僕に渡していわれると、急ぎ足で元の場所へ戻られた。そこで、僕はだいぶ下モへ下がって来ていたので、いくらか上ミへ戻って再び瀬の中へ這入って行った。が、今度は却々手応えがなかった。そのうち、いつか昼になり、瀧井さんに呼ばれて磧に上った。瀧井さんは背負籠を置いたごろた石の傍らに腰を下ろして休んで居られた。僕が近付くと、僕の為め別に用意して来られたものらしいビスケットの一包みと、進駐軍の麦酒の空鑵に詰められた茶を渡された。このビスケットは先月の能見物の時にも御馳走になったが、却々うまく焼けていた。瀧井さんの女学校を出た長女の方が焼かれたものらしかった。僕は瀧井さんと並んで腰を下ろし、ビスケットを喰べたり茶を飲んだり煙草を吹かしたりしていたが、ふと気付いて左の足の甲を見ると、素草鞋の紐が擦れて尠し血がにじんでいた。又、両方の太股のところが赤く日膨れしていた。

午後は薩張《さっぱ》り駄目だった。瀧井さんも一匹釣られたきりだった。しかも、僕は一度鈎を瀬の底石に引掛け、瀧井さんにはずして貰う醜態を演じた。瀧井さんは僕の竿を持って、強い勢いで流れている瀬のまん中にズカズカ這入って行かれ、肩の辺りまで水に浸って鈎をはずされた。それを見ている僕は、まるで子供同然だった。のみならず、僕は初め慌てて下モにさがらないで上ミ手で綸《いと》を引張っていたところ、飛んで来られた瀧井さんに、「鈎を引掛けたのなら、下モにさがって引張らなくちゃア駄目だよ」と、嗤われた。その僕は橋本の駅を出たばかりの時も、袋に這入った竿をうっかり逆様《さかさま》に持っていて、瀧井さんにそれを注意され、「裏竿が傷むからね」といわれたのだった。僕はその日どうしたのか素人臭い失敗ばかり繰返していた。昨夜、食事が済んだばかりの時、瀧井さんは直接碑《いしぶみ》から拓本にしたものだという中国の六朝時代の字を取出して来て僕に見せられた。それは巧みに折り本に仕立てられていて、幾つかの碑《いしぶみ》の字が収められていたが、どれも一点一画胡麻化しのない清潔な、それでいて活力に富んだ雄勁な美しい字だった。その時、何の話からだったか、「小説というものは、何か他に気を取られていてはよいものが書けるものではない。小説だけに打込まなくちゃあ」といわれ、僕はドキリとした。が、瀧井さんは釣りに打込まれていても、小説の場合と同様らしかった。打込んでいられる間は、それに熱中して何も彼も忘れてしまわれるらしかった。それは瀧井さんの随筆や小説の中で僕は既に承知していたのであったが、その日実地に見て一そう痛感した。青年のような敏捷で軽快なきびきびした動作、器用で丁寧で慎重な鉤拵え、些かも手抜かりのない釣り仕度、そればかりでない、その日は夕方の五時半ごろ陸《おか》へ上がって帰り仕度をしたが、瀧井さんはそれまで殆ど竿を離されたことがなかった。しかも、少しも倦怠の色を見せず熱心に釣って居られた。道楽とはいいながら、これが十五年ばかりも続いているのである。顧みると、僕の釣りなど幼稚園に過ぎなかった。僕は何となく瀧井さんに或る凄味を覚えて来た。

午後からは、いま書いたように一向釣れなかった。僕は次第に鮎竿の重さが腕に応えて来て、囮の鮎を岸辺の浅瀬に休ませて置いては磧へ上って腰を下ろした。そして、それがだんだん長くなって来た。見ていると、向いの釣り舟の漁師も余り揚げないようだった。午後からは、一、二匹だった。従って、僕は竿を持って瀬に這入っても、周りの景色をきょろきょろ見廻している時が多かった。水の流れている川幅は、二十五、六間であろうか。対岸は磧がなく、背の低い灌木や雑草が生茂った緑一色の崖に直ぐなっていて、その上に道路が走っていた。そして、道路の上は又崖になっていた。流れの上ミ手のほうは一帯に浅瀬らしく、午後になると、青い派手な色の襯衣を上の腕まで捲くり上げた、二人連れの復員帰りと覚しい若者が現われて、しきりに網打ちしていた。一人が硝子を張った函形のものを持っていてそれで水の中を覗いては、二人が差向いになって投網《とあみ》を打つのである。下モ手は、まもなくそこで流れが曲っているらしく、その曲り角らしいところに別の釣り舟がもやり、その他にも、二、三の釣師が見えた。が、そちらの方でも獲物は掛からぬ模様だった。そのうち、上流にあるダムが放水したのだろう、一度、水嵩が増えたが、その増水が収まる頃になると、瀬の色が次第に夕方らしく黝ずんで来た。その時分になると僕はすっかり疲れて来て、磧に腰を下ろした儘煙草を吹かしていた。するとそこへ、小さな米櫃のような長方形のブリキ罐を担ぎ、麻裏草履を引掛けた、小柄な二十代の若い男がひょっこり現われて、向いの釣り舟の漁師に狎れ狎れしく声を掛けた。漁師は直ぐにその男に応じ、早速竿を片付けたり錨を上げたりして、まもなくこちらの磧に舟を着けた。そして、舟板を開けて生洲《いけす》から木製の囮箱に鮎を移すと、その囮箱を持って磧に降りて来た。と、若い男はブリキ罐の蓋を開けて、中から網袋と秤りを取出し、網袋の中へ囮箱の鮎を数を数えながら開けるとその口を閉じ、それを秤りで計り、再び網袋の口を開けて中の鮎を今度は自分のブリキ罐の中に移した。ブリキ罐にはその他にも既に鮎がたくさん這入っていた。若い男は鮎の仲買人なのだ。若い男は磧に屈んだ儘、半袖襯衣のポケットから豆そろばんを取出すと、手早く豆そろばんの珠を弾いて、「三百六十匁だったね」と漁師の顔を見て念を押し、「じゃア百八十円だね」といって、カアキ色ズボンのポケットから大きな財布を取出し、十円札を八枚漁師に手渡した。漁師は「こないだの借りは、これですっかりなくなった訳だね」そういって、受取った金を無造作に腹巻に捩じ込んだ。不漁か何かで百円借りになっていたらしかった。僕は若い仲買の男が漁師の鮎を数えている時注意して見ていたが、十七匹あった。一匹が十円とちょっとになる訳である。後で、瀧井さんにこの話をすると、「一匹二十匁平均だろうが、素人なら囮として分けて貰っても二十円はするね。東京へ持って行くと、これが又三十円以上になるのだろうがね」といわれた。取引きが済むと、漁師が若い仲買の男に「他はどんな工合かね」と訊ねていた。「今日はどこも駄目ヨ。あんたが一番成績がいいぐらいヨ」そう気軽にいって、若い仲買の男は立上がり、ブリキ鑵の紐を片手で持ちその儘担ぐようにして、またスタスタ上流に向って歩き出した。こんな稼ぎでは川漁師の生活も大変だナと、僕は見ていて思った。

それから、まもなく、瀧井さんは上ミから引返して来られて、「残念なことをしたよ。大きな奴が掛かって、囮とも仕掛けぐるみ切られちゃッたよ」と、いかにも無念そうにいわれた。そして、「そろそろ上がろうかね」と、僕の顔を見られた。帰り仕度をしながら、ズボンから腕時計を引張り出して見ると五時半だった。そして、八王子に帰り着いたのは八時頃だった。途々、瀧井さんは午後の不漁について話されたが、一つは網打ちが遣って来たこと、も一つは、コロガシを遣る釣師が僕たちの近くに這入って来て、鮎の群を散らしてしまったからだという。そういえば、昼過ぎになって、鮎釣りの重ね籠を担いだ、ヘルメット帽を冠った素人らしい釣師が上ミから下がって来て、僕の這入っている瀬の直ぐ下モ手でコロガシを始めていた。尤も、余り釣れないらしく、軈《やが》て磧に上がり獲った獲物の腹綿を抜いたりしていた。が、普通、川筋の仁義としては、釣師が既に這入っている近所には、立入ることを当然遠慮することになっているそうで、況《ま》して友釣りをしている近くに来てコロガシなどすることは、固く禁物になっているという。その意味でも怪しからぬと、瀧井さんは憤慨されていた。又、僕が今日の鮎釣りの辛かったことを打明けると、「五十近くなって、鮎釣りを始めようというのは無理だよ」と、瀧井さんは笑われた。八王子の駅を出ると、すっかり夏の夜の景色で、駅前の焼け跡のバラック建ての店々も明るい灯影で美しく見えた。そして、蓄音機の流行唄やラジオの音楽が夏の宵らしく賑やかにしていた。瀧井さんはプラットフォームから、矢張り釣りの帰りらしい年配の人と連立って途中まで話して来られたが、瀧井さんの家の近くの釣竿屋だということで、鮎釣りの季節になると商売を休んでそれに熱中しているという。さいきん新しい釣り場を発見して、今日もいい型の鮎を二十匹ばかりも釣って来ていたとのことだった。

その日も風呂から上がると、その日釣って帰った鮎の塩焼きで、僕は瀧井さんの奥さんの御心配による酒を又尠し御馳走になったが、慣れぬ太い鮎竿を持ち続けていたせいだろう、面白いほど手が震えて盃をキチンと持てなかった。どうかすると盃の酒を卓子の上に零した。が、鮎の塩焼きを頭から丸噛りしながら飲む酒はうまかった。いや、鮎も肥って十分膏《あぶら》がのり切っている上に香気が高くて、じつに旨かった。僕は関西生まれで鮎好きだが、こんなうまい鮎を喰べるのは幾年振りだろうと思った。同時に、慌しかった玆《ここ》五、六年の年月が今更のように回想された。そして、「うまいですね」「うまいですね」と、僕は瀧井さんにいったが、瀧井さんはただ無邪気に笑って居られた。その翌日、僕は上総の海岸町の自宅に帰ったが、それから数日経つと、太股、並びに、右腕の上膊のうちら側の皮膚が剝《む》けだして来た。その薄皮が剝けている間じゅう、僕は鮎釣りの日の苦しかったことと、うまかった鮎の味とを交互に憶い泛《うか》べ勝ちだった。

# 日の果て

梅崎春生

**梅崎春生**（うめざき・はるお）　一九一五—六五年。

福岡県生まれ。東京帝国大学国文科を卒業。大学在学中から同人誌で活動、習作「風宴」などがある。

戦時中、海軍暗号手としての九州での従軍体験を描く短篇『桜島』（一九四六年）があるほか、『ボロ家の春秋』（一九五四年）、代表的な長篇『狂ひ凧』（一九六三年）、『幻化』（一九六五年）などの作品がある。

暁方《あけがた》、部隊長室から呼びに来た。跫音《あしおと》が階段を登り網扉を叩く前に、落葉の径《みち》を踏んで来る靴の気配で、彼は既に浅い眠りから浮上るようにして覚めていた。当番兵の佐伯の声である。網扉のむこうで薄黝《うすぐろ》く影が動くのが見えたが、すぐ行く、と彼は返事をしたまま再び瞼をふかぶかと閉じていた。軍靴の鋲《びょう》が階段に触れる音が、けだるい四肢の節々に幽《かす》かに響いて来る、跫音はそのまま遠ざかるらしかった。

暫《しばら》くして彼は寝台に起き直り、ゆっくりした動作で身仕度を済ませ長靴をつけた。粗末な小屋なので動く度に床がきしみ、腕が触れる毎に壁はばさばさと鳴った。蝶番《ちょうつが》いの錆《さ》びかけた網扉を押し階段を降りると、おびただしい朝露である。ふり仰ぐと密林の枝さし交す梢のあわいに空はほのぼのと明けかかり、暁の星が一つ二つ白っぽく光を失い始めていた。梢から梢へ、姿を見せぬ小鳥たちが互いに啼《な》き交しながら移動して行くらしく、また遠くで野生の鶏がするどい声でつづけざまに啼いた。大気は爽快であった。内地の月見草に似た色の小さい花が小径をはさんで咲き乱れ、歩いて行く彼の長靴の尖はそれらに触れてしたたか濡れた。

径は斜めにのぼり更に樹群は深くなる。そこが煤竹色《すすたけいろ》の部隊長の小屋であった。木と竹を簡単に組み合せ、屋根をニッパで葺《ふ》いた単純な作りである。床は湿気を避けて人の背丈ほどもあるが、階段を踏むと自《おのずか》らぎしぎしと鳴った。開き扉を押し中に入ると、部屋の内はまだ暗かった。窓の前に据《す》えた竹製の机に肱をつき、隊長は椅子にかけたまま彼が入って来たのも気付かぬふうであった。扉のあおりでゆらぐ蠟燭の光の中では、その横顔は何時になく暗く沈んで見えた。机の上には空薬莢《からやっきょう》を花瓶とし、黄色の花が二三本さしてある。書類綴りの耳を隊長の指が意味なく弄んでいた。彼はぼんやり部屋の中を見廻しながら、暫く床の上に佇《たたず》んでいた。天井の暗みにひそむらしい虫が突然キキキと啼いたが、隊長は今まで椅子にもたせかけていた軍刀の柄《つか》を掌で膝の間に立てながら、しかし、彼にはやはり横顔を見せたまま、低い乾いた声で呟《つぶや》いた。

「宇治中尉か」

そして窓の方に顔をあげながら苦しそうに眼を閉じ、椅子の背に肩を落した。

「――実は今日、花田軍医のところに連絡に行って貰いたいのだ。花田が何処にいるか、場所は判っているだろうな」

彼の返事を待たず、椅子をぎいと軋《きし》ませ隊長は身体ごと彼の方に向きなおった。そして激しく口早に言った。

「射殺して来い。おれの命令だ」

朝の薄い光が窓から斜めに隊長の頭に落ちていたが、近頃めっきり白さの増した頭髪やまた形相《ぎょうそう》の衰えが、蠟燭の火影《ほかげ》の中で隈《くま》をつくり、かえって険悪な表情に見えた。そのまま隊長の視線はすがるように彼をとらえて離さなかった。心の底でたじろぐものがあって、彼は思わず足を引いた。長靴の裏に食い込んだ礫《こいし》が堅い床木に摺《す》れて厭《いや》なおとを立てた。掌で洋袴《ズボン》をしきりにこすり、彼は全身の重心を片足の踵《かかと》にかけていた。火影の乱れが彼の表情を不安定なものに見せたが、やがてうすぼんやりした笑いが彼の頬に突然浮んで消えた。そして両踵をつけ胸をやや反《そ》らし何か言おうとしたが、その前に隊長は目をしばたたきながら重々しく、むしろいたわるような口調で彼に言った。

「誰か、射撃のうまい下士官を一人連れて行け」

ふと顔を光から背《そむ》けて視線を下方に落した。「花田は、射撃の達人だったな」

うつむいた隊長の髪の薄い顱頂《ろちょう》を見守りながら、彼はふっと涙が流れそうな衝動を感じたが、それを押し切るように首をあげ、彼は確かな声音で一語一語復唱した。

「私は、花田中尉に会い、射殺します」

よろしいと言う代りに、隊長は彼の方を見ないまま右掌をあげて僅か振った。敬礼をし、扉を押し、彼は一歩一歩階段を降りた。降りながらためらうように振り返ったが、扉のあおりから部屋の床に火影がちらと揺れただけで、彼の長靴は階段に軋みを残しながら既に濡れた地面を踏んでいた。

地面には梢の網目をのがれた光線が散乱しながら落ちていた。密林の彼方で、太陽がすでに登り始めたのであろう。樹々は新芽を立てながら同時に古びた葉を梢から散らしていた。雨季と乾季とより外《ほか》、季節と言うものを知らぬ此の風土では、植物の営みも自ずと無表情になるものらしかった。樹はおおむね闊葉樹である。径を曲るにつれて、遙《はる》か山の下手の方から幽《かす》かに歌声が聞えたり、また急に聞えなくなったりした。厚い落葉の層を踏みながら、彼は沈欝に瞳を定め、自分の小屋へ径をたどった。歌は女声である。その単調な哀愁を帯びた旋律は、執拗に樹々の幹を縫い、位置によっては言葉尻まで判るほど明瞭に耳朶《じだ》に響いて来るのだ。密林の持つ不思議な性格のひとつである。一つの歌声が先行すると、雑然たる合唱が乱れながらそれを追った。あれはイロカノ族の女達の籾搗《もみつ》きの歌声である。此の山の麓《ふもと》から北方に拡がるサンホセの盆地から、米機の眼を盗み、兵達が搬送して来た籾をバンカに連ね、既に朝の籾搗きが始まったのであろう。両腕を組み、淡い光斑の散らばる小径を、黄色い花弁を蹴って歩きながら、彼はようやく自分が必要以上に靴先に力を入れ過ぎていることに気付きはじめていた。先刻《さっき》ぼんやり隊長の室を見廻したとき、ふと彼の注意を牽《ひ》いたのは机の横の壁に巧みに竹で造られた勲章掛けであった。あれは隊長自らが造ったものか、当番兵の佐伯がこしらえたものか――隊長が身体ごと向き直ったとき壁が揺れ、裸火の光をはじいていくつかの勲章がきらきらと光ったのだ。

(あのうつむいた隊長のひよわそうな顱頂《ろちょう》を見おろした時ふと涙が出そうになったが、あの時の気持は何だろう)

突然にがい笑いが冷たく彼の頬にのぼって来た。

花田中尉が原隊を離脱してから既に一箇月近かった。

宇治の属する旅団は初め呂宋《ルソン》北端のアパリにいた。比島作戦に於ける米軍上陸必至の地点である。幾重にも陣地を構築して待っていたにも拘《かかわ》らず、レイテの戦況が一段落するや米軍は突如としてリンガエンに上陸を開始して来たのだ。リンガエンに於ける日本の守備は誠に微弱であった。米軍は文字通り枯れ葉を捲く勢でマニラに迫った。アパリ上陸の公算は既に此の頃から薄れ始めていたのである。持久戦を予想するとしても、アパリ地区は旅団全部を養うに足りない。アパリに孤立することは餓死を意味した。五月末旅団はついにアパリを見捨てた。カガヤン渓谷を南下して苦難に満ちた行軍を続け、北の入口からサンホセ盆地に入ろうとした時、リンガエン上陸の米軍の一支隊は疾風のような早さでカガヤン渓谷を逆に北上、旅団の最後尾に猛烈な砲撃を加えて来たのである。

宇治の属する大隊は旅団の先達《せんだつ》として、その前日すでに盆地に入っていた。最後尾の大隊が砲撃を受けたと言う報告が来た時、宇治はほとんど信ずることが出来なかった。北上する米軍を食い止める為に二箇大隊の将兵が急行し、カガヤン渓谷上流のオリオン峠に陣を張っている筈《はず》であった。北入口で米軍の砲撃を受けたということは、オリオン峠の二箇大隊が全滅したということに外《ほか》ならない。宇治たちにも予想出来ない情況であったが、旅団後尾の将兵にとっても此の砲撃は全然予測の外であった。米軍の砲撃は極めて正確であった。情報の不備から、敵砲兵陣地の位置すら判らなかった。ただ砲弾だけが正確に炸裂《さくれつ》し人員を殺傷した。部隊は忽ちにして大混乱を起した。花田軍医中尉はその中にいた。

炸裂の破片は、花田中尉の当番兵を即死させ、余勢をかって花田中尉の脚を傷つけたのだ。道路にあふれる死屍と傷兵を見捨て花田中尉は住民《シビリアン》の女の肩につかまり、東方に向け戦場を離脱し密林を抜け、インタアル付近の小部落に落ち延びたと言う。此の事実を宇治達が知ったのはずっと後のことである。宇治たちの大隊は盆地を横断し、盆地の南入口付近の密林中に背嚢《はいのう》を解き、仮小屋や鍾乳洞《しょうにゅうどう》に分散、専《もっぱ》らツゲガラオ飛行場に対する遊撃戦を待機していた。だから北入口で砲撃された後尾の情況は知らぬ。花田中尉は戦死したものと思われていた。しかし北入口から逃れて来た傷兵やインタアル付近に居る海軍部隊の報告を綜合すると、花田中尉の行動は自ら明らかとなって来た。

脚部に負傷したとは言え軍医ともあろうものが、死傷者を見捨てて戦場を離脱したということは何であろう。その事実は秘されていたにも拘らず口から口へ拡がっているらしかった。北入口から離脱したとしても、当然彼は南入口付近に屯《たむろ》する遊撃大隊に合流すべきであったのだ。しかしサンホセ盆地の錯綜する道路網を、地理不案内のため方角を間違うこともあり得る。またインタアル付近で脚の傷が悪化するということもあり得ないではない。しかし此の経過に先ず引っかかって来るのは、花田中尉に肩を貸したという住民の女のことであった。

使いが出された。傷が未だ治癒せず歩行が困難であるからと言う理由で、花田中尉は還って来なかった。使者の報告では、密林中によりそうように建てられた五六軒のニッパ小屋部落のひとつに、花田中尉は女と同盟の記者と三人で暮していたと言う。あとの小屋には、戦場や部隊から離脱したり逃亡したりした陸海軍の兵隊が七八名、それぞれ分宿しているらしい。四五日経って、再度使いが立った。それでも花田中尉は還って来なかった。

その中にだんだん食糧事情が悪くなり始めた。盆地の開闊地には籾《もみ》は山と積まれていた。比島の農民は、籾を収穫期に一度に搗《つ》くことはせず必要なだけその時々に搗くので、白米としての保有はない。部隊としては籾を集めて、これを米とする以外になかった。しかしツゲガラオ飛行場から飛び立つ米機のため、昼間は籾の搬送は出来ぬ。夜間に辛うじて、密林内に引き込み、住民を集めて搗かせ、之を部隊の食糧にあてた。北口で後尾が襲撃された時、運悪く塩を搭載《とうさい》した牛車隊が全滅したので、宇治達は次第に塩分の不足に悩まされ始めて来たのである。それははっきりした症状ではなく、初めは何となく頭が霧をかけたようにぼんやりし、刺戟に対する反応が自分でも判るほど鈍くなる。可笑《おか》しいなと思っているうちに身体の部分がむくみ、急に立ち上ったりすると膝頭ががくがくした。こうなって初めて塩分の不足ということが頭に来た。たまに一塊の塩を得ると、貴重なもののようにして舐《な》めた。久し振りに舐める塩は、ふしぎなことには甘い味がした。塩とはこんな甘いものかと思った。砂糖よりももっとあまかった。舐めると次の一日間位は元気が出た。

　此のような悪条件下でも、宇治の大隊はツゲガラオ飛行場に対する遊撃戦を放棄する訳には行かなかったのだ。毎夜斬込隊が編成され、五号道路を越えツゲガラオ飛行場付近の幕舎や倉庫を襲った。将校を長とする大きな編成の斬込隊や下士官を主とする奇襲隊が、一夜に幾組も密林を越えた。斬込みに赴いたまま帰らぬ者も多かった。斬込行の途中で逃亡する兵がようやく多くなった。十数名に足らぬ編成から七八名も逃亡することもあった。密林に紛れて何処に逃げようと言うのか。斬込みに行くより逃げる方が、死ぬ率が少ないに決まっていた。死を賭して斬込むとしても、斬込みそれ自身にどれほど効果のあるものか、それは疑問であった。厭戦の気分が将兵のすべてにはっきりと兆し始めていた。逃亡兵は斬込隊だけではなく、部隊本部からも出た。宇治の部下も二三既に姿を消していた。

　宇治は兵器係である。部下と共に、斬込みに使用する破甲爆雷などの製造に寧日《ねいじつ》なかった。製造所は鍾乳洞の中であった。鍾乳石の垂れ下る洞窟の中で、一日中火薬の臭いと共に暮した。時に同僚の昔の部下が、斬込みに行くため訣別《けつべつ》のあいさつに来た。そんな時でも彼等はわらっていた。わらいながら手を振って、洞窟を出て行った。宇治は洞窟の出口まで見送りながら、あれが人間としての最後の虚栄であると思いながら、それでも涙が出そうになるのを押えることが出来なかった。そして出て行った人々の半数は帰らなかった。疲れ果てて夜仮小屋の寝台に横になるとき、宇治は帰って来ぬ同僚や部下の数をひとりひとり心の中で読んでいる。そして自分はまだ生きている、と思う。それは感傷的な気持ではなく、実感として胸に来た。そのような瞬間に必ず宇治は漠然と花田中尉のことを考えているのだ。考えるというはっきりしたものではなく、言わば意識の入口にぼんやり立つ花田の像を眺めていた。花田は此の旅団が久留米で編成されて以来の、数少ない彼の僚友のひとりであった。——

南口の此の部隊はまだまだ良かった。北口の情況はもっとひどかったのだ。北呂宋《ルソン》の穀倉と言われる此の盆地を確保することは持久戦を続けるために絶対必要なことである。此処を失えば全員山中に追い込まれて餓死の他はない。南口の戦況はさほど活発ではなかったが、米軍は北口からじりじりと侵入を続けていた。北口を扼《やく》する一箇大隊の将兵は、昼間は個々の蛸壺《たこつぼ》に身をひそめ、身体をかがめて自らの口を充たすべき籾を搗き、夜に入れば初めて地上に出て戦った。しかし精神力だけでは米軍に敵し切れなかった。もはや米軍を圧倒することは夢であった。ただ持久の態勢を持続し内地戦力の充実を待つ、此れ以外になかった。比島戦局に充てるため内地では航空機二千余機を東北地方に既に集結したと言う噂を、兵たちは半ば信じ半ばうたがっていた。此のような状態になっても何故日本の航空機は飛ばないのか。リンガエン上陸以来、空を飛ぶのは米機のみであった。敵が「我が腹中に入る」のを待って大挙日本の航空勢力が活動を開始するに違いない。その日をむなしく待ちながらサンホセ北口では日々に死傷の数を重ねて行った。軍医を送れ、と言う使いが北口から宇治の隊に何度も何度も来た。使者の兵ですら顔色は蒼黒く濁り、眼は憤るように血走っていた。これが戦場の顔であった。そのまま持って来た戦場の表情であった。

南口を扼《やく》する此の隊にしても、見習軍医が一名とわずかの衛生兵がいるだけに過ぎない。食糧不調と風土病と斬込みの際の負傷者のため、それだけでは手が廻りかねる状態である。しかも米軍が南口からの侵入を企図したならば更に多数の傷者が出ることは火を見るより明かなことであった。侵入の気配を斬込隊により僅かに阻止しているとはいえ、それが何時までつづくか判らない。しかし北口の情況は使者の連絡を待つ迄もなく焦眉の急を告げている。如何なる事情があろうとも花田中尉を呼び返し、北口に廻す外《ほか》はない。最後の使者が選ばれた。高城衛生伍長が隊長の命を受け花田中尉のもとへ急行した。そして昨夜遅く、高城伍長はむなしく戻って来た。

自分は高級軍医である。高級軍医である自分を最も危険の多い北口地区に出そうと言うのは何か。南口にいる見習軍医か衛生下士官を派遣すべきではないか。自分はそのような不法な命令には応じない。

高城伍長は抑揚のない発声法で、花田中尉のそのような返答をはっきりと報告した。まだ若い、少年の稚《おさ》なさを身体の何処かに残したような下士官である。その時宇治は偶然隊長室にいて、隊長と共にその報告を聞いた。斬込みに使う破甲爆雷やダイナマイトの原料が既に欠乏しかかっていて、その善後策について宇治は隊長室で話し込んでいたのである。彼は高城伍長の、若々しいくせに変につめたい、あきらかに感情を殺した表情の動きにふと興味をうばわれていた。隊長が低い声で聞いた。

「お前が行った時、花田軍医は何をして居ったか」

「小屋のすみにすわって、バイヤバスの実を食べて居られました」

バイヤバスというのは、黄色い食用果実である。暗い密林の中のちいさな小屋で、柱にもたれてバイヤバスを食べている花田中尉の姿が、突然宇治の想像にありありと浮んで来た。その花田中尉の姿は、清潔な襯衣《シャツ》を着け顔は何か幸福そうに輝いているようであった。

(あの窓から覗《のぞ》いて見たときの花田中尉の顔だ)

宇治は何故ともなく身ぶるいしながらその想像を断ち切った。暫《しばら》くして隊長は、苦しそうに呻《うめ》くような声で訊ねた。

「——で、女は？」

「女は、一緒に居りました」

裸火の蠟燭が揺れ、影が大きく壁にゆらいだ。そして暫く沈黙があった。夜風が密林の上を渡って行くらしく、葉ずれの音が高まり、そして消えて行った。宇治の心の底にかねてから漠然とわだかまるある想念が、此の時初めてひとつのはっきりした形を取りはじめたのである。彼は頰をややこわばらせ、それでも何気ない風を装いながら、無気味な視線を隊長と高城伍長の上にかたみに移していた。

しっとり濡れた長靴の先に黄色い花弁を二三枚貼りつけたまま、宇治は自分の仮小屋の階段を登った。

此処は林相の関係で籾搗きの歌声はほとんど聞えない。部屋に入ると床を鳴らしながら彼は壁にかけた拳銃を手におろした。黒色のずっしり持ち重りのするブロオニングである。寝台のへりに腰をかけ、彼は背を曲げて仔細《しさい》に点検し始めた。点検し終るとひとつひとつ丁寧に弾丸をこめた。布片を出して銃身から銃《じゅう》把《は》を何度も拭いた。うつむいたままその操作をくり返しながら彼は低い声を出してわらい始めた。ひどく苦しそうな笑い方であった。拳銃を持ち上げると笑いを止め、背を立てて右手を伸ばしねらいをつけた。彼の瞳と、照門と照星をつらぬく彼方に、窓の外に展がる密林の暗さがあった、太い幹や細い枝に蔓草《つるくさ》がからみ、薄赤い小さな実が蔓のあちこちに点じている。拳銃をおろし安全装置をかけながら、彼は再び短いひからびた笑い声を立てた。そして床の上に痰《たん》をはいた。彼は昨夜の、花田の返答を高城から聞いたときの気持を思い出していた。

　あの花田中尉の言い分は身を賭してつっぱなしたようなものであった。自身がたとい高級軍医であろうとも、命令が不当なものであろうとも、上官の命令を拒むことはどのような結果をもたらすものか、花田が知らぬわけがない。それがどのような具合に言われたのか昨夜の高木伍長の口裏では判らないが、しかしそれを聞いたときに宇治の背筋を、冷たい戦慄がするどく奔《はし》り抜けた。口腔の中が乾いて行くような不快な気持がそれにまじっていた。宇治は思わず視線を隊長の顔に定めたが、火影を背にした隊長の顔はただ暗く澱《よど》んでいるばかりであった。ただ軍刀の柄頭を握った隊長の手が小刻みにふるえるのを宇治ははっきり見たのだ。顔にあらわさないだけその怒りは、言いようのない激しいものとして宇治の胸をゆすった。そんなに怒ったってどうなるんだ、と宇治は反射的に考えたが此のやせた再役の老将校に対するあわれみの気持がおこる前に、彼は此のような険悪な雰囲気とは全然無関係にさえ見えるあの花田中尉の営みが俄《にわ》かに新鮮な誘ないとして心を荒々しくこすって来るのを感じていたのだ。——

寝台から立ち上り略刀帯をつけ、拳銃を右の腰に吊した。部屋の真中に立ち、彼はしばらく部屋中を見廻していた。壁はニッパの葉で造ってあるのだが古びてささくれ立っている。粗末な竹の寝台。鼠色によごれた毛布。此の小屋でもう一箇月も暮したのだ。先刻はいた痰が腐った牡蠣《かき》のように床に付着している。彼はじっとその痰を眺めていた。何か荒廃した感じがふと宇治の嫌悪をそそったが、彼は背を揺り上げるとそのまま扉を身体で押し、階段を一気にかけ降りていた。

山の斜面に、丁度腰かけたように見える細長い建物の入口を宇治は入って行った。此の部隊の医務室である。中に入ると中央に置いた卓の上で衛生兵が二三人、キニイネ剤かなにか白い粉末を調合していたが、その中の一人が顔をあげて不審そうにちらと彼を眺めただけで、また仕事をつづけた。窓がひろく取ってあるので割りに明るかったが、竹のすだれで区切る奥の方は薄暗く、そこに床をつらねて病傷兵が寝ているらしい。鋭い消毒薬の臭いに混り、青臭い病臭がほのかに漂っていた。窓の外からは高く低く籾搗《もみつ》き歌が流れて来る。右手の小入口の外側で突然、

「道に迷ったって。嘘《うそ》をつくな。逃げようと思ったんだろう」

何か固いものが肉体にパシパシと当る音がした。

「いえ、伍長殿。ほんとに迷ったのであります」それから声が低くなり何かくどくど言う声音であったが、声が途断《とぎ》れると又急に殴《なぐ》るらしい気配がした。

「——いいか。それは判っとる。目下の状況では配置を一旦離れたら、逃亡と見なされても仕方がない。判ったか。判ったらかえれ」

抑えた嗚咽《おえつ》がそれに続いて聞えた。衛生兵等は感動の無い様子で黙々と仕事をつづけている。彼は刀を床に立て眼を閉じ、じっとそれを聞いていた。暫《しばら》くして右手の小入口から扉を押し、高城伍長がのっそりと部屋にあがって来た。顔が少し紅潮している。宇治の姿を見て立ち止まったが、若々しい声で、

「見習軍医殿はおいでになりません」

宇治は身振りで、ついて来いと合図をし、黙って刀を提げたまま外に出た。

密林の中は自然に踏み固められた道がついていて、それを斜めに下ると地面は次第に湿気を帯びて来る。斜面の中腹には巨大な石が幾つも根を据えていて、径は危くその間を縫い、そこらあたりから密林がやや薄くなって来る。サンホセの盆地は此の山を降り切ったところから北方に拡がっているのだが、梢の切れ目に隠顕する湿地帯の彼方を、バンカを水牛に牽《ひ》かせて三四人の男達がそれに乗りゆるゆると動いて行くのが見える。遠いから、それが兵隊か比島の農夫か判らない。サンホセ盆地の中央部に通ずる運河の水が、遠く一筋に鈍く光った。彼は歩を止め石を背にして振り返った。高城の顔に視線をおとしながら言った。

「今から直ぐ、花田軍医の処に行く。お前も来い」少し間を置いて「部隊長の命令で、花田は銃殺ときまった。但しこれは、誰にも言うな」

緊張の色が一寸高城の顔をかすめただけで、あとは普通の表情であった。白い歯を見せて笑ったようであった。

「はい。誰にも言いません」

「すぐ用意をととのえて、俺の小屋に来い」

敬礼して立ち去ろうとする高城の後姿に、宇治は追っかけて呼んだ。

「――拳銃を持って来い。そして身の廻りの大事なものも持って行け」

高城の不審そうな視線が彼の顔にかえって来た。宇治は眼を外《そ》らしながら掌を振った。そして足を引きずるような歩き方で高城と反対の方に歩き出した。

頭の上を突然サワサワという幽かな音が通った。宇治が眼を空に向けると、梢の切れたところを渡る幾百羽とも知れぬ候鳥《こうちょう》の群であった。一群が過ぎるとまた一群がつづいた。チチチと鳴く声も聞える。それらは次々に盆地を越えて行くらしい。あの方向がインタアルである。盆地を横切って行けば近いがそれは危険だから、やはり密林の道を迂回する外《ほか》はない。彼は首を振りながら顔をしかめて痰を飛ばした。それは薄赤い点となって崖の下に落ちて行った。先刻仮小屋の床に見た痰の色がまざまざと宇治の脳裏にふとよみがえって来たのである。

それにははっきりと赤い血の色がまじっていたのだ。アパリに居る時も、夕刻になるとひどく疲れたり肩が凝ったりしたが、カガヤン渓谷を上るあの難行軍の途中、彼は思いがけぬ喀血をした。勿論《もちろん》状況が状況であったから安静などは思いもよらず、強行してサンホセに入ったのだが、それから一箇月の日光から遮断された密林の生活で、彼は自分の身体が刻々とむしばまれて行くのをはっきりと自覚していた。医務室にもろくな薬がないのが判っていたし、診察を受けても意味のないことは明かであったから、宇治は誰にも言わず今まですごして来たのだ。彼は今年三十三歳になる。三十歳を越せば病状の進行もゆるやかであるということは彼も知っていたが、それも平和な市民の生活をしている場合のことであった。遠からず砲弾か銃剣で死ぬことが予想出来るのに、何を病状を苦にすることがあろうと、時に冷たく笑いがこみ上げて来ることもあったが、ふしぎなことには痰の中の血のいろを見ると彼は生きたいという欲望が猛然と胸の中に湧き起って来るのが常であった。

——自然に踏みならされた石階を降りると、洞窟の入口であった。乾いた風が洞の奥から絶えず吹いて来て、彼は目を細めながら入って行った。入口の近くが自然の広間になって居て、彼の部下たちがもはや仕事にかかっていた。彼の姿を見ると皆立ち上って挙手の敬礼をした。黒い粉末を容器に詰める仕事をしていた松尾軍曹が、歯をのぞかせて笑いかけながら言った。

「中尉殿。今日は顔色がすぐれませんね」

彼はあいさつを皆にかえしながら、突然激しい羞恥の念が胸いっぱいにひろがった。それは押えようがなかった。入口を入る時心がまえが出来ていたつもりにも拘らず、日頃見なれた部下の兵隊の顔を目前にした時、覚えず血が頰にのぼって、彼は暗がりに顔を背けながら不機嫌な声で言った。

「おれは今日命令で出張する。あとのことは松尾軍曹がやれ」そして低い声でつけくわえた。「帰りは——帰りは何時になるかわからん」

語尾が少しふるえた。皆しんと黙った。その沈黙は何か不自然なものに宇治には思えた。身体を少しずつ動かして彼は洞窟の中を見廻した。白く光る鍾乳石の間に道具がいくつも並んでいて、兵たちの青白い視線が一せいにかれを刺して来るようであった。彼はたじろぎながらそのまま歩を返そうとした。背後から松尾軍曹の声がした。何を言ったのか判らないが、彼は立ち戻らず出口の方にあるいた。外には朝の光があふれていた。石階をのぼる時初めて冷たい汗が宇治の背筋を流れ出して来た。

〇八三〇《マルハチサンマル》高城伍長は彼の仮小屋に来た。その少し前に隊長当番兵の佐伯が来て、しっかりやるようにとの隊長の伝言と贈物の水筒をもたらした。水筒をあけるとウィスキイの香がした。そして佐伯はずるそうに笑いながら、物入れから鶏卵を二箇出して、之を中尉殿に上げます、と言った。

「これも隊長からか?」

「いえ、これは私からです」

佐伯が戻って行くのと入れちがいに高城がやって来た。拳銃一挺さげただけの軽装である。高城の拳銃を何か不思議なものでも見る目付で眺めながら、彼は自分も略刀帯に軍刀を吊り拳銃を下げ、その上から水筒をつるした。そして長靴を軍靴に履き換えた。網扉を押すとき、彼は部屋の様子を記憶に刻み込むようにも一度しげしげと振り返った。脱ぎ捨てられた長靴は、ひとつは立ちひとつは床にたおれていた。目をしばたたきながら彼はぎしぎしと階段を降りた。出発、と彼は低く言い、そして歩き出した。高城の跫音がそれにつづいた。

密林の各所に日本軍が入ってから、連絡の必要もあって大体道らしいものは出来ていたが、それも定かなものではない。植物の旺盛な繁殖がすぐ道をかくしてしまう。群れ立つ樹々の梢が日光の直射をさえぎっていたが、それでもむんむんする草いきれで、暫《しばら》く歩くと汗が背筋に滲み出して来た。道は東北の方角である。歩くにつれて湿度が高く、羽虫のようなのが道のあちこちを飛んでいて、それが顔にぶっつかったりしてうるさくてかなわない。歩きながら彼は花田中尉の状況を聴いた。

花田中尉はインタアルに落ち延びる時、水牛にでも積んで行ったのか薬品を沢山もっていて、今はその薬品を原住民の食糧と換えそれで食いつないでいるらしい。戦場から身をもって逃れたというような想像を彼は今までしていたのだが、そのような才覚なしでは密林中に一箇月も独立して生きて行くことは困難な筈でもあった。昨日高城が花田と会ったのは、両側から草山の斜面が切れこんだ渓《たに》あいの小さな部落で、その小屋にはもはや同盟の記者はいない。食糧と塩を求めて東海岸方面に出発したという。東海岸はインタアルから一本道である。そこは未だ戦災が及んでいないのである。

「柱によりかかって脚には毛布をかけて居られましたから、負傷の具合は判りません」

「召還に応じないと言ったんだな。どんな口調で言った?」

「——あたり前の調子でした」

「部屋には彼一人がいたのか」

高城は暫く黙って歩いたが、ふと放心から呼び醒まされたような声で言った。

「情婦もいました」

宇治はその言葉にいやな顔をして、肩を揺り上げた。今まで花田の女のことは、情婦という言葉では頭に浮んで来なかったのである。しかし現実のあり方から見れば、そのような卑しい称呼が一番適当しているのかも知れなかった。にがい思いが咽喉《のど》までのぼって来たが、彼はそれをおさえて高城に問い返していた。

「その女は、どんな女だ」

高城は彼の顔をちらと見上げ、すぐ何か答えようとしたが、そのままはにかんだように白い歯を見せて笑った。質問を彼の好奇心からと思ったらしいと宇治は考えた。宇治はきびしい表情をくずさぬまま、おっかぶせるように言った。

「こんな女ではないか。目の大きな、眉のうすい――」

「そうです。右の眼の下に大きな黒子《ほくろ》があります」

やはりあの女かと、うずくような気持で宇治は思い出していた。

――それはまだアパリに居たときであった。その頃アパリの防衛も一応完成していて、本陣地、前進陣地、海岸陣地と三段構えが出来上っていたけれども、レイテ島からの報告によって、米軍の攻撃力を支えるにはも一度根本的な陣地改築が必要であることが判って来た。宇治は前進陣地の近くの或る村にいた。応召の将校である彼は、戦略や築城については勿論《もちろん》論間に合せの知識しかなかったが、彼の目から見ても之等の陣地が艦砲や航空機の攻撃に対して強固であるとは夢にも思えなかった。補強工事の令が発され、兵は昼夜兼行で働いた。そんな或る日、飛来した米機をめずらしくも味方の高射砲が射落し、飛行士は夕暮の空に白い花を開かせたように落下傘で降りて来た。それは前進陣地に近い山の中であった。それきりその飛行士は消息を絶ってしまったのである。捕えて情報を得る必要があるというので、くまなく探索したけれども行方が知れなかった。比島人の誰かがかくまっているに相違なかった。レイテの敗北の程度につれて比島人の心もようやく日本軍から離反して行くらしかった。米飛行士探索の命令が、宇治に与えられた。

或る夜宇治は、飛行士が降下した山の付近の部落にひそかに入って行った。真夜中すぎで二十二三夜の月が出ていたが、風物は蒼然とくらく湿地を貫く道だけが白く浮き上っていた。部落は戸数にして七八十軒である。その中の一軒だけがあかあかと燈をともし、あとの家は暗く眠りに入っていた。此のような時刻に燈をともすのは、此処等の農民の習慣から見て一応疑えば疑えた。宇治は拳銃をにぎりしめ、足音を忍ばせてその家に近づいて行った。バンガロオ風の造りの窓から、そっと彼は内部をうかがった。勿論米飛行士がその内にいるなどとは思っていなかった。むしろ彼にそんな行動を取らせたのはかりそめの好奇心であった。窓掛けの隙間から彼は家の内部を見わたした。

花田中尉がそこに居たのだ。

青色の絨氈《じゅうたん》をしいたその部屋に卓を据《す》え、椅子にふかぶかと腰かけて花田中尉は酒をのんでいた。卓を隔てて女がすわっていた。そして酒瓶を左手で持ち上げた処らしかった。土民がよく着る簡単服に似た服装で、花田の方をむいていたが、窓の外に宇治の気配を感じたのか、鋭くこちらに視線をむけて立ち上った。頰のほくろが目立つ眼の大きな顔立ちである。誰かに似ている、と咄嗟《とっさ》に彼は思ったが、そのまま足音を忍ばせてすばやく窓の下をはなれた。見てはならぬ光景を見た気がしたのだ。彼は物かげにしゃがみ、或いは窓から顔を出すかと待ったが、その気配もなかった。ねっとりと夜風が肌を吹いた。花田が着ていた白い清潔そうな襯衣《シャツ》の色が眼にのこっていた。すべて奇異な感じであった。彼はじっとうずくまったまま、何か解明出来ぬ複雑な感情が湧き上って来るのを意識した。

その頃軍紀は既に乱れ始めていた。将校の中でも定められた宿舎に寝ず、女をつくってそこに通うものもあった。そんな将校を宇治は何人か知っている。旅団の副官をしていた大尉が民家で泥酔し女とダンスに興じていたのを兵隊に見とがめられたという事件も起った。宇治はそのような出来事を見たり聞いたりする度に、同僚のそんな失態がおれとどんな関係があるのかと突っぱねて考えるのであったが、何か突っぱね切れぬかすのようなものが心に残った。女をつくるということは公然の秘密であった。宇治も女に対する嗜好《しこう》がないではなかったが、また道徳的である訳でもなかったが、女をつくろうという気にはなれなかった。年齢から来ているのかも知れない。しかしその当時は彼は自分の心が頽廃することが一番こわかったのだ。

あの家が花田の宿舎であったのか、それは宇治はとうとう知らず終いであった。誰にも言わず誰にも聞かなかった。しかしあのカアテンから見た一瞬の光景は、異常な鮮明さで彼の心に灼きついている。南口の戦場から花田が離脱したことを耳にしたとき、彼はすぐあの目の大きな女のことを思い浮べたのだ。あの女であるとすれば——あの女はどうやって隊についてカガヤン渓谷をのぼって来たのであろう。あれは言語に絶する難行軍であった。過労のため兵は倒れ馬匹《ばひつ》は足を滑らして落ちた。倒れた兵は自決し、或いは射殺された。宇治は血を吐きながら杖にすがって歩いた。サンホセに入っても何時まで軍隊としての命脈が保てるのか。それはもはや烏合《うごう》の衆であった。僅かに皆を四散から踏み止まらせているのは、同じ危険と同じ運命にさらされているという共通の意識からであるように宇治には思えた。俺は俺のために生きよう。あえぎ進みながら宇治は此の時はじめてこう思ったのだ。あの難行軍を、女の足でどうしてついて来たのか。また南入口の砲撃の場をどうして女が花田に肩を貸し得たのか。それらはすべてわからない。わからないけれどもそれはふしぎな現実感をもって宇治の思いにかぶさって来る。

道は歩くにしたがって次第に湿気を帯び始めた。会話が途断《とぎ》れてから二時間ほど黙りこくって歩いた。幽かな径の跡が二叉にわかれている。何れをとってもさほど逕庭《けいてい》はない途だと高城が言うので、彼は暫《しばら》く考えた末、山に入る道を選んだ。だんだん密林が深くなり、巨大な樹が多くなり出した。樹々の幹肌に寄生木《やどりぎ》が蒼黒い葉を茂らせ、蔦《つた》が梢をおおって這っていた。地面には羊歯《しだ》科の植物が茂るままに茂り、幹々の奥の薄暗がりを螢に似た発光体がすいすいと飛んだ。道はやや乾き、時々どこかで山水の流れる音もした。道幅は四五尺程である。宇治が先に立ち、高城はあとにつづいた。

「道は間違いないな」

「大丈夫です。あと二三時間もすれば旅団司令部に着きます」

旅団司令部は予定の後方陣地の中央にあった。花田中尉の所在はそれより北方三粁《キロ》の地点である。日が暮れる前に到着出来るだろう。彼は何となく時々背後の高城を振り返って見た。疲労がもはや宇治の肩を重くしていたが、高城は若いだけにまだつかれを見せていない様子であった。振り返る度に高城は彼の顔に眼で笑いかけた。

「お前は衛生科だったな。花田軍医の直接の部下だな」

「そうです」

「パラウイ島に居た時、花田の当番兵をやっていたのは、お前だったのではないか」

「そうです」

「そうすれば」と宇治は言葉を切った。「お前は自分の上官を殺すことになる」

ついて来る高城の息づかいが少し荒くなったようであった。一寸経ってあえぐような口調で、

「命令でありますから――」そして後は口早に言った。「しかし私が悪いのではありません」

「誰もお前が悪いと言ってはしない」

宇治はそう言いながら、冷たい笑いをぼんやり頬にうかべた。「それはどうでも良いことだ」そして暫《しばら》くして「殺されなくても皆死んで行く」宇治はこの言葉を自分に言いきかせるように呟《つぶや》いていた。

道は狭くなり、密林が突然切れた。崖である。黒い岩肌が十米《メートル》ほども垂直に立ち、道は崖の上縁を危く縫っていた。彼等は崖の縁を歩き出した。反射で瞳の色も染まりそうな明るい盆地の展望があった。密林は崖の下から再び始まり、斜面を下るにしたがってまばらになり、それが尽きるところから田が展《ひろ》がっていた。籾《もみ》の山が何か玩具じみて点々と遠く視野を連っていた。片手で木の根や枝をつかみ僅かに身体を支えて歩き悩みながら、先刻何気なく呟いた言葉の意味が執拗に胸にからむのを彼は感じ始めていた。アパリに居た頃の彼の僚友の大半は既に亡い。ツゲガラオ南方のオリオン峠で米軍をむかえ撃つため、二箇大隊は選ばれて先発した。しかし時は既におそかったのである。オリオン峠は既に米軍に占拠されていて、二箇大隊は猛烈な攻撃を受け大隊長以下ほとんど全滅、わずか二十数名の兵がサンホセに還って来たのみである。オリオン峠の戦闘の選に洩れたことについて、彼は自分をひそかに祝福する気持がないとは言えなかった。また一日早くサンホセに入ったばかりに猛烈な砲撃を受けずに済んだことについて、また本部

将校であるばかりに斬込隊に一度も参加せずに済んでいることについて、死んだ僚友の不運をあわれむ心のうらに、彼は或る冷たい喜びを用意していなかったとは言えないのだ。人が死ぬのも生きるのも、ごく些細な要素がそれを定める。それは初めから戦争の常としてわかっていることであったが、現実に直面すると堪え難い気がした。生き延びているのを喜ぶ気持は、純粋なものであるか不純なものであるか、それは彼には判らなかった。そんなことを考えることすら無意味な営みに思えた。北口の将兵が全滅するのはもう時間の問題である。そして南口の大隊の運命も風前の燈にひとしい。それは誰しも予感していることである。それにも拘らずなお原隊に止まろうとするのは何か。人間としての矜持《きょうじ》か、此処には最早《もはや》矜持とか自律とかはあり得ない。あるのは生きているか殺されるかという冷たい事実だけだ。善とか悪はない。真実とは一つしかないのだ。それは内奥の声だ。生きたいという希求だ。自分のために生きるのが、唯一の真実だ。爾余《じよ》の行動は感傷に過ぎない。

彼は顔に日光の直射を受け岩角によりかかり、背後に近づく高城伍長の軍靴の裏金が岩角にふれてかつかつ鳴る音を聞きながら、暫く歩を止めて佇《たたず》んだ。跫音はだんだん近づいて来る。彼は振り返った。高城の顔色が、驚くほど蒼かった。

「お疲れになったのですか。中尉殿」

彼はじっと高城を見据えながら、今朝のことを考えつづけていた。隊長の半白の頭を見おろして立っていた時、彼は不意に悲哀の感じが瞬間であったが胸一ぱいになっていたのである。あの気持は何だろう。隊長を気の毒に思ったのではない。彼はゆっくりした口調で高城に話しかけた。

「今朝隊長から花田を殺せと言われた。誰か下士官をつれて行けと言うので、お前をつれて来た」

今朝、医務室で待っているとき、高城は室の外で兵隊を殴っていた。昨夜の彼の報告ぶりは変によそよそしく冷たかったが、あれは心の中でどんなことを考えていたのだろう。稚い正義観でそれがあるとするならば——しかし彼は高城の若々しい頰や色艶の良い腕首を眺め廻した。高城の澄んだ瞳がじっと彼の言葉を待っている。彼はかさぶたを一気に剝ぐような苛烈な快よさを感じながら、一言ずつ力をこめて言った。

「おれはこれきり、原隊に帰らないつもりだ。——花田にあうかあわないか判らん。おれは東海岸に行く」

「中尉殿」さえぎるように高城は叫んだ。顔が見る見る赤くなって来た。「中尉殿。それはいけません」

宇治はその叫びを冷たく黙殺しながら、岩角に身体をもっと押しつけるようにした。

「お前は逃げたければ俺と一緒にこい。逃げるのが厭《いや》なら、かえれ」

高城の顔から急に血の気が引いた。岩角に靴を鳴らし後にすざりながら、青く燃えるような眼で宇治をにらんだ。宇治は表情を微塵《みじん》も動かさず、じっとその動作を凝視した。暫《しばら》く沈黙がつづいた。日の光が背に熱かった。突然高城があえぐような声で叫んだ。

「私は帰ります」

「よし、帰れ」

宇治は叩きつけるようにさけんだ。高城は両踵をそろえて宇治に挙手の敬礼をした。挙げた手がぶるぶる慄えた。宇治も視線を外らさず一寸片掌を上げた。高城はむこうをむくと崖縁の道を歩き出した。笑いがそのまま宇治の頰に凍りついた。右手が腰に行き、そろそろと拳銃を抜き出した。崖は一本道である。

高城は一度も振り返らず、肩が小刻みに揺れながら遠ざかって行く。陽炎《かげろう》のようなものが立つのか像はゆらゆらする。岩角に銃身を乗せ、宇治は身体を曲げて岩によりかかった。片眼を閉じて頬を岩肌にあて、指を撃鉄にかけた。照星の彼方に高城の姿が小さく揺れる。あと三十秒もすれば角を曲るだろう。今撃鉄を引けば必ず当る。腕に自信はあった。打つぞ、と彼は思った。が頬に貼りついた笑いが急に消えて、彼は何か重いものに堪えるような顔付になって頭を上げた。拳銃を力無く下におろした。その時高城は角を曲ったらしく急に見えなくなった。曲る時一寸此方に振りむいたらしい。しかしそれも判然《はっきり》しなかった。宇治はふしぎな表情を浮べたまま、じっとそこに立っていた。

暫《しばら》く経った。彼は頭を強く振るとのろのろと歩き出した。顔色は依然として悪かったが唇を堅く結び眼付が険しくなったのが、かえって生気が出たように見えた。逃亡の意志を自分一人に秘めて置かず、相手が高城にしろ吐き出してしまったので、気分はむしろ楽になったようであった。今朝隊長が、誰か射撃のうまい下士官を連れて行けと言った時、宇治は直ぐ高城のことを憶った。高城が射撃がうまいかどうか彼は知らない。が、すぐ高城のことが頭に来たのは何故だろう。宇治はその時はっきりと逃亡の決意をかためていたのだ。だから最も逃亡に加担しやすい下士官を選ぶべきであった。それにも拘《かかわ》らず彼は高城をえらんでしまった。昨夜の高城が報告する時の表情が頭にしつこく残っていたのだ。それは冷たく感情を殺した顔だった。宇治には判っている。高城は上官である花田を憎んでいるのだ。女と逃げて帰らぬ花田に、まことに通俗的な怒りを感じているのだ。そして高城を選んだのも、宇治は自分の逃亡に対する通俗的な非難と言わば対決したかったのだ。

　宇治は欝々とうなだれて方途もなく無茶苦茶に歩いた。道は再び密林に入った。逃亡の意志を打明ければ、高城の取るべき途は、宇治と共に逃げるか、宇治に背《そむ》いて帰るか、あるいは宇治を射殺するか、此の三つしかない。宇治は此の最後の場合を考えていた。(その時俺は高城を射つか黙って射たれるか、どちらを取るだろう?) 彼はその事を考えたとき何故か疼《うず》くような快感を苦痛と一緒に感じていた。が、実際には高城は彼に背いて途を戻って行ったのだ。三時間もすれば原隊にたどり着くだろう。そして隊長に報告するだろう。そうすればあの人の好い隊長は激怒して追手をむけるだろう。それはすぐ頭に来た。だから高城を射殺しようと思ったのだ。しかしとうとう射たなかった。何故射たなかったのか。一度も振り返ろうとしなかった彼の疑いを持たぬ心が宇治を打ったのではない。宇治は賭けをしたかったのだ。更に追手が来る。宇治は自分の逃亡に対する外からの圧迫があればある程、反撥して自分の正当さを確かめ得るだろう。それが確かめたかったのだ。人知れず、難破を予感して船倉から逃れ出る鼠のように逃げたくはなかった。善いにしろ悪いにしろ邪魔物を押し分けて逃げたかった。抵抗を感ずることによって自らの行為を確かめたかったのだ。指で傷口を押し拡げることによって、傷の深さを確かめるように。――

　三十分ばかり黙って宇治はあれこれと考え悩みながら歩いた。やがて道に沿った小部落らしいものが見えて来た。ニッパの屋根が樹々の間から見え隠れしたと思うと、道の曲りに沿って四五軒の汚い小屋が不規則な形で集っているのが宇治の視線に止った。荒れた感じなので久しく無人であることが一目で判った。宇治は肩を落しながら何となく其処に入って行った。籾《もみ》を搗《つ》くきねが二三本床に転がっているばかりで柱もはや朽ち始めていた。酢《す》に似た匂いがうっすらと四辺に立ちこめていた。湿った地面を踏んで横手に廻ると、其処は羊歯《しだ》の乱れ茂る間に傾き立った小屋であった。屋根から裂け下ったニッパの古葉の隙間から、その小屋の床に、何か黒い形のものが横たわっているらしい。思わずぎょっとして右手で拳銃を押えながら、宇治は目を凝らして近づいた。それは日本の兵隊であるらしかった。

ぼろぼろになった襯衣《シャツ》をまとい、足を長く伸ばしてあおむけに横たわっていた。宇治が近づく気配を感じたものか物うげに頸《くび》を動かしたが、その顔には驚きとか喜びとかの感情は全く無かった。頬骨の出た色の黒い兵である。気がつけば胸の上に組み合された両手はほとんど肉が落ちて、筋だけが針金のように浮き上っている。枕許に水筒と食べかけのバイヤバスが萎《しな》びて転がっていた。どんよりした視線で宇治の姿を眺めている。痴呆めいた視線であったが、その眼すらも暗い影に隈《くま》どられていた。床に片足をかけながら宇治は暫く冷たい眼付でその男を眺めていた。片足に力を入れて床の上にあがった。柱と床がいやな音を立てて軋《きし》んだ。

「お前は何か」

男のぼんやりした表情は変らなかった。宇治は更に声を大きくして再び同じ問いを繰り返した。低いうつろな声が、ゆるゆるした調子で男の口から洩れて出た。

「病気であります」

宇治はかさねて所属部隊を聞いた。何か答えるらしかったが、判然としないまま男はだるそうに眼を閉じた。瞼を閉じながら胸に組んだ掌を僅か動かして、これは比較的はっきりした声音で言った。

「も一人いるのです。奥に」

宇治がそれについて視線を動かすと、ニッパの半壁を隔てて奥にも一つ部屋があるらしく、そこは樹々の梢が低く垂れているのか蒼黒く澱《よど》んだ色であった。その床にも黒くひとつの物体が横たわっていた。宇治はそちらに近づいて行った。近づくとそれもやはり兵隊であったが、宇治はぎょっとして立ちすくんだ。その男の顔から頭にかけておびただしく蠅《はえ》がたかっていたのである。

（死んでいるのか？）

立ったままじっと見つめていると、床に垂れた手が極めてゆるやかに動き、そして顔のあたりに近づき、微かに蠅を追う仕草をした。蠅はぱっと飛び立ちぶんぶんなきながら、そしてそこらを飛び廻ったり柱に止ったりした。まだ死んでいるのではなかった。顔は刻んだように頬骨が立ち、ほとんど土の色であった。伸ばした脚にゲエトルがゆるみ、処々にぶざまな凹みを見せていた。生きているうちから蠅はたかるのか。宇治は口の中ににがく唾《つば》がたまるのを意識しながら眼をそむけた。男の顔には再び蠅が戻って止り始めるらしかった。所属を離れた兵隊、ことに見失った兵隊がこのように密林をさまよっているうちに飢餓のためあちこちに倒れて行くものらしかった。規律が僅かでも保たれているのは本隊付近ばかりで、それを一寸外《はず》れると此の漠々たる密林の中には、支柱を失った兵たちが修羅のように青ざめてさまよい歩くらしかった。その事は部下の兵などから聞き知っていたけれども、まのあたりに見た此の光景は、ある予感を伴って、宇治に堪え難く重くかぶさって来た。宇治はもとの部屋に戻って来ると柱によりかかり、大きく息をついた。その時気がついたのだが、奥の部屋からは既に屍臭に似た臭いが立ち始めていたのだ。疲労が肩に重かった。背骨の芯《しん》がずきずきと痛んだ。身体の節々がしびれるようであったが、その癖身体の内側が変に熱っぽかった。柱によったまま宇治はしずかに目を閉じた。

今朝の出発時の、逃亡の新鮮な意図が次第に重苦しい不快なものに変って来ているのを彼は感じた。今朝はまだ氷を力まかせに踏み破るような切ない喜びがあった。久しく欝屈したものが出口を見つけてほとばしるような気持であった。サンホセに入って一箇月間、絶えず求めていた逃亡の機会を、今朝はじめて摑んだと思ったのだが、あるいはそれが錯覚ではなかったか。昨夜高城の報告を聞いたとき、花田の現在の在り様が俄《にわ》かに鮮かな感じで彼の眼底に浮んで来た。彼はその時重く静かな亢奮《こうふん》が湧き上って来るのを感じていた。その亢奮が心の底で逃亡という言葉と結びついたのは何時だろう。昨夜はいろいろな事を考え、長いこと眠れなかった。今朝当番兵の佐伯が彼を呼びに来た時すぐ彼は、それは花田の追討の命令であるだろうということを直覚していたのだ。

高城が戻ってしまってから暫《しば》く緊張していた心が、今になってくずれ始めて来た。第一に彼には道が判らなかった。果して此の道をたどればインタアルに着けるものか、それも判らぬまま消えがちの途《みち》を無茶苦茶に歩いてここまで来た。そして今此の小屋に居る。このまま途を踏み迷うとすれば、あるいは此処にいる兵隊と同じ運命をたどることになるのかも知れなかった。糧食とても一日分しか持たぬ。歩いているうちに腹が減り、そして食を求めるすべがなければ、やはり力つきて道端に横たわり死を待つ外《ほか》はないのだ。しかし此の道がインタアルへの道に間違い無ければ、――その時はまもなく追手が宇治に追い付くだろう。

（あの時、高城を射殺すればよかったのだ。おれは何をためらったのだろう？）

宇治は激しく舌打ちして眼を開いた。追手が来るという不安が次第にはっきりした形をとって胸の中に今拡がり始めたのである。しかしそれは今更思い悩んでも始まらぬことであった。小屋を出てすぐ歩き出さねばならない。危険が迫っている。かり立てられるような気持の半面、何か図太いものが身体の芯をじっと摑んではなさなかった。

善いにしろ悪いにしろ、と彼は立ったままぼんやり考えた。独楽《こま》のように、力尽きてたおれるまでは一所懸命廻っていなければならぬ！

突然、跫音《あしおと》が聞えた。びくっとして宇治は身構えた。

表の小屋の間を縫い、跫音は横手の濡れた地面に廻って来るらしい。宇治は注意深く耳をすましながら、右手で拳銃の銃把《じゅうは》を握り、安全装置を外した。此処らは特に林相が深いので、梢洩《も》る光線も海底のように青かった。空気を押し分けるように暗い人影があらわれて来た。宇治は驚いたような声を立てた。

「高城、ではないか」

宇治はしかし拳銃を握ったまま警戒の姿勢を動かさなかった。だんだん近づいて来る。高城伍長であった。宇治が立つ床のへりの直ぐそばに来て立ち止った。そして宇治を見上げた。宇治は黙って高城を見下していた。もともと色の白い高城の顔が、光線の具合で青く透き通るようだった。宇治を見上げたその長い切れ眼に、涙がいっぱいたたえられているのを宇治ははっきり見た。そう言えば近づいて来る時の高城の姿は、ほとんどよろめくようだった。疲労の極にある人のような衰えが高城の表情に漲《みなぎ》っていた。何か言おうとして、そして言葉にならなかった。頬がぴくぴく痙攣《けいれん》した、涙の玉が瞼から離れて頬に一筋辷《すべ》り落ちた。宇治は身構えた姿勢を次第に旧《もと》に戻しながら、鼻筋にふとつんと突きあげるものを感じていた。しかしそれも瞬間のことで、彼は変に不機嫌な表情を作り、そして床の上の男を振り返った。

男は顔を彼等の方に向けて虚《うつ》ろなまなざしを開いていた。唇が僅か動いて乾いた声で何かを言うらしい。何を言っているか判らない。声と言うよりは咽喉《のど》から吹いて来る風のような音であった。

「何を言っているのか聞いてやれ」

宇治は高城の方をむいてそう言い捨てると床から地面に飛び降りた。何気なくすらすらと口から出た。高城は一寸ためらったが、直ぐに床に登ると、男の枕許にしゃがみ首を曲げて耳を男の顔に近づけた。宇治はそのまますたすたと道の方に出て行った。

道の端にある倒れた木に腰を掛けて、刀に上体を支え眼を閉じた。そして高城が一旦戻りかけて又追って来た気持を考えた。高城の眼に涙が溜っているのをはっきり見たとき、先ず彼の胸にのぼって来たのは、一種のやり切れない感じであったのだ。(此の男はこれから先、暫くは俺の負担となるだろう)原隊から追手が来ないと判ったことは、不安が無くなったというよりむしろ拍子《ひょうし》抜けの感じであった。実は先刻、彼を追って来るであろう追手として、彼は僚友の顔を一人一人思い浮べていたのである。自分がぎりぎりの場に立つその予感が、それで皆消えてしまった。彼は眼を開くと無感動な顔付でしきりと四周《あたり》を見廻した。道はわずか跡を示しながら密林の果てに消えている。

小屋の陰から高城が出て来た。宇治も物憂《ものう》く立ち上った。立ち上りながら訊ねた。

「あの兵は何と言っていたのか」

高城は近づいて来たが、その歩き方や動作の中に、へんに突き当る硬いものを鋭く感じて、宇治は微かに身がまえた。高城の声は暗く押えた調子をふくんだ。

「もし、東海岸に行くのなら、自分も一緒に連れて行って呉れ、と言うのです」

聖地を慕う巡礼のように、皆ふしぎに東海岸に行きたがる。東海岸に行けば米も塩も魚も豊富にある。このことは原隊の間でも伝説のように兵等に信じられていたが、それは幾分誇大に伝わっているにせよ事実の筈《はず》であった。軍に属さぬ一般邦人は既にそれぞれ群をなして東海岸に向っていた。今その言葉をきいて宇治も漠然と自分が其処に牽《ひ》かれていることに気付いていた。

「もし連れて行って貰えぬなら」高城は一寸息を呑んだ。「その拳銃で射ち殺して呉れ、と言うのです」

宇治は黙って高城を見返した。返事をしないまま彼は歩き出した。そして低く独白のように呟《つぶや》いた。

「道はこれでいいんだな」

歩いて行く宇治の後を高城は小走りに追いすがった。

「殺して来ましょうか。宇治中尉殿」

思い詰めたような声であった。何か殺気を感じて宇治はふり返った。高城の眼が宇治の視線を捕えてキラキラと光った。

「何故殺すんだ」

「殺して呉れと言うんです」

変に頑固な嗜欲《しよく》が今の彼をとらえて居るらしかった。顔の筋肉が硬ばっていた。宇治は高城の瞳の色から何とない圧迫をじりじりと感じ取った。それに堪えながら、宇治はその眼を見返していた。宇治の行為に対しての反感、それにも拘らず宇治に従おうとする自らの弱さ、それらに対する自棄《やけ》な反撥が燃えるような彼の眼にあらわれていた。宇治は黙って背をひるがえし再び道を歩き出した。

突然背後で笑い声を立てた。宇治はぞっとして足を止めた。それは笑い声ではなかったのだ。押えたような嗚咽《おえつ》であった。次第に大きく乱れながらそれは号泣に変って行った。追われるように宇治は足どりを早めた。

時間は正午を遙か廻った。密林は行けども行けども果てしがなかった。疲労がそう感じさせるのかも知れなかった。食欲は全然なかった。ただ黙って歩いた。高城も腫《は》れた瞼を伏せて黙々とついて来た。何と無く妥協して高城を再びつれて来るようになった事、これが次第に不快な重みとなって宇治の胸を押しつけて来るらしかった。何故あの時叱咤《しった》して追い帰さなかったのか。背後に同じ調子でついて来る高城の重い足音を耳に止めながら、宇治は益々《ますます》心が沈んで来た。

(何故俺はまるで囚人のように暗い気持になってしまうのだろう?)

逃亡ということが善いことか悪いことか、それは既に今朝来心の中で計量済みの事であった。それについて自分を責めることは無い。生き抜く事が正しいと思えばこそ此のような逃亡を断行したのだ。それなのに東海岸への足を阻《はば》もうとするのは何であろう。

突然、今まで意識のかげに隠そう隠そうと努力していたあるイメイジがはっきり浮び上って来た。それは今朝の鍾乳洞の内で彼が見た、あの部下の兵達の突き刺すような視線であった。あの兵達はアパリ以来の彼の部下である。それ等をも捨てて宇治は此処までやって来た。勿論《もちろん》彼等は今朝、宇治の心中を見抜いた筈《はず》はない。唯何時ものように上官の話を聞く時のように注目していたに過ぎない。自分の行動を正当と信じるなら、何故あの時あのようにたじろいだのか。白く光る鍾乳石の間から彼に向って放たれたいくつもの青白い視線が、今なお彼の胸を堪え難く苦しめて来る。

「——さて、さて」

無意味な言葉をしきりに呟きながら、宇治はその想念を心から追い出そうとした。追い出そうとすればする程、それは宇治の心にすがりついて来る。堅く鎧《よろ》った筈の心の、ごく狭い弱味を誤《あやま》たずねらって、何故それらは鋭い刃を立てて来ようとするのか。

肩から吊《つ》った水筒がだんだん重荷になって来た。歩調につれて水筒の中で密度ある液体がぴちゃぴちゃと揺れるのが判る。宇治は頸《くび》を真直ぐに立て鋭く視線を前方に固定させ、足を引摺《ず》ってあるいた。額から汗の玉が拭いても拭いてもしたたり落ちた。

——応召を受けて以来三年間、彼はあちこちを転戦して歩いた。戦野の陣地で彼が見たものは、人間というものの露骨な形であった。杖をついてサンホセ盆地への道を進み悩みながら、自分の為にだけ生きようと宇治がしみじみ決心したのも、彼が見聞きした現実がはっきりそれを教えたからであった。人間は、自分の利益とか快楽にしか奉仕しないということ、犠牲とか献身とかいうことは、その苦痛を補って余りある自己満足があって始めて成立し得ること。それらのことを彼は此の三年間に深く胸に刻み込んでいた。彼の僚友、今生き残っているのも死んでしまったのも合せて、実に雑多な型の人間がいた。アパリでダンスと酒に酔い痴《し》れた副官もあったし、また花田のように女を連れて逃亡したのもいる。その反面には進んで斬込隊を志願して帰らぬ若い少尉も居たし、部下を救うために己が身を殺した老大尉もいた。しかし此のような戦場の美談を彼は純粋な気持で受け入れることは何となく出来なかった。何か心にひっかかるものがあった。そうした人間の美しさを素直に受け入れないならば、戦野に於ける破倫を彼は憎むわけには行かない筈であった。実際彼には、両方とも此んな危急の状況にあってはむなしい営みに見えた。彼はもはや人間を眺める目に遠近を失っていたのだ。支柱を失った人間は、彼には影を失った幽鬼に過ぎなかった。皆支柱を失っているのではないか。幽鬼の行為に美醜がある筈がない。

あの難行軍をつづけてサンホセに入ったとき、南口付近はマニラから逃げて来た海軍部隊が駐屯《ちゅうとん》していた。宇治は高熱のため当番兵のはからいで一軒の民屋に寝た。そこも海軍が占拠していて、その家にはジャンパアを着た海軍軍属らしい男が住民の女と一緒に住んで居た。宇治の病気を知ると同情して、何処からか椰子《やし》やマンゴオの実を取って来て呉れた。軍属らしいと思ったら報道班員だと言う。仔熊のような眼をもった、恰幅《かっぷく》のいい男だった。今は海軍の糧秣《りょうまつ》係の仕事をして居るらしかった。宇治はその男の名に記憶があった。ずいぶん前のことだが或る文学賞を得た男である。宇治は地方にいた時その小説を読んだ記憶がある。何でも氷山の上を渡り歩いて熊を射とめる小説であった。翌朝別れを告げる時その男は、急に真面目な顔になって、此の戦争が勝つにしろ負けるにしろ自分は此処に踏み止まり、一生此の女と（横にいる女を指さした）此の土地で暮すつもりだ、と宇治の耳にささやくようにしみじみと言った。宇治はその時目を見張る程おどろいた。何というのんびりした事を考えているのかと思った。その後宇治の隊から四五名盆地に糧秣《りょうまつ》求めに行った時ゲリラに襲われ、皆殺されたという事件が起った。そのゲリラを手引きしたのがあの報道班員だという噂をあとで聞いた。その後の事は知らない。戦場の噂ほど不確実なものはないから、宇治もその事について深く聞く事はなかったが、そんな噂が立ったとすればあるいはその後彼は殺されたかも知れない。戦場では個人の生命など問題ではなかった。唯ちょっとした恣意《しい》が人の命をうばう事もあり得る。小説を書こうという程の男が、どうして自分を危くするようなことをしたのか。しかしそれは何も不思議ではない。誰と限らず皆、判断の支柱を失っているのだ。現象に呼応する感覚があるだけで、皆その感覚を自分の理性だと信じ込んでいる。

（生きたいという希求から逃亡した俺も、あるいはその類かも知れない）

あの小説家を嗤《わら》う訳には行かないのだ。彼は次第に自分が何を考えているのか判らなくなり始めていた。何もかも自分の判断で割切りそして行動していると信じていたのだが、それもあやふやなもののように思われた。判っていることは、自分が今原隊《げんたい》を離れて遁走《とんそう》しているという事実だけであった。しかしそれも遂行し終《お》おせたわけではない。今からでも花田を射殺する決心になれば、そして何食わぬ顔をして原隊に戻れば、誰も知るものはない。高城が知って居るとしても、彼も宇治を追って来たからには、逃亡を意図したという点で同罪である。人に洩《も》らす気づかいはないのだ。しかし高城は果して一緒に逃げるつもりで彼を追って来たのか。何故あの時涙をいっぱい溜めていたのか。何故あの病兵を殺したがったのか。何もかも判っているようで、考えれば彼には何もかも判らないことばかりであった。

(俺は一体何の為に此の密林の中をとぼとぼ歩いているのだろう?)

荒涼たる疑念が何の連関もなく彼の胸を衝《つ》き上げて来た。……

「歌が聞えます」

高城がうしろから宇治に声をかけた。宇治は立ち止って耳を澄ました。幽《かす》かではあったが宇治の耳にもその声は聞えて来る。首を廻して高城の方を見ながら彼は独語のように言った。

「聞える。あれはイロカノの歌だ」

「旅団司令部です」

落着いた低い声で高城がそう言った。唇をきっとしめているので、高城の顔は何か思いつめた表情に見えた。ある疑いがふと宇治の心を影のようによぎった。血管の浮いた濁った眼で宇治はじっと高城を見つめていた。高城は表情を変えないまま自然に宇治を見返した。

「――よし」

それは声になっては出なかったが、そう言う気持で宇治は肩を張るようにして歩き出した。二分間ほど歩くと突然道が切れた。嘘《うそ》のように明るい日光が天から落ちて来た。密林がそこだけ引き抜いたように開けていた。

宇治は昔、耶馬溪《やばけい》を見たことがある。あの耶馬溪を構成する岩に似た岩群のたたずまいであった。宇治の居る所から眺めると、丁度円形劇場に似た風で、すりばちのように八方から斜面が切れ込んでいる。崖は段々になっていて、中央に引っかかるようにして点々とニッパ小屋があった。底の部分には簡単服に似た服装の女たちが沢山動いていた。歌声は其処から起るのである。崖を危く伝って兵達が登って来るのも見えた。

「あれが、司令部です」

崖の中途の、他のよりもやや大きい小屋を高城は指さした。中空に棒を突き出し、白い襯衣《シャツ》などが乾してあった。斜面がもつ幻惑で距離が定め難いが、それでも呼べば聞えるほどの近さである。径《みち》はすりばちの上縁をはしっていた。怒ったような口調で、宇治はたずねた。

「インタアルへ行く途《みち》は——此の途を通るのか」

「そうです。あの大きな木」人さし指を移動させながら、「あの木の所から右に折れるのです」

「——此の崖縁を歩かずに、密林の中を突き抜ける途はないのか」

「ありません。私は知りません」

宇治は少し顔を険しくして高城を眺めた。そして低い声で言った。

「お前が先に歩け」

高城は何かぎょっとした風で身体を硬くした。その気配は宇治にもはっきり判った。二人は密林で出会った二匹の獣のように暫《しばら》く見つめ合った。高城は突然泣き出しそうな表情になって、大きな身振りをしながら甲高い声で言った。

「私は後から参ります」

また沈黙が来た。

宇治はふと視線を外らすと、行手の大きな木を眺めた。困惑したような表情が宇治の顔にひろがった。日の光が当る大木の頂きをぼんやり眺めた。樹肌の剝けた、頂上付近に僅かの葉をつけた巨樹が、何か意味があるような形に眺められた。

（あんな木がもう直ぐ自然倒壊するんだな。しかしあの木の下を曲れば安心だ）

しかし宇治は歩き出そうとはせず、また高城の方に振りむいて言った。沈欝な調子であった。

「おれは――お前を信用していない。お前は司令部へ馳《か》けて行って、そして俺のことを言わないとも限らんから、な」

高城の頰がぱっと紅くなったが、すぐ悲しみの色が瞳の中にあふれて来た。必死に打ち消すように身体をよじりながら、

「そんなことはありません。中尉殿」

呻《うめ》くような声であった。

「私は後から参ります」

宇治は黙って腰から拳銃を抜いた。そして安全装置を外した。ずしりと掌に重いブロオニングを握りしめた。

「では」彼は先に立って歩きながら、「おれが先に行く。ついて来い」

宇治は背後で高城の激しい呼吸《いき》遣いをききながら、黒い岩質の道を踏んだ。遙か下から歌声が浪のよう

に高まり、小さな数多《あまた》の姿が一斉に律動した。底にうごめく人々の様子はむしろ楽しげに見えた。一歩一歩が身を刻むようであった。全身の神経を背後に集中させて歩いた。高城がどんな表情をしているか判らない。もし声を立てたり、崖をすべり降りたりすれば、直《す》ぐに射殺するつもりである。殺してしまえば、あとの言い逃れはどうにでもなる。背後の跫音《あしおと》をひとつひとつ耳に捕えながら、宇治の拳銃を握る掌はやがて冷たい汗にぬれて来た。

目標の巨樹まで来た。何事も起らなかった。道はそこで二叉に分れ、一方は崖に沿って司令部へ行き、右に折れれば再び暗い密林に入る。赤く剝けた樹の肌であった。高さは七八十米《メートル》もあるかと思われたが、枝はそぎ落したように千切《ちぎ》れ、頂き付近に僅か残る葉も白く頽《くず》れた色であった。宇治はほっと肩を落してふり返った。疲れが一時に背に積み重なって来た。

「道はこれか」

拳銃を腰にしまいながら宇治は低い声で訊《たず》ねた。高城は蒼い顔をしていたが、だまってうなずいた。

「何を妙な顔をしているんだ」

宇治は笑おうとしたが、笑いにはならなかった。表情がわずか歪んだだけであった。高城もへんに硬ばった顔を宇治からそむけた。二人はそしてそのまま歩き出した。

花田が居るという部落は此処から三粁《キロ》ほどである。道はやや下り坂となり、どこかで流れる山水の音がした。一歩一歩花田中尉の処に近づいて行く。そう思ってもそれは何か現実感がうすかった。宇治をとらえる感じは別のものであった。その感じを胸に探りながら、彼は一歩一歩靴先を草叢《くさむら》に入れた。蔓草《つるくさ》が足にからんで歩き難かった。

先刻のことのために高城の気持が硬化したことは、その怒ったような顔付でも判ったが、また荒々しい足どりでもうかがわれた。宇治は彼を信用しなかったわけではない。ただ万一という事もあった。あんな事を高城に言ったのも本心というよりは露悪的な気持ちの方が勝っているように思われた。高城が二人に共通した罪悪感で彼に寄り添おうとしているのが、彼にはただ鎖のように重苦しかったのだ。(茶番を一々本気にしてやがる)並んで歩く高城の顔を盗み見ながら、宇治は一瞬鋭い憎悪が彼に湧いて来るのを感じていた。しかし天に唾《つば》するようにそれは厭な感じを伴って彼の心に戻った。……

それからずいぶん長い間歩いたような気がする。梢を洩《も》れる太陽の光はやや薄れ、蟬に似た虫の啼声が林の奥から流れて来る。花田のことをぼんやり考えていた。花田に逢えば花田は何と思うだろう。花田の驚く顔だけは想像出来たが、その先は頭に浮んで来なかった。女と共にいて原隊に戻らぬのも、言わば単純な情痴ではないだろう。単に情痴ならばあのような破目に落ちずとも、少くとも彼ほどの男なら、もっと悧口《りこう》に身を処することが出来る筈なのだ。もっと深い処で身を賭けたに違いないのだ。しかしその詳細は判らない。女と一緒になり原隊を離反した。その事件は驚くほど単純だが、そのぐるりにはさまざまの陰影が暗く尾を引いていて、どんな事を花田が考え、そしてそれを信じたのか、何も判っていないのだ。宇治に判っているのは、あのアパリで窓から見た一瞬の光景だけであった。

——俺は花田をどう思っているのか?

物影にしゃがんで息を凝らしていたあの時、宇治が感じていたことはまことに複雑であった。暗い道をひとり米軍飛行士を探し求めて歩きながら、そしてあの光景を見たのだ。それは異様なものを見た単純な驚きではない。もっと深い、言わば静かな怒りのようなものであった。あの時の花田の顔があまりにも幸福そうに見えたから、それに対する反感もあったのかも知れなかった。しかし宇治はその時の気持を自分でもはっきり摑み兼ねている。花田がインタアルに行ってから毎夜、宇治はぼんやり花田のことを考えていた。それはただならぬ切迫感で宇治の心に挑んで来た。

——俺は花田を憎んでいるのか？

そうだとも言い切れない。思考をつづけて行くと何か薄い膜があって、それが彼の判断を狂わして来るようであった。やがて自分も花田と同じように逃亡する破目におちるかも知れない。その予感が、花田の放恣《ほうし》な行為を憎むことから今まで彼を遠ざけていたのではないのか？

林がだんだん薄くなり、草山が見えて来た。何の確信もなく宇治はあるいた。

「もうそこです」

突然きっとしたように高城が言った。宇治は立ち止るようなだれていた首を上げた。灌木《かんぼく》と草におおわれたなだらかな丘陵があり、道はそれに沿って曲るらしかった。

「それを曲ると部落があります。花田軍医殿は昨日そこに居られました」

口の中が変に乾いて行くような感じで、その癖不快な生唾がしきりに出た。何も硬くなることはないと思ったが、肉体の方でそれを裏切った。現実に花田に逢うということ、これが夢の中の出来事のようにはっきりしなかった。それでも胸がどきどきと動悸《どうき》を高めて来た。

——司令部の処から、もう三粁《キロ》も来たのか？

随分《ずいぶん》長かったような気がするし、また直ぐだったような気もする。下り坂で幾分楽だったとは言え、宇治は薄い肩を前方に曲げるようにして歩かねばならなかった。丁度カガヤン渓谷を上る時の行軍のように、肉体の限度を越えた疲れが鈍く背筋を押していて、額から冷たい汗が絶えず滲み出た。何のために歩くのか。宇治は蔓草《つるくさ》を引きちぎる高城の靴音を聞きながら唇を噛んであるいた。肋骨の間がずきずきと疼《うず》いた。

草山の裾を廻ると、貧弱なニッパ屋根が四五軒宇治の視野に入って来た。あの一軒に花田がいるのだと思った。略刀帯を上にしごき上げながら高城に言った。

「お前はただ俺について来い」

高城が右手で腰の拳銃を押えているのを彼は見た。高城は彼の方を見ず、一心に部落の方を眺めていた。顔が能面のように白く、不気味な艶が滲み出た脂肪の上にきらめいていた。

「一番奥の家です」

宇治は手を挙げて高城を制そうとしたが、思いなおしたように深い呼吸をし、そして先に立って部落の方へ歩き出した。靴がかつかつと鳴った。最初の小屋の入口が開いていて、そこから低い声が聞えて来た。宇治は立ち止り、そして入口から覗《のぞ》き込んだ。

「花田中尉は居ないか」

枝打ち透かす日の色が赤く土間を彩っているのだが、そこに女が一人いた。蓆《むしろ》のようなものを床に敷いて何か低い声で呟《つぶや》いている。簡単な洋装だが髪の形といい顔の様子といい、明かに邦人の女である。髪は乱れて頰に垂れ、指でしきりに蓆の端をむしっているのだが、宇治の声にも気を止めぬらしく、眼を大きく見開いたまま呟き止めない。そしてふと明るみにむけて上げた顔はまだ若々しく、はっとする程美しかった。

「誰も外《ほか》に居ないのか」

宇治は何か脅えるような気持にそそられ、背中を入口の柱にずらせながら内部の土間に身体を入れた。奥の方の薄暗いあたりにいるらしい男の濁った声で、

「どなたですか。こいつは気が狂っているのです」

ごそごそ這い出して来たのを見ると、兵隊のようではない。四十がらみの顎の張ったするどい目付の男である。まぶしいのか片手を額にあてながら宇治を見た。

宇治も身構えながら油断なく男を見つめた。

「花田中尉の小屋はどこか」

男は彼が将校であることを認めたらしかったが、別段態度を改めるということもなかった。ゆっくりした声で言った。

「花田中尉ですか。中尉殿は居ません」

「居ない」

「ええ、居ないのです」

男は上半身が裸である肉付きの良い分厚な肩であった。鼠色の洋袴《ズボン》に包まれた脚をだるそうに土間におろした。

宇治は振り返った。高城は入口から顔だけ入れていた。

「花田中尉の小屋に行って来い。もし居たら宇治中尉が連絡に来たと言って来い」

そして彼は再び男に向き直った。男は冷淡な表情で高城が出て行くのを眺めていた。

「此の部落にいる筈だ」

「先刻出発されました」

「出発した？」

彼はほっと心が崩れるのを感じ、二三歩土間に入って行った。狂った女はきょとんとした顔を上げて宇治を眺めたが、ふいにごろりと横になり脚を立てた。裾から見える股の部分が目にしみるほど白い。思わず眼を外らそうとした時、女は寝ころんだまま咽喉《のど》を反らせて高い声で歌い出した。呂律《ろれつ》の乱れた声であったけれども、それは目が覚めるほど鮮かな肉体の声であった。

みよや十字の旗高し
君なるイエスは先立てり

讃美歌ではないかと、宇治は血走った眼をぎょっと見開いて女を眺めた。脚先を揺って調子を取るたびに蓆《むしろ》の縁から微塵《みじん》が立って、赤い光線の中をゆらゆらと動いた。女は突然歌い止めると大きな声で笑い出した。そんなに大きな声を立てたら悟られるではないか、宇治はふと混乱してそんな事を考えながら、不安な視線を男の方にもどした。

「そうすれば花田は原隊に戻ったのか」

それならば連れの女はどうしたのか。何故途中で宇治達と逢《あ》わなかったのか。宇治は帽を上げ掌で額を押えた。女は笑いやめた。

「原隊にではありません」

なに、と宇治は思わず頭を上げた。男は脚を土間に垂れ片手で上半身を支えて、するどく宇治を見ている。宇治と視線が合うと突然白い歯を出して笑ったようであった。憤りが宇治の胸をついて上った。畳み込んで宇治は訊ねた。

「何処に行ったんだ」

男は卑しげな笑いを唇辺に浮べたままであったが、その問いに答えようか答えまいかと一寸口ごもった風である。すぐ老獪《ろうかい》なとぼけ顔になって、

「花田中尉は良い軍医どのでありましたなあ」

宇治はいら立って軍刀の先で土間をとんとんとついた。

「そんなことを聞いていいはしない」

その時先刻の病兵の言葉が急によみがえって来た。男は宇治の視線を避けて、寝ころんだ女の姿をぼん

やり眺めている風である。それは明かに装った態度であった。女は何か判らぬことをひとりで呟いている。

宇治は顔を男の方に近づけながら、眼を堅く光らせて一語一語力をこめて言った。

「花田中尉は女を連れて、東海岸に行ったのだろう。俺は彼を捕えに来たんじゃない。話があるんだ。何と言って口止めされたんだ」

その言葉を聞くと男は突然低い濁った声でふふとわらい出した。ゆるゆる視線を宇治に戻しながら、

「出て行ったのは昼頃でしたよ」

「何故お前も一緒に東海岸に行かなかったんだね」

男は又卑しげに唇を歪《ゆが》めて、短い笑い声を立てた。

「この女が居るんでね」

「お前は何処から来たんだね。恰好《かっこう》から見ても兵隊じゃないらしいが――」

お前と呼ばれるのが男のかんにさわるらしかった。床をすざって宇治から離れながら、急にぞんざいな調子になった。

「マニラからでさ。海軍さんと一緒に命からがら逃げて来たんだ」

「此処に長いこと居るんだね」

「もう四五十日も居る」

「食べ物は？」

「花田中尉さんが持って来た薬品を、下の部落で米と替えた」

「まだ残りがあるんだな」

「あるもんか」

男は急にぎらぎらする眼になって、宇治を見ながらも一度繰り返した。「米など残っているもんか」

宇治は黙って男の分厚な肩を眺めた。そして女を指さした。

「このひとは身寄りかね」

「うん」あいまいな口調であった。「身寄りと言う程でもない」

「知合いか」

「まあそんなもんだ」

「何故一緒に東海岸に行かなかったんだ」

宇治は何かいらだつ気持があって同じ質問を繰り返した。密林の中から風が立つらしく、さあさあと葉ずれの音が小屋の外にたかまって来た。土間に落ちる光斑《こうはん》がちらちらと赤く乱れた。風が行ってしまうのを黙って聞いていた。男は壁に背をもたせて低い声で言った。

「東海岸って、何処に逃げたって同じさ。おれはもう逃げ廻るのがいやになったんだ。何処に行ったって死ぬときは死ぬさ。おれは此の女と一生此処で暮すよ」

「食糧はどうするんだ」

「食糧などどうでもなるさ。花田さんみたいに逃げたって同じよ。女といちゃつくんなら此処だって出来る」

背筋に粟《あわ》の立つような嫌悪感が宇治を襲った。それに堪えながら彼は後にさがり、入口の処まで出て来た。土間に垂らした脚を引き上げて、男はきらきら光る瞳をまっすぐに宇治にそそいだ。張った顎《あご》のあたりが何か酷薄な感じで宇治に迫って来た。

「あんたも何で花田中尉に用があるのか知らないが、もう追っかけるのは止しにしなさい。逃がしてやっても良いだろう」

「――用があるんだ」宇治は素気《そっけ》なく答えた。

「用があるだろうさ」ふてぶてしく顎をしゃくった。「もうサンホセの日本軍も近いうちに追いまくられて、東海岸に逃げて行くようなことになるんだ。逃亡兵がぞろぞろ出ているじゃないか。今逃げたって後で逃げたって同じだよ。司令部がもう浮き足立っていると言うじゃないか」

宇治は顔を蒼くして、黙っていた。男の言い方が急に捨て身になって来た理由をはかり兼ねていた。舐《な》めてかかって来たのかと思った。男は太い濁った声で笑い出した、

「あんたも逃げて来た口じゃないのか」

男の顔は笑っていたが眼は険しく笑っていなかったのだ。かっと頬が熱くなり思わず進み入ろうとしたとたん、扉口に影がさして高城が戻って来た。高城の掌には拳銃が握られていた。

「花田中尉殿は居られません。あの小屋には誰も居ません。荷物も何もありません」

拳銃が光を受けてきらりと光った。今まで寝ころんでいた狂女がその声に応ずるようにむっくり起き上った。眉をひそめて口汚く罵《ののし》り始めた。

「助平。畜生。殺してやる。殺してやるから待ってろ」

その瞳はしかし宇治達を見ている訳ではなかった。虚《うつ》ろに放たれた視線は更に遠くを捕えようとしているらしかった。胸の中に泡立ってたぎり立つものをいきなりねじ伏せると、ふいに宇治は背を向けて小屋の外に歩き出していた。高城は鋭く小屋の中を見廻すと、これも黙って宇治の後を追った。

また道に出た。暫く休んだのでかえって疲労が激しかった。足を引きずる度に骨がぎくぎくと鳴った。風が林を渡って行く。もう歩くのが厭になって、どこでも良いから横になりたかった。

「インタアルは此の方角だな」

インタアルまで出れば、東海岸まで一本道である。何も急ぐことはないにも拘《かかわ》らず、宇治は何故か追われるように歩を進めた。原隊では無論宇治が逃げつつあることをまだ知る訳がない。それなのに宇治の背中は追手をひしひしと感じて粟立ち始めて来たのだ。

既に其処から花田は逃亡していたと、帰って隊長に報告すれば、宇治は原隊に不自然でなく復帰出来るだろう。そして宇治の任務は解き放たれ、事は憲兵の手に移されるだろう。移されたとしても此の混乱では、憲兵の活動は無きに等しい。戦いはその中何らかの形で終結するに決っている。そして花田中尉は或いは生命を全う出来るかも知れない。

(その時この俺はどういうことになるのだ)

勲章を部屋にかざった愚直な隊長や、鍾乳窟の火薬の臭いや、石鹼水のような地酒の味が突然ありありと頭に浮んで来た。彼はその記憶を打消すように強く頭を振った。そこにかえることを想像すれば、そこにはあまりなまぐさい抵抗があり過ぎたのだ。

(あの男は俺を逃げて来た口だろうと言ったが、あれは単に悪《にく》まれ口か、それとも俺の態度から何かを嗅ぎ出したのか？)

宇治はよろめいて木の幹に身体をささえた。そしてそのままそこに崩れるようにしゃがんだ。

「高城伍長」彼は苦しそうに呼びかけた。「少し休んで行け」

肩から吊るした水筒を外し、栓をとった。強いウイスキイの香が拡がった。口をつけて水筒を傾けた。舌を焼くような液体が咽喉へ落ちて行った。暫《しばら》くして胃の部分が熱くなり、そしてその熱感はすぐ消え、やがて身体の内側から皮膚にほのぼのとある感覚が拡がって来た。かなり長い間眼を閉じ背を幹にもたせていたが、暫くして眼をぼんやり開いて彼は腕で口の周りを拭き、そして高城に水筒を渡した。

「お前も飲め」

風景が急に生き生きと見えて来た。喬木《きょうぼく》の梢を風が渡るのが見える。道はうねりながら林の奥に消えていた。此処からは樹群がまばらで木々の長い影が地に落ちていた。疲労が快よい倦怠感に変って行くのがはっきり感じられた。

(あの男は何者だろう？)

マニラから逃げて来たと言うからには、在留邦人の一人かも知れない。態度から見て善良な世渡りをしていたとも思えない。生活力の強そうな感じの男だったが、何故東海岸に逃げようとしないのか。それはまだ食糧をかくし持っているからに違いないのだ。あの否定ぶりが怪しかった。女房でも無い女と何をたのしみにしてあの小屋に留まろうとするのか。

あの狂女の白い肉体が急に激しく宇治の頭に拡がって来た。それと同時に男の卑しげな犬歯の印象がそれに重なった。その印象が意味するものが、今の俺と何の関係があるのか。宇治はそんな風に自分を一度は制しながらも、何か濁った亢奮《こうふん》がそれを超えて胸にひろがって行くのをじっと感じ始めていた。自分の顔が酔いを乗せたまま次第に歪んで行くのが判る。

「高城」

高城も赤く頰を染めていた。宇治は掌をひらひらと動かして、今来た方向を指しながら、はき出すように口を開いていた。

「戻って行って、射ち殺して来い」

どうしても許せない気がしたのだ。狂女の肉体を愉《たの》しむ為に東海岸に逃げることをせず、無人の部落に踏み止まっている。しかし俺はその醜悪さを、ほんとに心から憎むのか。はっきりとそう言い切れるのか。宇治は惑乱を感じながら、それを立てなおすように高城の顔に瞳を定めた。高城の表情に何か怪訝《けげん》の色がふと走ったが、そのまま水筒を彼に返してゆるゆる立ち上った。そして、ためらう風に彼を見おろして立った。

「行って来い！」宇治は言葉を重ねて強めた。

意を決したように高城は背をひるがえして歩き出した。

高城が樹々のかげに見えなくなるまで、宇治はそのままの姿勢でじっと見送った。それから膝を両手で抱き、頭を伏せた。あと何分か経つとあの男は殺される。あの男はどこで死んでも運命は同じだというようなことを言ったが、それならば彼にとって宇治は運命であった。自分の恣意《しい》によってもう直ぐ一個の生命が絶たれることを思った時、宇治は戦慄に似た快感が胸にのぼって来るのを感じた。その快感も明かに一時的に酩酊《めいてい》にたすけられている。宇治ははっきり意識していた。

（あとで俺は後悔するかも知れない）

破滅するなら早く破滅した方がいい。気持が急速に荒廃に赴くのを感じながら、宇治は顔をぐりぐり膝頭に押しつけた。眼花が暗く入り乱れた。暫《しばら》く経った。

林の奥から鈍い銃声が一発響いて来た。林に拡がる反響を全身で感じながら、顔を膝におしつけたまま、彼はその瞬間、鈍く湧き起ったある感じにじっと必死に堪えていた。——

それから一時間程経った。二人は黙って不機嫌な顔をして密林の中を歩いていた。酔いはまだ身体の節々に残っていたが、意識は冷たく覚めかかっていた。

道は矢張り僅かな下りである。身体は疲れている癖に何処かとがった処があって、歩いて行くのが大儀であったが、脚を交互に動かしているのが自分の力でないような気もした。黄昏《たそがれ》の色が既に樹々の肌に滲み出ていた。今此処で野宿出来るとも思い、それでも歩いた。花田は何処まで行ったのか判らない。そこらの樹の影から現われて来るかも知れない。此の感じは厭であった。自ら鋭い目付になる。盆地の彼方に今大きな日が没して行くらしく、梢の間に光が蒼然と衰えて行くようだった。道は落葉が層をなし、風の為に葉は次々に梢から散り降りた。前かがみに歩く宇治の後から、高城は声をかけた。

「花田中尉殿に今日中に追いつくのですか」

「それは判らん。追いつけたら追いつく」

暫《しばら》く経って思い余ったような高城の声があった。

「宇治中尉殿」

宇治はふり返った。五六歩遅れていた高城が足早に追いすがった。

「花田中尉殿にお逢いになったら――」泣き出しそうな表情に見えた。「隊長の命令を、果たしていただけませんか?」

「殺すのか?」

「そうです」

「何故殺すんだ」

高城は唇を噛んだ。

「そうすれば、原隊に戻れます」

幼児のようなひとつの単純な表情がそこにあった。ふと胸打たれ、宇治は思わず涙が流れそうな気がした。宇治は顔を光から背《そむ》け、黙って歩き出した。

逃亡のもつ切迫感が、宇治の背をするどく脅かしていたとは言え、直接肉体に来る感じとしては、ただ何となく目的もなく果て知らぬ密林に歩をすすめているに過ぎなかった。しかし此の事が自分を救うことであることだけは頭の中で彼は判っているつもりであった。だから自分の為に彼は歩いて来た。今更他の力や瞬間的な感傷のためにそれを曲げることは出来ない。彼は歩を移しながらも一度自分に言い聞かせた。(今、高城のことで涙が流れそうな気がしても、それで思い止まる位なら、今朝隊長の薄い顱頂《ろちょう》を見おろした時の感情で、俺は既に逃亡を思い止まった筈だ)

瞬間の感激のために人々が命を捨てるのを、彼は戦場で何度も眺めて来た。自分がそこに堕《お》ちるのが恐かった。しかし此の度の逃亡もひょっとすると自分の束の間の感傷から出たのかも知れない。サンホセでの一箇月間毎夜逃亡を考えつづけていたような気がするのも、ただあの日々の重苦しさをそう考え違いしただけで、昨夜咄嗟《とっさ》に逃亡を思いついたのではないのか。彼は頭を振ってその思考から逃れようとした。道は次第に林を離れた。向うに土手があるらしい。土手に向って歩きながら、宇治はふと或る危惧《きぐ》にとらえられた。

(花田に逢《あ》った時、高城が花田を射つかも知れない)

彼はふと険しい表情で高城の顔を振り返った。高城は怒ったような顔で見返した。射つなと言うと猶《なお》射つ気になるかも知れぬ。花田を殺せば万事解決出来ると高城は思うかも知れないのだ。宇治は咄嗟にそう思い、表情をやわらげて他の事を聞こうとした。

「先刻——一発で殺したのか」

「一発で殺しました」

「何とか言ったか」

「何も言いません」

頑《かたく》な口調であった。一寸扱いかねる感じだったが、宇治は何か放っておけない気持でなお執拗に言葉をついだ。

「何処を射ったんだ」

「女の頭を、射ちました」

「女？」

宇治は愕然として立ちすくみ斜面へ二三歩よろめいた。道は土手の上まで来ていたのだ。白い薄光が彼の網膜にぼんやりひろがって来た。

河であった。

カガヤン渓谷に連なる一支流であるらしく、磧《かわら》の中を白い水は泡立ちつつ流れ、果ては夕霧の中に消えていた。視野はことごとく黄昏のいろである。土手から磧《かわら》にかけて、サンホセの部隊にも咲いていたあの黄色の花が点々と咲き乱れていた。バンカが幾つも岸につながれ、水牛が一頭磧の水溜りに半身を浸し、青く淀んだ水の匂いがふと鼻をうったが、風がごうごうと鳴りながら川瀬の音にまじった。宇治は土手の鼻に立ち、その景観を展望しながら、歯ぎしりしたくなるような焦躁感が胸一ぱいに拡がって来るのを意識した。

（何処かに計算間違いがある）

それは何処で間違っているのかは判らない。どこかで錯綜《さくそう》して居るのだが、その結び目が見つからないのだ。先刻も女を射てとは言わなかった。逃亡の最初から何かしら狂っているのではないか。ことごとく彼の思うようには動いていなかったのだ。彼は頭の皮膚を河風にさらしながら、段々混乱し始めて居た。も少しで判りそうな気持だが、それも一息で踏み込めないのだ。ただ兇《わる》い予感がしきりに彼を脅かしつづけた。

(得体の知れないものが何処かにいるのだ!)

その予感が、今朝離隊する時から彼の心をじっと摑んで離さなかったことを、彼は今初めて鋭く意識でつかんでいた。

「陸軍の将校が、今日此処を通らなかったかあ」

手を口にあて、高城が土手の上から河に向って叫んでいる。磧《かわら》の水の流れている辺で、兵隊らしい男が二人洗濯をしているのだ。服装から判ずると海軍の兵隊である。ここらは海軍の占拠地区であった。高城の声が風に飛ぶので判然としないらしい。何か立ち上って答えるらしい様子であったが、それも聞き取れない。二人で笑い合う気配であった。海軍の兵は一旦崩れかかると、陸軍の兵よりも無頼の感じが濃くなるのだ。一人が腕を上げて、下流の方の土手を指すらしかった。

堤に沿って点々とニッパ小屋が見える。

「あっちに行って聞けと言うのかも知れません」

高城にうながされて宇治は呆然と歩を踏み出した。土手の上はいっぽん道が白い薄明の間を伸び、土手は大きく迂回していた。河もそれにつれて曲り、粗末な仮橋がかかって居る。高城が先に立った。悪感《おかん》が背を絶えず走り、力無い眼を見開いて宇治は引きずられるように歩いた。海軍の兵隊が礦《かわら》で何人も、何の為にするのか石を運搬しているのが遠く視野をかすめた。

暫《しばら》く行くと堤下のニッパ小屋の入口に人影があった。何の気なしに宇治は見て過ぎようとした。それは住民の女だった。その瞬間にただならぬ気配で高城が振りむいた。

「あの女です」

緊張のために押しつぶされたような声であった。はっとして宇治は目を凝らした。夕闇がかなり深く立ちこめているので女の表情は定かでないが、一瞬の印象はまさしくあの女であったのである。何故とはなく全身に凝縮した感じが起って、無意識に軍刀の柄《つか》を押え、宇治は堤の斜面を辷《すべ》りながらかけ降りた。高城がすぐ続いた。

女はぼんやり柱にもたれて河面を眺めていたらしかったが、堤をかけ降りる気配に驚いて鋭く振りむいた。その時宇治は既に一間ほどの近さに寄っていた。女は宇治から背後の高城に視線をうつした。あっ、と声を立てて片手を入口の柱にもたせかけた。大きな瞳を更に見開いて、頰の黒子《ほくろ》がなまなましく宇治の眼にうつった。宇治は激しく問いかけた。

「花田中尉はどこだ?」

女は眼を見開いたままあえいだ。声にならなかった。あの夜窓から覗《のぞ》いた一瞬の容貌に比べれば、幾分やせて荒《すさ》んで見えるのを宇治ははっきり瞳に収めていた。油気の無い髪が風のために乱れる。よろめきながら女は入口から一歩外に踏み出した。

「花田中尉はどこにいるんだ」

宇治は少し落着いた声になって、再びくりかえした。女の柱を摑んだ手がわなわなとふるえている。女の眼は宇治の肩を越え、河の方に見開かれているのだ。花田中尉は何処に居るのか。女の身体が激しくそれを言っている。そう感じると宇治はぎょっとして振りむいた。

薄暗い磧《かわら》の方から今まで水浴をして居たらしく手拭いで身体を拭きながら歩いて来る男が居る。上半身は裸だが、将校洋袴《ズボン》を穿いた半身は、暗がりにそれと判るほどびっこを引いて居るのだ。まだこちらに気がつかないらしく、指に手拭いを巻いて耳の穴を拭きながら磧をのぼって来る。突然宇治の背後で、空気を切り裂くような鋭い女の叫び声が上った。何と言ったかは判らぬ。イロカノの言葉であった。その声に驚いて男は頭を上げた。髪が伸び頰がこけた様子はふと別人かと見えたが、宇治は思わず五六歩歩み寄った。それはまぎれもなく花田中尉であった。

堤に足を一歩踏みかけた姿勢を、ぎくっとしたように花田は引いた。宇治との間隔は四五間である。水を浴びた為髪毛が立ったせいか、残照を背にして顔容に陰影を孕《はら》むためか、花田の表情は何か兇悪に見えたが、その頰に驚きの色が消えるとへんに不可解な笑いが突然ぼんやりと浮び上って来た。白い歯のいろであった。それを見た時宇治の胸に、思いがけぬ羞恥の念がじりじりと拡がって来たのである。高城が足をずらしながら花田の横手に廻ろうとするのをふと眼ですがりながら、耳や頰が熱くなるのを宇治はかくしきれないで居た。花田と会う瞬間の想像の中で彼は此の感情を計算に入れていなかったのだ。

「宇治中尉、か。連絡に来たのか」かすれた声で花田が言った。肉の薄くなった肩や胸を恥じるように彼は腕を不自然に動かした。

「――傷は、足の傷はどうなんだ。歩けるのか」

宇治もかすれた声でそう言いながらまた一二歩足を踏み出したとたん、花田は何故かぎょっとしたように再び身体を引いた。花田の右手が身体を滑りながら洋袴《ズボン》の方に伸びて行く。何か不自然な身のこなしであった。洋袴の物入れには何があるのか。花田は急に笑いを頬から消し突然右掌を胸に上げたのだ。花田の掌にあるものは鈍色《にびいろ》にひかる小さな拳銃であった。全身の血が凍りつくような気がして、宇治は顔色を変えて身構えた。宇治の右手も無意識の中に略刀帯の拳銃にかかっていた。宇治を見つめる花田の顔は真蒼で、その瞳はぎらぎら燃えるようだった。

「待て！」

宇治が全身でそう叫ぶのより早く、花田の指が撃鉄を引いた。衝撃的な戦慄が宇治の身体を瞬間にして奔《はし》り抜けた。カチリと冷たい音が落ちた。

――不発だ！

宇治は全身からふき出た汗が急速に冷えて行くのを感じながら、それと一緒にこみ上げて来る兇暴な喜びを意識して、素早く自らの拳銃を胸に擬した。花田はまっさおな唇を半ば開き、拳銃を握った腕を斜めに曲げて胸のあたりをおおい、哀願するように身体を伏せようとした。花田の眼に絶望の色があふれるのを宇治は見た。熱し切った宇治の頭のすみを、その時激しい苦痛を伴うある考えが通り抜けた。

（おれは花田を嫉妬していたんだな。それもずっと前から！）

一瞬眼を閉じて、宇治は撃鉄を力をこめてぐいと引いた。瞼も染まる明るい瞬光と烈しい音響が同時に起り、強い反動が右の腕に来た。はっと両腕で胸を抱き、頸《くび》を内側に曲げたまま瞬間花田は佇立《ちょりつ》したが、そのまま棒を倒すように前にのめり磧《かわら》にたおれた。額が土にぶっつかる音が鈍く響いた。身体は一旦、うつぶせに倒れ、斜面の反動で少し向きを変えた。煙硝の匂いがその時初めて宇治の嗅覚にのぼって来た。半顔を地面に押しつけた花田の顔は唇をやや開き、瞼に土の色を滲ましていたが、その唇が見ている中にやや動いたと思うと、真紅の血が口の中から少量流れ出て、顔の下に咲いた黄色い花片《はなびら》にどろりと滴ったのだ。花はその重みで茎を曲げ血を半ば滑り流して、またゆらりと立ち直った。それを見ながら宇治は耳の底が疼《うず》き、そして嘔《は》きそうな衝動が胸から咽喉《のど》を走った。擬《ぎ》した拳銃を下に垂れ、暫《しばら》く不快な慄えがとまらなかった。

（到頭殺してしまった！）

今朝からの出来事が連絡なく断続して頭をかすめた。どんなに努力しても逃れられない運命のようなものが、彼を強い掌で握りしめているらしかった。宇治は拳銃を腰に収めようとあせっていた。手がぶるぶるふるえるので、拳銃がうまく銃嚢《じゅうのう》に入らなかった。略刀帯の金具にふれて、拳銃はカチカチと冷たく鳴った。それでもどうにか押し込み止め金をかけた。高城が花田の死体から視線を離さないまま近づいて来て、低い乱れない声で聞いた。

「――止めをさしますか」

宇治はそれに答えなかった。胴ぶるいを押えるように両腕を組み、顔を高城からそむけた。足が重く倒れそうだった。それでも二三歩堤を登ろうとした時、小屋の入口に立つ女が視線をよぎった。今奥から走り出て来たらしかった。先刻の女である。白い衣と跣《はだし》であった。宇治を見おろすと鋭い声で何か叫んだ。憎しみにあふれた叫びであった。そしてよろよろと小屋を離れ、宇治の方に近づいた。

女は泣いては居なかった。乾いた緑色の眼を一ぱい開いて、たじろがず強い視線を宇治にそそいだ。女との距離は一間しかなかった。宇治の顔に瞳を定めたまま、女は背後に廻した左手をゆっくり前に出そうとするらしい。はっと身体を硬くした途端、鈍色《にびいろ》につらぬくものが女の掌に光った。拳銃であった。黒い銃口はまっすぐ宇治の胸にむけられていた。その部分の筋肉が生理的な予感にぎゅっと収縮するのを感じながら、彼は凝然《ぎょうぜん》と立ちすくんでいた。

(これだったんだな)

宇治は両腕を組んだまま、泣き笑いのような表情を浮べた。そしてそのままじっと動かなかった。女の左手はしっかりと銃把《じゅうは》を握り、人さし指がぐいと撃鉄にかかっていた。暗緑色の眼は乾いた光を放って、まっすぐに宇治の眼を射た。慄えも見せぬ黒い銃口の前で、彼は頰にも一度あの泣き笑いに似た表情を走らせていた。虚脱したような安定感が、いまは僅かに宇治の身体を支えていたのである。次々に生起して来る現実に抵抗しようとする力がようやく尽きかけて来たことを、彼は静かに感じ取っていた。

(今日一日、散々苦しんだ果てにこれがあったんだな。あの手付きでは、拳銃を撃つのも初めてではないらしいな)

……此の女は左利きらしいなと、彼は銃把を握る女の左掌を感じながらぼんやり考えていた。あの夜窓から覗《のぞ》いた時も此の女は、確かに左手で酒瓶を支えていたと、彼は頭の片隅に思い浮べていた。あの時ふかぶかと椅子に掛け、若く幸福そうだった花田の姿が、今は冷たく息絶えて宇治の背後に横たわっている。土手の斜面に横たわる花田の死骸の恰好《かっこう》を、その瞬間宇治は肉眼で見るよりありありと背中で感じ取っていた。そこから少し離れた処にいた高城が、それと気付いて斜めに堤をかけ登るらしい。その気配もひどくのろのろと感じられた。高速度写真のように、女も高城も風景もゆるく動くようである。ふしぎな笑いを浮べたまま、宇治は両腕を組んだ姿勢で、視線をぼんやりと黒い銃口におとしていた。堤の上に登り切った高城の姿が、宇治の茫漠とした視野の端を影絵のように動いて、拳銃を女に擬《ぎ》しながら急速にその方向に近づくらしい。女の全身が宇治の視線の中で凝然と収縮する。——銃口から突然烈しい光箭《こうせん》がほとばしって、その瞬間宇治は左胸部に灼《や》けつくような熱い衝撃を感じた。彼は両腕でその箇所を守るように押えながらまっすぐ倒れ、そして斜面の草々を分けながら荒々しく堤の下に転がり落ちた。

頭を下にしたまま彼は苦痛に耐え、薄く瞼を開いていた。彼は磧《かわら》を、磧のむこうに流れる仄白《ほのじろ》い河明りを、力無い瞳で眺めていた。ひどく胸が苦しい。どんな姿勢でいるのか自分でも判らない。水筒がずれて腹のあたりを押しているらしい。とうとう此のウイスキイも半分以上残してしまった。風の音がする、黄色い花片《はなびら》が眼の前で揺れて二重にも三重にもなる。突然なまぐさいものが咽喉から口腔いっぱいに拡がって来た。

——宇治中尉殿、宇治中尉殿。

耳のすぐ側で高城が大きな声を出して呼んでいる。その声が遠のくように急に弱まって、ふいにあたりがしんとなる。雲母の膜を剝がすように、風景の遠い部分から順々に千切れて見えなくなる。……

四周にはもはや霧が立ちこめていた。河面だけが暮れのこり、風は磧《かわら》の石の上をぼうぼうと吹いた。花田の死体から二間ほど隔たり、服の胸に赤く血を滲ませ、堤の斜面に頭を下にした姿勢のまま、手足から感覚が次々脱落して行くのを感じながら、宇治は次第に意識を失って行った。

夕闇はそこにも落ちた。

田中英光

# 少女

**田中英光**（たなか・ひでみつ）　一九一三―四九年。

東京生まれ。早稲田大学政治経済学部を卒業。一九三二年、ロサンジェルスの第十回オリンピック大会に漕艇選手として参加する。その体験を基にした『オリンポスの果実』（一九四〇年）がある。

太宰治に師事し、太宰の墓の前でアドルムを服用、手首を切って自殺。

『地下室から』（一九四八年）、遺稿集『さようなら』『酔いどれ船』ほか。

そのとき、亨吉が共同闘争委員会の本部にあてられた機関区事務所、二階の窓から、蜘蛛手状にひろがる白いレールや、旧式な流線型、電気機関車の五、六台が秋の曇り陽に輝く向こうをみていると、いまホームに着いた下り列車から、おりたったとみえる、四、五十名の青年たちが、たいてい同じ国防色の作業衣に大きなリュックを背負いバラバラにこちらに近づいてきたが、その先頭に、紅襟の白いセーラー服に紅《くれない》のリボンを垂らした一少女が、これは大きなハンドバック一つをさげたまま、さっそうと立っているのを見て、光るような明るさを感じた。それは、あたかもジャンヌ・ダルクの姿のようにといえば、月並だし、誇張だが、その横に組合旗らしい汚れた赤旗をかかげた青年が並んでいるのも、軍旗のような感じで、薄汚れたカーキ色のなかにその紅の一点は、亨吉の眼下にきたかと思えば青年行動隊員のひとりがあわただしく、二階にかけあがって、「坂本さん、来ましたよ」との大声に、亨吉も窓際から離れ、階段の踊り場まで彼らを出迎えにいくと、入り乱れた足音といっしょに登ってくる、その先頭に、くだんの少女がまっ先に立っていて、亨吉にむかい、「あなたが坂本さん」といきなり鋭い早口だった。亨吉は彼女が卵形の可愛い顔をしているのを一眼でみた。化粧をしていない素肌も白く、ルージュのない唇もうすあかかった。だが彼女の眼は強く吊しあがっていて亨吉に昔の、ある女の眼を思い出させた。その眼は喫茶店などで大学生姿の亨吉と向きあい坐っていても、ときどきキラリと光る油断のない眼つきだった。議論をすると、その眼は知的な感じに燃えあがっても、ときに、モノメニアックな光りをおびた。いわば非合法の惨虐な鞭におのずから吊しあがった昔の女たちの眼を、亨吉は再びその少女の上にみた。亨吉は少女から、K県の一地方委員の手紙をうけとる前に直感で、その少女は同志と思った。しかしお河童頭にセーラー服の、その小がらな少女は、亨吉にまず十七、八としか思えぬ。してみると彼女に非合法時代はないはずだ。それだのに、どうして、そんな非合法ふうな眼付をしているのだろう。亨吉はできれば、その眼が、生まれつきのものか、それともおそらく、敗戦後、入党して、そんなふうに変化したものか、ふっと彼女にきいてみたいと思った。

それは一九四六年、九月十四日の午後三時ごろだった。それはまた同時に、第一回国鉄ゼネストに、当局側が妥協し、あのように急転直下の解決をみた直後だった。ついさっき、この事務所まえの広場では、機関庫と赤旗を前に、約二千人の組合員が集まり職場大会がひらかれ、闘争委員長の山本から争議解決の報告があり、続いて共同闘争委員側からの挨拶や祝辞もあって、亨吉も党を代表し、闘争につかれた神経から眼に涙をうかべ、演説にしゃがれた声を出し、短かい話をした直後だった。そうして、いま汽車からおり立った一行、ひとりの少女を含む五十人たらずの青年たちは、いずれもK県の共同闘争委員会から、ゼネストの長びき激化する予想のもとに、こちらの共闘に応援に派遣されたものだった。だいたい、このN駅は電気区と蒸気区の境目にあたり、ここに東海道線の機関車が大部分集まる可能性のある重要地区なので、こちらの共闘のまだ弱かったため、亨吉はあらかじめ国鉄の闘争委員長とK県の共闘の諒解をえて、これだけの応援人員をK県に依頼しておいたのだった。しかし、この地区でも、みんなの宣伝やアジがきき、十四日の朝にも、二、三百人、町の工場の労働者たちが応援に集まってきてくれたし、それがその日の昼すぎ、スト解決の頃には五百人ほどにふえ、もしストに入れば、さらに千人ぐらいになる予想はついたので、あとから思えば、応援は辞退したほうがお互によかった。

そして、この応援隊のなかに亨吉の同志のあんがい少ないのがあとでわかった。しかし、国鉄のほうではぜんぶを共産党員と思ったらしく、それがあとでつまらぬいざこざの種になった。おまけに、応援隊のきたときには、もう争議のすんでいたという間ぬけ加減が、そのひとりの少女と五十人足らずの青年たちにひどく、もの足らぬ気持をおこさせ、それも、いざこざの一因となった。少女が亨吉に渡した手紙には、亨吉が連絡をとっていた地方委員からの激励の言葉と、その少女を同志として紹介することが書いてあった。少女の名前は糸崎あや子、T電工の青共の責任者だとある。むろん、歳とか、昔の経歴などは書いてない。しかし亨吉は、あや子と、もうひとり、彼女の紹介してくれた、応援隊のリーダーで、同じ職場の同志だという、川口一郎をひどく頼もしく思った。ところで、あや子たちは争議が解決した様子を、亨吉からきくと、急に顔色がさっと青ざめそれはとても信じきれないという苦悩の表情になった。それで川口は、他の隊員にも聞える声で「自分たちはK県の共闘からの命令で応援にきたのだから、そちらからの指令があるまでは帰られない」とはっきりいい、あや子も薄手の朱唇を重々しく動かし、「もちろんだわ」とそれと同じことを繰り返えして主張した。

亨吉はそんな若いふたりの思いつめたムキな気持は、すぐピンと響いて嬉しかった。だが、暴力革命でないのに、そのようなブランキイじみた純情さは危険とも思い、結局、帰ってもらったほうが無事という気もしたが、しかしせっかく遠路でむいてきた約五十人の応援隊に、いきなり、「帰れ」ともいい得ないので、いまはほとんど無人になった、その部屋のすみに、一行を案内し、旅装をといて貰うと、彼は、機関庫わきの、組合事務所に走ってゆき、組合長で闘争委員長をかねていた山本に、応援隊がきてくれた次第をそのまま話し、K県の共闘本部から再指令のあるまで帰れぬといっていることも打ち明けた。

この、歳も四十をこえ、酒好きの苦労人といったタイプの山本は、この場合、帰る帰らぬの問題にはなにもふれず、ただ、「それは、それは御苦労さんに」と気軽く、腰をあげると、亨吉といっしょに二階に上ってきて、応援隊のみんなにていねいな挨拶をするのだった。「おかげさまで争議もだいたい、こちらの要求が入れられまして」というその常識的で紋切型の委員長の挨拶を、あや子はテーブルの横につっ立ったまま、邪気なく薄びらきにした唇を尖らせ、例の黒瞳がちの三角眼を吊りあげ可愛いこわい顔できいていた。そして山本の挨拶がすむとすぐ川口と共に不服そうな二、三の質問をした。ゼネスト解決条件の一つとして、悪質者に対しては、組合側と当局側が相談のうえ、馘首できる、とあったのを、その少年少女ともみえる、若いふたりはいちばん納得できないという口吻で、山本にむかい、激しく自分たちの意見をのべるのだった。先日、来朝したフラナガン神父も、人間には、悪い環境があるだけで、はじめから悪い人間はないという意味の意見をのべていたが、共産主義者もまたほとんどがそのように考えている。だからこのときのふたりの意見は組合のなかで、鉄道に勤めていて、泥棒や博奕をやる、あるいはほかの犯罪をおかすのは、一面、組合と鉄道の責任でもあるのだから、そのなかで再教育し直さねばならぬ。また犯罪をおかしたというので、どしどし馘《くび》にしてゆけば、その人間は、ただ飢餓とヤミと失業の渦巻いている今の世の中に放りだされ、さらに悪質の犯罪をおかすようになる。だから欧米の進歩的な労働組合では、悪質者はかえって保護するような労働協約を結んでいる。また先天的な犯罪癖のあるものは、一種の病人だから、牢屋とか失業よりも、病院が必要なのだ。さいごに当局の意味する悪質者というのは、進歩的な意見をもった組合員、ことに共産党員を意味するかもしれぬ、その可能性が考えられると、あや子はその血色のいい小さい薄手の唇を休みなく唾にぬらしながら、「そうしたら組合長さんみたいな、戦闘的で立派な組合員はドシドシくびになりますのよ」と皮肉ではなく、心からの賛辞のようにいうと、それまで鳩が豆鉄砲を食ったごとく、眼をパチクリさせ、この自分の子供のような若いふたりの攻撃を受けていた山本が照れ臭そうにニコニコ笑い、「いや、どうも、ぼくは御婦人から、そんなに賞められると、上っちゃうんで」と頭をかくまねをしてから、急に真面目な顔になり、「いや、お説はほんとうにごもっともで。私もこの坂本さんなぞから教えられ、だいたい、そうした考え方でおります。これからもお話を参考にして、できるだけ、組合員の利益を守るようにいたしますから」と首をうなずかせた。だが彼はすぐまた、がらりとくだけた表情になり、「さあ皆さん、お疲れでしょう。下にお風呂が沸いておりますから、ざっとお流し下さい。いま案内させますから」とその二階にいた、行動隊員のひとりを呼び、風呂場へ案内するようにいいつけ、自分はさっさと階下におりていった。

「まあ老巧な方ですわねえ」とあや子が亨吉をふりかえり、こう嘆息するようにいうのがなんとも可憐な感じで、亨吉はふっと微笑してしまうほどおかしかった。ほかの隊員たちは五十人ぐらい一度に入れる大きな風呂ときき、急いで身仕度すると、案内の青年のあとを、ぞろぞろ、どやどやと降りていった。亨吉は川口にも、「入ってきませんか」とすすめるのに、やはり二十《はたち》前後の若さとみえる彼は露骨な不機嫌さで、「どうもわざわざN駅まで風呂に入りにきたみたいで、イヤだなあ」といい、深刻な表情を作ったままどうしても風呂に入ろうとしなかった。そこにまた山本が、給仕の少年に乾パンを盆にもたせ一緒にあがってきて、「皆さん、晩の炊事の道具なぞ私のほうにありますから、遠慮なくお使い下さい。それからこれはほんの僅かですが一つずつでもおつまみ下さい」といって、乾パンをテーブルに置かせたが、そこにあや子がいるのをみると、さっきの仕返えしのつもりか、ニコニコ笑い顔で近づき、「お嬢さんどうです。お風呂は」と快活な大声でいった。あや子はこの言葉に打たれでもしたかのように、柔らかい身体を堅くすくめ、眼の下から頬にかけパッと薄あかくなると、「あら、いやだ」と小声でつぶやくのに、亨吉は再びなごやかな微笑がおのずから自分の顔をゆるめるのを感じた。新しいタイプの少女、しかも少し非合法の痕をつけており、小児病じみた感じさえある、あや子が、このような古風なはにかみをみせるのに清新な色気が感じられた。

山本もまたその少女の意外な古風さに涼しい風の吹き通るような感動があったらしい。すぐ真面目な表情にかえり、「なんでも御不自由なことがあれば、御遠慮なく、私までお話し下さい」と、あや子や川口にいいおき、そのときはそのままにおりていったが、彼はあとで亨吉に、「なかなか、しっかりした、それでいて優しいお嬢さんだね」とあや子を本気で賞め、また青年行動隊員たちにも宣伝したので、一時は、彼女を垣間見にくる青年たちが多かった。そのうち、亨吉はその青年たちの中に混り、同志の小林に芦田が、そのころ同志に獲得したがっていた青年部長の長山を引っ張り、あや子を覗きにやってきているのに気づいた。その様子に三十四歳の亨吉も、なにか二十《はたち》前後の少年じみた気持になり彼もニコニコ笑いながら、彼らのそばに近づくと小林の肩を叩き、「オヤオヤ、なんの御用です」とわざとらしくふざけたいい方をした。すると電気機関士という、勇ましい近代的職業の癖に、集会や街頭なぞではかなり心臓の強い大演説をする癖に、女話になると、急に顔を赤くさせ、口をどもらせたりする小林が、このとき、口もとに照れ臭そうな笑いを浮かべ、「坂本さん、みんなに紹介して下さいよ」と亨吉に頼むのだった。亨吉はその二十一の小林のまだどこか乳臭さの漂う顔を、おかしそうに眺めながら、「おや、誰に」と白ばっくれると、横で、亨吉の顔をのぞきこむようにしていた、これも、丸い眼に、赤ん坊じみて柔らかい皮膚と赤い唇の、童顔の美少年、芦田が、「坂本さん、美人だそうですね」とこれも無邪気に笑った。

亨吉はいつも謹直な青年部長の長山までが、このときは、嬉しそうにニヤついているのをみると、あや子を早く紹介したい気持になり、そのとき、部屋の片隅の衝立のかげに、向うむきで、川口となにか話しあっていた、あや子を大声でよんだ。すると小林が急に真赤になり、「坂本さん、よ、よっよしなさい。冗談ですよ。冗談……。」とあわてていうのも面白く、よけい大声であや子を呼ぶのだった。あや子は呼んでいる亨吉に気づくと、そこに青年たちが好奇心にみちた顔で、彼女を見ているのに、一向、気のつかぬ無心な顔で、さっさと亨吉たちの傍にやってきた。「糸崎さん」と亨吉は、そんなすました顔の彼女にふざけた口をきく気になれず、まじめに、その若い同志たちに、長山を紹介すると、あや子はこだわりなく、青年たちと挨拶をかわしたが、そのあとすぐ、「あの、こちらの地区の労働組合のあいだに、青年婦人協議会はできておりますの」と小さい眼を大きく見張りながら、こうきいた。青年たちは押され気味に首をふり、まだ出来ていないと答えるのに、あや子は、「それは早くお作りになったほうがいいわ」と、鈴をならすように可憐な声でハキハキと、青年婦人協議会の説明をはじめた。亭吉は彼女の話に有意義なものを認めると自分の地区の青年たちにもこれをきかせたく、まだ二、三人、残っていた青年たちを階上、階下に探しだし鉄道の青年と一緒に、あや子の話をきくといいとすすめた。亭吉の地区にも、若い女性の同志はいたが、あや子のように、かなり立派な理論と、少女の優しさに美しさを合わせて持ち、しかも人前でグニャリと羞《はに》かまず、テキパキと喋れるひとは珍しかった。亭吉がほかに用事もあり、しばらくして、二階にかえってみると、さっきまで共闘委員の席になっており、一時からっぽになっていた、部屋の中央の、机に腰かけが方形におかれた場所に、あや子を囲み、十人ばかりの青年男女が、顔つき合わせ、熱心になにか討議していた。男のほうは、右の同志たち以外に、鉄道の行動隊員も、共闘の委員できていた、ほかの工場の青年も混っていたが、女のひとたちは、あや子を除くと、三人ばかり加わっているのが、みんな鉄道の女事務員たちだった。このひとたちも行動隊員で、亭吉は一緒に街頭宣伝に出たことがあるが、そのときは、演説をするのもイヤがり、いつもプラカードのかげに、シンネリムッツリ、頭をうなだれているといった、煮えきらぬ娘にみえたのが、このときは、あや子のリンリンと張り切って、しかも優しい話しかたに誘われてか、それぞれ自分の緊張しすぎたのがおかしくて、ときどき失笑というほどの緊張ぶりで自分の意見を出しているのがよそから見ていてもたのしそうだった。

亨吉はその様子を嬉しく眺め、自分もちょっと席の端に、腰をかけさせて貰った。すると、そのときはもう、みんながあや子の説明に納得し、近く、この地区の各組合の青年部、婦人部によびかけ、国鉄労組が中心になり、青年婦人協議会の準備会をもとうというところまで、話が進んでいるらしかった。誰もがあや子を共産党員と知っていると思われたが、大人の政治屋の集まりなぞにみられる、共産党だから、陰謀や暴動の下準備に違いないというような悪くカンぐって、自分たちのためにする偏見は、その席上には見られなかった。党をよく知らない、駅の女事務員にしても、積極的に、あや子から話をきいて、いちいち興味ふかそうに首をうなずかせ、もったいぶった愉快そうな表情だった。そこには、共産党は公式論で階級対立論だから、頭からダメだときめてしまう、愚かな、またはずるい大人たちはいなくて、誰もが納得のゆく合理的な意見にはうなずきあい、彼らの理論の範囲で、徹底的な討論がされていた。それでも、亨吉は、この青年たちが、小林や芦田でさえも、あるときはまるでヒステリー女のごとく、自分の感情にだけ左右され、そのカッとたかぶった気持をどうにも出来ないことのあるのを知っていた。それは彼らの今日までの理性的なものの鍛錬の不足の故と、亨吉には、自分も同じようなものなので、よくわかる気がするのだ。しかし、このときいつもの集会のように高い声が出ず、なごやかに話し合えるのは、ゼネストの一応、勝利の直後で、初対面のものが大部分の故もあり、また若い男女が一緒にいる親和力もあるだろうが、亨吉にはやはり、あや子の肉体から春の泉のように、青年男女をひきつける、一種の動物磁気の、こんこんと湧きあがり、周囲に流れてゆくためと思われた。

あや子は亨吉がきいていると、いかにも開花期の少女らしく甘い、生活力に溢れた声でこんなふうな話をしていた。「この協議会ができるまでは、うちの組合なんかでも、男のひとたちと、どうも、うまくゆかないところもあったんです。口の先だけで、男女同権だなんていっていても、女はいつも、組合のなかでは、煙草買やお掃除やお茶くみばかりさせられていて、形式的にだけ、委員が出ている程度だったんです。そして、女にとって大切な、生理休暇にしろ、育児の問題にしろ、また全然おなじ仕事をしていて、男のひとと賃金が違うというような問題にしろ、また家族手当なぞでも、同じ扶養家族を持っていて男のひととハッキリ差別されるなんていう事にしろ、どうかすると、組合の男のひとは、それは婦人部の問題だから、ぼくたちは知らないよって、顔をしているひとたちが多かったんです。また風紀のことでもこれまでは男のひとたちが、表面では、女を、さもきたないものうるさいお喋りの出しゃばりもの扱いに、軽蔑していてその癖、裏では、私たちを珍しい玩具のようにこっそりヘンに遊びたがったり、または淫売婦のひとと同じつもりでお金で遊ぼうとするようなことも多かったんです。ところが、協議会がもたれ、一週間に一度なり、二度きまって、組合の青年男女が顔を合わせ、仲よく相談するというようなことが出来なくなったんです。それは女は、まだ男のひとにくらべると、バカなところも、すぐカッとなって、合理的にものの考えられないところも、ヘンにお洒落でお気取のところも、多いのですが、こうやって、女だけでなく、男のひとといっしょにお話をしていると、自分たちのどんなところがいちばんバカかも、ケバケバしいお洒落がどんなにつまらないかも、だんだんわかってゆき、また男のひとたちにみっともないので、カッとすることや、お澄ましも少なくなっちゃったんです。それから男のひとのほうも、今までのように、女をその頭の中でだけしか知らず、女神扱いにするかと思えば、獣扱いにしたりしていたのが、だんだん、ほんとの現実の女の姿がわかってくると、かえって、人間同志としての親しみや理解が生まれてきたんです。風紀のことでもお互がそう珍しくなくなってくると、かえって前よりイヤなことが少なくなってきましたし、その反面に、私なんか見ていても、とても羨ましくなっちゃう理想的な結婚をちゃんとしちゃったひともいるんです」

こうして、あや子がむしろあどけない感じで薄い唇をそらして喋り続けている間に、幾度も、微笑がみんなの唇のへんに浮かぶのだった。そのうち、応援隊のひとたちは、すっかり入浴をすませたようだったが、すると、川口が、亨吉を部屋の片すみに招き、「さっきレポをかえしたから、間もなく、指令がくると思うが、それまで待機していたいので、夕飯の仕度をさせてくれ」といった。そこで亨吉は、事務所におり、山本にこのことを諒解して貰い、まもなく、応援隊の人たちは、鉄道側から、釜や鍋や、薪なぞを借り、ほとんど総がかりの、炊事を始めた。どの青年たちも乏しい食生活の中から大きな無理をし、主食を整えてきたのだろう、米をもってきている者は少なく、たまに持ってきていてもそれに麦や高粱《こうりゃん》なぞが混っており、あとはたいてい、小麦や玉蜀黍《とうもろこし》や、配給の食用粉という白い壁土に似た、味のない粉などをもってきているものが多かった。

亨吉も一緒に昨夜からこちらに泊りにきている、地区委員会の若い書記といっしょに、階下におりてゆき、水飲場の近くで、飯盒炊事の仕度をしていると、あや子が、その後ろを、涼しい風の通るように白いスカートをひるがえし、小走りに行ききした。

その様子をみていると、彼女はやはり、ただひとりの女性として、粉のとき方や、水加減や、野菜を細く刻むのなぞに、ときどき男たちの相談をうけているようだった。それに彼女は川口たち、自分の会社の青年たちの共同炊事をも、炊事主任のような形で引き受け、釜場に入りこんでいるので、胸をふくらまし、息まで忙しそうだった。亨吉は、その釜場の前を通りすぎながら、釜の横にかがみこみ、しきりに火をいじっている、あや子の白い卵形の横顔を眺めた。その華奢《きゃしゃ》な姿に似合わぬ骨太の手にもカールした黒髪の乱れほつれた額にも、ところどころに真黒な煤がついたのにもかかわらず、ちんまりした小鼻に汗をかき、懸命な姿が哀れなほど可憐だった。さっき、「女はいつも掃除やお茶汲みばかりさせられる」と、少し不満そうにいっていた彼女が、ここではやはり、炊事は女の天職といった不動の面がまえになっていた。古い考えのひとたちは、それが当然で、それだけが過去から未来にかけ、女の動かない美しさというかもしれない。しかし、亨吉には、これが矛盾をふくんだ現実のひとつの姿とみえ、その現実を頭のなかだけで否定しないで、ちゃんと喜んで愛情的に受け入れながら、しかも、その矛盾をなくすため、働いている、この少女の姿が、それ故に、動いている未来にひろがってゆく美しさだと思えた。つまり沢山の無駄な時間や人手のかかる炊事も、それ以外に方法がなければ、誰かがやらなければならない。それをこの少女は一方ではだまって犠牲的に引き受けながら、一方では、その無駄をなくすため、苦痛や辛労も多い、政治運動と労働運動にたゆまぬ努力を続けている。その両面の姿がその瞬間の亨吉に、二重写真の立体像のようなはっきりとした映像を与え、眺めて通りすぎるのに、強い感動と喜びをひき起した。しかし亨吉は、その後で食事のとき、男たちが「お茶が欲しいな」といっただけで、あや子がスッと腰をあげいそいそ走ってゆく姿をみて、思わず苦笑した。炊事していたあや子の姿もただ一概に、美しいとのみいわれぬ気もした。お茶といわれただけで、女のひとの腰が無意識にスッとあがるのを喜ぶのは、やはり男の伝統的なエゴイズムとも、人間の生活感情が、理論意識より一足ずつ遅れている故ともおもわれた。

食事のすんだあと、亨吉は、川口やあや子と、部屋の一隅で、いろいろお互の地区の事情など、話しあった。その頃、亨吉の地区では、経営細胞が多くて十人内外という弱さだったので、百人前後の経営細胞がざらだという、川口たちの強い地区の話をきくのが、とても参考になった。また亨吉は十七、八にみえたお河童頭のあや子が二十二歳ときき、少し驚いた。あや子は戦争中、その母校の女学校から、熱心な学徒挺身隊員として、当時、軍需工場だった、いまの会社に派遣され、戦争末期に卒業したが、そのとき、会社側から望まれ正式に原価計算係としていまの会社に入社し、終戦後、党が再建されてから間もなく入党した。平凡な勤め人の中流家庭に育った彼女ははじめは理論的になにもわからなかったし、川口たちから笑われるほど、恥しがり屋の少女だったが、三月ほど党学校に通ってから、また半年ほど青共班の責任者になってから、見違えるほど立派になった。しかしその本質はごく平凡な娘さんですというのが、あや子にときどきにらまれながら、川口の亨吉に語った、あや子の略歴だった。

こうして、亨吉たちが笑声を混えながら、仲よく話しあっているときもう真暗になった戸外から、あわただしく靴音を響かせ、階段を駆けあがってきたものがあった。「伝令、伝令です」という、そのかん高い少年らしい声は、K県の共闘からのレポがきてくれたものと思われたが、あまりにも戦争ごっこじみた異常さがあるので、亨吉は一瞬、背筋に冷たいものを感じた、しかし、あや子は躍り上ってかけだしてゆき、その十五、六の少年工と思われるレポーターを、「この方が、共闘の委員長さんよ」といいながら、亨吉のまえに連れてきた。そのとき、あや子もまたソプラノのかん高い声をだしたので、その二階にい合わせた、応援隊も、鉄道員も、地区共闘も、同志たちも、みんなが黒山のように、その場に集まってきて亨吉と少年をとりかこんだ。亨吉はその少年が、「これがレポです」と肩をぜいぜい上げ下げしながら差しだした、一通の封書を、考える余裕もなく、その場ですぐに封を切った。中の紙片には、前にあや子に手紙をことづけた、例の地方委員のサインがしてあり、「今日の争議の解決は、鉄道側の委員たちの一部が、監禁されたうえ、デッチあげられたものだから、正式なものとは認められぬ。断乎ゼネストを決行せよ」という意味のことが書いてあった。亨吉はこの手紙にも、不自然なものを感じ、一種の悪感を覚えたが、横からのぞきこんでいたあや子は、「しめた。皆さん、ゼネスト決行よ」とかん高く叫び「キッと、こうなると思っていたわ。ああ嬉しい万歳だわ」と歌うようにいったので、黒山のように亨吉たちをとりまいていた人々の顔に、さっと不安な色の流れたのもあれば、思わず嬉しそうな表情が浮かんだのもあって、それぞれが亨吉に、「どうしたんです」とか「もっと大声でレポを読んで下さい」とか呼びかけてきた。

亨吉には、さっき、職場大会のとき、山本をはじめ、演壇にあがった、亨吉を除く指導者たちから、「争議は勝った、おめでとう」ときかされ、嬉しそうに拍手していた、従業員の顔が思い浮かんだ。その人たちを、この紙片一枚で動かすことはとても困難な気がする。しかし、あの協定が正式のものでなければ、争議は断行せねばならぬ。それがその人たちの利益を守ることにもなる。だが、このレポの内容は、党の陰謀と、誤解されそうなものもあると、一瞬、亨吉が明確な判断をかき、すこぶる躊躇している間に、あや子はまた勇ましく、それこそジャンヌ・ダルクの如く、亨吉の先に立ち「坂本さん、早く、さあ早く、闘争本部にゆきましょう」とお河童頭をふりたて颯爽と叫ぶから、亨吉もそのヴィタフォスともいえる強烈なアクセントに、ずるずると幻惑され（とにかく戦うことが大切だという）後先かまわぬ一本槍の気持になり、あや子といっしょに、下の組合事務所まで駆けつけていった。

とくに、あや子のような花やかな少女が、威勢よく飛びこんでいったから、事務所で、ゼネスト解決後の善後策を協議していた、山本や委員たちはびっくりしたらしい。亨吉は自分でも少しキツい顔になっているのを意識しながら、山本の机のそばにゆき、そのレポの内容を伝えた。あや子もそのとき、例の非合法風な眼を、いっそう、鋭く、きゅっと吊りあげ、山本をにらむような表情で亨吉の横にたっていた。その時ほかの委員たちが近づいてきて、亨吉の手にしたK県共闘のレポをのぞきこみながら「ほんとかな、これは」と不安そうな声でささやきあうと、あや子は、亨吉もひやりとした程の冷たい表情に堅い声で、「向こうの共闘の責任者のサインがありますもの、確実ですわ」といい放った。だが亨吉には、それが混乱のなかに、挑発者《プロポカートル》のふりまいたデマの一種に利用されたのかもしれぬ、という気もした。大衆の要求や納得なしに、共産党員だけが、ゼネストを強制すれば、それはかえって、反動政府や、保守勢力の思うままになることだという気もした。それで亨吉は、彼の前に、急におびやかされ幾らか青い顔になり、呆然と、あや子をみている山本に向い「私もこの情報だけでは確実といいきれませんから、もう一度こっちからレポを出します。そして、これがいよいよ確実ときまったら、どうします」とあや子に対するジェスチュアから、こう問い正すと、芯のしっかりした感じの山本は「そうなったら、この機関区だけでも汽車をとめます」とその青い顔のままではっきりいった。

そこで、亭吉は、あや子を連れ、二階の共闘本部に戻りながら「もっと確実な情報がくるまで、あまり騒がないように」と彼女に注意した。亭吉は、その少女が小さな朱唇をぽっと丸くあけ、むしろ頼りなげに素直にうなずくのをみながら、空想的なフェミニストの自分があまりこの少女に好意をもち、信頼しすぎ、彼女の気持にひきずられて、大きな失敗をしたように思った。その少年のもってきた短かい不確実な情報は握りつぶしておいてもっと確実な詳細な情報を送れ、といってやればよかったと思った。それで亭吉は二階にあがってから、川口やあや子と相談し、K県共闘への手紙を書き、それには簡単にこちらの様子を知らせ（あれだけの情報では一度きまったこちらの大勢を再び動かすのは困難だから、もっと具体的で確実詳細な情報を送ってくれ）と依頼し、レポの少年にそれをすぐ持たせ、帰って貰った。そのとき、時間は七時ごろで、レポがいくら早く往復しても、帰ってくるのは、九時すぎになるだろうと思われた。その間に亭吉は、こちらの同志たちの考えをまとめておきたいと思い、応援隊の同志や、こちらの地区の同志たち、十人ばかりと、部屋の片隅にゆき、臨時のフラクション会議を開いた。その席上で、あや子は考えが混乱しているらしく、ほとんど喋らなかったが、それでいて一度決意したごとく、その小さな紅唇をひらくと「共産党員であるためには、どんな中間的立場も妥協も許されない。どこまでもゼネストを断行させ、明後日にでも、権力を握れば、その翌日から共産主義が実施されるだろう」というような、あの一七八四年に、エンゲルスから「それは自分の待ち遠しさを理論的確証として持ちだす、子供らしさ」と笑われた、コンミュンブランキストじみた意見を、例のかわいらしいこわい顔でのべ立てるのだった。さすがに川口は亭吉と一緒に、そのあや子の極左的な理論を間違っているとしきりに訂正していた。亭吉は、

「まず、いまの客観的情勢に、共産主義を指針として判断することが大切だ、自分の希望をそのまま闘争にあてはめてはいけない。ことに平和革命への路を、党が選ぼうとしているとき、党が暴動とか、陰謀をたくらんでいるような感じを、一般大衆に印象づけることは、絶対にいけないと思う」といった。亨吉には、さっき自分のレポの受けとり方が、あや子の美しい激情に幻惑され、そんな点で、大きな失敗をしたと思われた。

ところで、亨吉はそのあとで、再びそんな会議を、党員たちだけが、そうした場所で秘密っぽく持ったことも、自分の失敗だと思い知らされることになった。それは、その会議のさいちゅう、用事があって階下におりていった地区の同志のひとりが、帰りしなに、階段ののぼり口で、応援隊の党員でない、普通の青年たちが、次のようなこそこそ話をしていたと、亨吉に告げたことからだった。「だから、俺は共産党の野郎どもが気に食わねえ。もう、あんなところで秘密会議をしていやがる」とひとりがいえば、もうひとりが合槌をうち、「奴らはなんだ。一揆《いっき》でも起すつもりでいるんじゃやねえか」といったそうだ。その話を亨吉に伝えた若い同志は、「まだまだ、大衆の意識は低いですねえ」と嘆くようにいったが、亨吉には（大衆の意識の低いのはむしろ当然で、それを責める前に、そんなふうに秘密っぽく会議をもった自分たちこそ責められなければならぬ）と思われた。その会議には、大衆に秘密にしなければならぬ問題はなにもなかった。亨吉たちは、その日の調停案をお互にもう一度、検討してみて、あや子などの異論もあったが、それがいまの情勢では、一応の勝利だということを認め、その勝利を永続させ、確かなものにするためには、共同闘争委員会をもっと拡大強化してゆけばよい、という結論をもっただけだった。だから、その会議は一般のひとに公開しても少しも都合の悪いことはなかった。そうした会議をこそこそやったりするために、無知な人たちから、共産党はロシヤの手先、暴力革命の陰謀団、というような誤解をうける、これは、やっぱり自分たちに非合法の殻が、堅くこびりついている故だろう、と亨吉は自分を情けなく思った。

それからまた、しばらくすると、小林が妙な表情をして、亨吉のもとにやってきた。「坂本さん、がっかりしちゃった。あの情報、本当なんですか」「さあ、レポがまだ帰ってこないんで、よくわからないけれど」と亨吉が苦しく答えるのに「とにかくね、あの情報は下の事務所じゃ、だいぶ評判が悪いよ。委員のオッさんたちも、ぼくたちを警戒しだしたしね、さっきは青年部長の長山君も、糸崎さんの話に感心して、明日にも入党したいような事をいっていたのが、あれからすっかり考えこんじゃってね、ぼくたちが話しかけてもろくに返事さえしないんです。がっかりしちゃった」とさも落胆したようにいう。「それなら、君たちでなんとか、その事務所の空気をなごやかにできないかな」「ダメ、ダメ、とんでもない。かえって知らん顔をしていたほうがいいんですよ。オッさん委員たちは、とっても神経過敏になっているから。さっきもおめえは共産党員ずら、あっちへ行ってろ、なんて、どなられちまった。だから、あんまり、うろうろしないで、事務所のすみにじっとしていますよ」とそれでも、小林は快活に笑ってみせてから、急いで階下におりていった。

ひとしきりすると、まっくらな戸外は音高い、土砂ぶりの雨にかわった。やがて、八時ころ、一本、下り列車が入ってきたが、レポーターのきた模様もないので、亨吉は下の事務所に、そのごの様子をききに雨の中を走った。すると今の汽車できたものか、事務所には、腕に日東ニュースの白い腕章をまき、傍にカメラと、フィルムを納めたまるく平たいブリキ罐を置いた、新しい客がふたりだけ見えていた。そこに亭吉が入ってゆくと、鉄道の委員たちはいっせいに彼の顔を眺め、気まずい表情で、眼をそらした。亭吉は小林のさっきこぼしたのは、ここだなと思い、事務所の片すみをみると、そこには小林や芦田などの若い同志たちが四人ばかり、みんな借りてこられた猫のようなおとなしさで、じっと肩をすぼめて座っているので、亭吉は思わず、苦笑してしまった。山本は亭吉が入ってきたのをみると、わざとらしい大声で、その客たちにむかい、「それじゃあ、なんですか、今晩、この機関区でなにか騒ぎがあるって噂が、東京でひろまっているのですか」とききき、いつにもない冷たい眼で、亭吉の顔をすっと撫ぜるようにみた。亭吉はドキリとし、どういう噂かと、その党やゼネストに好意的だと想像していた、進歩的なニュース映画社の出張員とみえるふたりの客の顔をけげんそうに眺めた。すると、不精髭を濃くはやした、髭達磨《ひげだるま》じみた、人のよさそうなひとりの客が、もじゃもじゃの頭髪をかきながら、「いやあ騒ぎというわけでもありませんが、この機関区はなかなか強いから、今晩、この駅だけでも汽車をとめるかもしれないというような話を東京でちらっと聞きこんだものですから、まあ、ニュースカメラマンの第六感というようなもんです」と山本や亭吉に愛想笑いをしてみせた。

しかし、山本は急にこわい顔になり、「この駅だけで汽車をとめるというような、小児病じみたまねは絶対にしない。そのような噂は誰かためにする者があってのことではなかろうか。とにかく外部の者が暴力的にやるというなら、いざ知らず」と山本はまた亭吉をうさん臭そうにちらっと眺めてから、「組合の内部でそうしたことはぜったいにない、まあせっかくいらしたのに残念ですが、そうしたことはないほうがいいので」と山本はニコリともせず、それを繰り返して力説した。それで亨吉は少し腹が立ったが、そんな山本に愛想笑いしながら、「なにか新しいニュースでも入りませんか」とたずねるのに、山本はそっけなく首をふり「さあ、なんにもないね」と横をむいた。なにかとりつく島もない気持になった亨吉が、それで、今度はふたりの新来客のほうを振り向き「どうです。東京の様子は」なぞいろいろ向こうの様子をきき、その間にも、亨吉たちの他意ない気持を山本たちにほのめかそうと、ちょいちょい「そうですか、平穏ですか、それはいい」なぞと無事泰平を喜ぶ合槌をうっていると、山本がふいにその会話を横どりし「お客さんたち、もうそろそろ、のぼりの終列車ですが」という。すると、客たちは、にわかに困ったという顔になり、「じつは私たち、家がずっと郊外なので、もう東京に帰っても、この雨降りですし、ちょっと困るんですが、どこかこの事務所の片すみにでも置いといて貰えないでしょうか」と頼むのに、山本は苦り切った表情になり、周囲の副組合長なぞを顧りみ、「そいつはどうも弱ったね。宿直室は一杯だし、この事務所には、秘密書類もあるし、まあ内規のようなものがあって。よそのお客さんは」といいかけるのを聞いていて、亨吉にはピンときたものがあった。これは、亨吉たちや応援隊を追いだす前ぶれと思うと、亨吉はカメラマンたちの運命も見届けず、挨拶も、そこそこにして、二階に飛んでかえった。

するとそこには、たった今、入った九時の下りできたという、K県共闘のレポーターがやってきていた。こんどはちゃんとした大人の同志で、その持ってきてくれた情報や、指令は、だいたい、亨吉たちがその前、あんなふうに誤解された、例の会議で見透しをたて、こちらの方針と決めたものに、だいたいの根本方針は同じだった。そこで亨吉は、その情報と指令を、川口から、応援隊の人たちに伝えて貰うように頼むと、あとは、その大雨の中をずぶぬれでやってきてくれたレポーターをかこいながらも、できればみなにすぐ最終の上りで帰って貰いたい、と思っていた。すると、そこにまた、階下から小林がこっそり忍ぶように上ってきて、亭吉を部屋の片すみによび、心配そうな顔で「坂本さん大丈夫ですか」ときく。「なにがさ」「だって、だいぶ、ほかの機関区なぞから、そちらに共同闘争委員会の連中が泊っていないかという電話がかかって来ていますよ。その電話だとなんでもその共同闘争の連中は、みんな共産党員で、今晩、零時を期し丸太ん棒をレールにひき、汽車をとめる暴動をおこす計画だから気をつけろ、なんて注意が来ているようです。だからK駅でも百名ほど来ていた応援隊の連中を、無理矢理みんな追い帰してしまったそうです」「バカだな」と亭吉は苦笑し「考えてもごらんよ。武器もなんにもない、それにそんな事をしたら、共産党は恥ずかしい、ただの暴徒以下の存在になるじゃないか。党は大衆と一緒にでなければなにもしない。かりに暴力革命の場合だって、党員だけが武器をとるということは絶対にないんだ。それにいまは平和革命じゃないか、党は大衆のなかの一部分として、切っても切り離せない関係の前衛として、平和に、大衆に愛されながら、革命を遂行してゆくんだもの。小林君までが、そんなこと心配したら困るな。それでオッさんたちが、なにか君たちにひどく当るの」「いいえ」と小林は首をふり「ぼくたちには、なにもいいませんけれどね、なにか、白い眼でみて、ぼくたちに内緒でこっそり話しあっているんです。二階のK県の応援隊にもすぐ帰って貰え。とオッさん連中でいきまいているのが、大分、いますよ」「分った。いますぐ応援隊に帰って貰うから、大丈夫だよ」と、亭吉はそれに安心したという顔で下におりてゆく小林を見送ったあと、応援隊員に話しおわった川口のもとにゆき、大略、下の事務所の面白くない空気を話し、すまないが、すぐ終列車で帰って貰えないかと頼んだ。

するとＬ川口は顔をしかめ、「それは弱っちゃったな。ぼくも薄々感づいていたから、いまも帰ろうと、みんなに相談すると、たいていの連中が、Ｙ駅から、私鉄に乗りかえるんでしょう。どうせ、Ｙ駅で夜明しするなら、この二階がいいっていうので、雨は降っているし、それほどデマがきいているとは思わなかったから、それなら頼んでみるって、安請合しちゃったんだが、そいつは弱ったな」すると、その話を横で聞いていた、あや子がこの時さっと立ち上り、「それじゃあ、わたし、事務所にいってお願いしてくるわ」とあっさりいい、ひとりでどんどん下に降りてゆこうとするから、亨吉があわて「待った。君ひとりでいっちゃ、ぶちこわしだ。それじゃ、ぼくたちもいって頼んでみよう」と（泊めて貰えぬことで）共同闘争の印象が応援隊の人たちにも悪くなるのをおそれた彼は、川口にあや子をつれ、また雨の中を、事務所に走っていった。すると、その入口にぼんやりした顔の芦田がたっていた。「おや、芦田君」と亨吉がこんな時だけに親愛の気持をよせ、肩を叩こうとするのに、芦田までがこの時は冷たい表情に白い眼で、ちょっと亨吉をみたまま、黙って、雨のなかに走っていったから、亨吉はぞっとするほど淋しい気持になった。

この調子ではおそらくオッさんたちの説得も、駄目かと思いながら、亨吉が三人で、事務所のなかに入ってゆくと、案の定、その人たちの顔色はけわしかった。そして初めに、亨吉や川口がどんなに頼んでも、山本は「坂本さんも御承知のように、映画会社のひとでもっと遠くにゆく人たちでさえいま帰って貰ったのだから」といい、てんで、初めから受け付けようとはしなかった。山本のいい分だと、建物のなかは火の用心が悪い、事務所には重要物件がある、構内には貴重品があると、応援隊の連中をしまいには泥棒扱いにしかねない様子で、少しでも早く帰ってくれというので、亨吉は困りぬいてしまった。すると横から、川口が「それでは、どこか、このへんに宿屋とか、小学校とか、お寺はありませんか」というのに、この組合でただひとりの自由党員だというある年配の男が「なんなら、俺が世話してやろうか」と胸に一物ありげな表情でいいだした。亨吉は、オヤと思いながらも溺れる者は藁の気持で「すみません、ぜひ」と頼むと、「そのかわり、少し遠いが承知かね」「どのくらい」「さあ、ここから一里はあるかな。大きなお寺だが」川口が「ワア」と驚いた声をだし、「それはちょっと困る。もっと近いところはありませんか」「どのくらい近ければいいんだね」とすぐに、その自由党員の声はけわしかった。川口がそれにも気づかず「傘なしでも、あまりぬれないですむところが」「なんだって」と鸚鵡返しに自由党員は、本気で怒鳴りだしていた。「こんな雨で、ぬれないですむところといえば構内じゃないか。どうして、君たちはそんなに構内に泊りたいんだ。なぜ、そんなに泊りたいか、こっちにゃちゃんとわかっているんだ。だから、おらあ、共産党の奴がでえっ嫌えだ」と額に青筋を立て、眼をとがらせ、怖い声になってゆくのに、みんな無気味にしんと静まり返っていると、ひとしきり、戸外の雨音ばかりが高かったが、そのなかで突然、少女の悲しげにすすりなく声がきこえてきた。ざんざ降りの雨音のなかに、その声はやさしい笛の音のように甘く、しみじみとやるせない調べで、亨吉の胸をうった。あや子はしかし、すぐ顔を押さえていた両掌を放すと、きつく吊りあがった三角眼から、今はホロホロと涙のこぼれおちる、優しい柔軟な表情にかわった眼を、そのまま山本にひたと密着させ、「みんな、同じ労働者のくせに、どうして、こんなに意地悪なんでしょう。わたしたちは、こちらが手不足だときいて、みんなでお手伝いしに来たのよ。それをこの雨のなかに、一里も遠方のところまで、傘もなしに追いやろうなんて、あんまり、ひどいわ。いま二階に来ている応援隊のなかには、共産党のひとは十人もいないのよ。あとはたいてい共産党もよく知らない、こわいものに思っている、意識の低い人たちが多いんです。そんな人たちでも、今日、皆さんの応援をするんだときいて、とても喜んで遠くから足りない食糧まで掻き集めてやってきたんです。働く人たちの団結を嬉しがっているんです。そんな人たちを今、その方のいわれたように、一里も雨の中をひきずり歩かせるひどい扱いをしたら、もうこれからは、共同闘争なんて、真っ平だっていいだしますよ。いま来ているひとは四、五十人でも、みんながそれを自分たちの会社に帰って喋れば、わたしたちの地区だけでも、共同闘争なんて詰らないという労働者が一杯ふえますわよ。同じ仲間なんて嘘の皮だ。応援にきた仲間を雨の中に追いだした、ああひどい、労働者の兄弟だ、なんて」とそこであや子は激情に堪りかねたように、また大急ぎで、両手で顔をかくすと声をあげる幼い泣き方で、オイオイと泣きだした。

するとこれに瞼の熱くなった亨吉は、山本たちの眼の色がやはりうるんできたのをみたように思った。自由党員もなにか具合悪そうな顔で、下を向いてしまった。山本はそこで思い直したらしく、机に手をついて立ち上ると、きっぱりと、感動に緊張した声で「いや、よく分りました。これは本当に、私たちが悪かった。なにもおかまいは出来ませんが、どうぞ、今晩はごゆっくりと、あの二階をお使い下さい。あとで私も、一度、みなさんにお礼を申し上げにお伺いしますから」といいきれば、誰ももはやそれに異議をさしはさむものはなかった。すると少女は急に、いま泣いた烏が、もう笑ったという具合で、その涙に汚れた白い顔を上げ、ニコニコ恥かしそうに笑い「すみません。御免なさいね」と腰をあげ、山本に向かい、女学生ふうな素朴なお辞儀をぴょこりとしたから、事務所にはたちまち和気藹々の笑い声さえ起った。

亨吉も嬉しく、そこで川口と、鉄道の委員たちに礼をのべてから、また三人で、雨の中を、二階に走って帰った。そして川口はまたみんなを集め、今晩はそこの二階の机やベンチを利用して寝ることになりましたからと伝えた。すると応援隊の青年たちは、そんないざこざがあったとはちっとも知らない顔で、いまから寝てしまうのはまだ早いといいだし、ベンチを何列にも重ね、方形に並べると、その真中に、ひとり音頭取がとびだし、まずにぎやかな合唱が始まった。亨吉はそのひょうきんな口をきく、コンダクト棒をふる、手つきの鮮やかな音頭取が、さっき会議に加わった無口な同志なのをみて、意外とも、また嬉しいとも思った。始めには、亨吉が下の連中を刺激しないかと内心、心配したほど、元気な大声で、みんなは「アカハタ」や「インターナショナル」を上手に合唱していたが、それがだんだん崩れて「不二の白雪」や「小原節」に代っていった。そのうち、音頭取が交代し、背の低い、エノケンに似たひとりの労働者がとびだすと「ええ、堅い歌ばかりでは面白くありません。ひとつ、ぐうっとくだけて」と握り拳を下からもちあげる、たいへん下品なジェスチュアで、みんなを笑わせてから、いきなり「娘さん、膝をくずして針仕事」という、例の卑猥な歌を先に立ってうたい始めた。

亨吉はそれに顔をしかめるほどの清教徒でもない、みんなと一緒にワアワア笑いながら歌っていたが、ふと、あや子はどんな顔をしているかと気になり、すぐ横に坐っていた彼女を眺めるのに、その「マックロケノケ」という歌の意味がよくわからないらしい笑い顔で、ただそのみんなの雰囲気に溶けあったようにニコニコしていた。そのうちエノケンに似た労働者は、数え唄で、「ひとの娘とどうとかするときは」というような、もっと下品な歌を歌いはじめ、それにかなり露骨なジェスチュアを入れだした。これには亨吉もすこし参って、もう一度、あや子をみると、彼女は、亨吉がびっくりしたほど狼狽した赤い顔になり、「アラ、アラ、アラ」とつぶやきながら、身もだえして、机に顔をおしつけつつ伏してしまった。しかし、みんなはすぐ、下品な歌のしつこく続くのにも倦きた様子で、こんどはひとりひとりのかくし芸が始まった。それには浪花節に流行歌、声色やかけあい万才、と、亨吉がみんなの器用なのに感心してしまう程、いろんな芸がとびだした。そのうち彼はいつの間にか、下の事務所の、鉄道の委員たちもやってきて、その辺のベンチにいっしょに坐り、面白そうに聞いているのに気づいて、心から嬉しく思った。

そうして、やがて、山本もやってきて、みんなから所望されるまま、いかにも酒飲みらしい磊落《らいらく》でおけさ節を歌ったし、すこしどもる癖のある小林も自分からとびだし、見事な美声で、「りんごの気持はよくわかる」という流行歌を歌った。そのうち誰かが、あや子を指名すると彼女も悪びれずに、すぐたちあがり、満場の拍手喝采を浴びながら、「さくら、さくら、弥生の花は」という、ひどく古風な歌を、とても上手に歌った。亨吉は瞼をつむって、その少女の肉感のあまく流れる歌声をきいているうち、またふっと瞼のうちが熱くなるのだった。

その翌朝、雨もあがり、白々と明るく朝の光りのさしてくる窓際で、亨吉は、長い机の上に、両手を胸の上にくみ、すんなりと伸びた両脚をぴっちりと合わせ、行儀よく眠っている、睫の長い少女の寝顔をつくづくと眺めた。その豊かな胸の幼ない膨みが、健康そうに、息づいているのも、その丸い、心持、紅をさしたような白い頬の生毛が、かすかに朝の光線に光っているのも、限りなく清潔な感動を亨吉の胸に与えるものがあった。その感動は、老いを感じるほど疲れ切っていた亨吉に、ある慰さめと力を与えるのだった。世界をたえず明るいほうに押し流してゆくものは、こうした青年少女たちの清新な生命力のようにも思われ、その優しく美しい少女の寝顔に、亨吉はいまの共産党に欠くことのできない一つの象徴のようなものさえ感じた。

# 解題

紅野謙介

**中野重治「五勺の酒」**（『展望』一九四七年一月）

『展望』はこの一年前の一九四六年一月に筑摩書房から創刊された総合雑誌で、臼井吉見が編集長をつとめた。「新文化の建設」を目指し、文芸文化の記事に比重をおいた編集方針を示したが、なかでも創作欄の充実が目立った。永井荷風「踊子」（四六年一月）や平林たい子「かういふ女」（四六年一〇月）、太宰治「ヴィヨンの妻」（四七年三月）「人間失格」（四八年六―八月）などはいずれも『展望』に掲載され、話題を呼んだ。中野の「五勺の酒」は創刊一周年の一月号に一挙掲載されたものである。よく知られているように、酔っぱらった校長がくだを巻くように語るこの手紙に対応して、共産党員である教え子が返答する続編が書かれる予定だったが、実現しなかった。『展望』の初出では占領軍の検閲によって削除された箇所（アステリスクの付した部分）がある。テキストは原稿と照合して復元した『中野重治全集』第三巻（筑摩書房、一九七七年六月）を底本とした。

**丹羽文雄「厭がらせの年齢」**（『改造』一九四七年二月）

丹羽文雄は一九三〇年代から「鮎」や「海面」などの風俗的な情痴小説で知られる人気作家であった。戦争中、退廃的とされてしばしば発売禁止となっていたが、一方、海軍報道班員としてソロモン沖海戦に取材した『海戦』（中央公論社、一九四二年）を書き、戦場の現実をとらえようとした。戦争の終結は丹羽のような作家をたちまちよみがえらせた。敗戦後の混乱とむき出しになった欲望は人間の表層に執着する作家にとって格好の対象となったからである。「厭がらせの年齢」はそうした丹羽の代表作であり、露悪的にまで老醜とそれをとりまくひとびとのエゴイズムを剔抉している。この視線の強さがのちの宗教文学への志向も生み出したのだろう。掲載誌の『改造』は、一九二〇年代からつづく総合雑誌で、四七年当時は左翼的論調があふれていたが、創作欄は坂口安吾「道鏡」、里見弴「見事な醜聞」（一月）、高見順「真相」（七月）、田村泰次郎「鳩の街草話」（一〇月）など、イデオロギーとは一線を画した小説が並んでいる。テキストは『現代日本文学全集四七　丹羽文雄・舟橋聖一集』（筑摩書房、一九五四年一一月）を底本とした。

**壺井榮「浜辺の四季」**（『文藝春秋』一九四七年四月）

壺井榮の活躍は、プロレタリア文学の退潮期、一九三〇年代後半からのことである。それまでプロレタリア詩人壺井繁治の妻であったが、佐多稲子らにすすめられて小説に手を染め、むしろ運動が不可能になって初めて、その郷土色や庶民へのまなざしが生きるようになった。戦後は、こうした地べたに即した視線から進歩的と称する男性知識人の封建性をとらえた「妻の座」（『新日本文学』一九四七年八月―四九年七月）や、小豆島を背景に戦中・戦後の歴史と重ね合わせて小学校の教師と生徒たちとの交流を描いた「二十四の瞳」（『ニュー・エイジ』五二年二月―一一月）で大きな注目を集めた。これにより女性や児童向けの文芸出版からの需要がふえ、壺井の読者層を広げることとなった。「浜辺の四季」はその直前、生家の没落と貧困の少女時代をふりかえってまとめた短篇である。テキストは『壺井榮全集』第八巻（筑摩書房、一九六八年一二月）を底本とした。

**野間宏「第三十六号」**（『新日本文学』一九四七年八月）

野間宏の戦後デビューは「暗い絵」（『黄蜂』一九四六年四、八、一〇月）である。戦時下の学生たちによる抵抗運動と、恋愛や性の悩みに苦しむ青年たちを描き、その異様な文体と大胆なデフォルメで一躍、有望新人として注目を集めた。左翼運動にもみずから飛び込んでいったが、「二つの肉体」（『近代文学』四六年一二月）、「肉体は濡れて」（『文化展望』四七年七月）とつづくにしたがい、性愛の苦悩ばかりを描くモダニズムとして共産党内部から批判を受けるようになる。戦争体験を描きはじめるのはそれ以後で、「顔の中の赤い月」（『綜合文化』四七年八月）がこの「第三十六号」と同じ月に発表されている。この短篇は陸軍刑務所に収監されていた野間自身の体験をもとにつくられており、関連作品として「哀れな歓楽」（『文学会議』四七年一二月）、「夜の脱柵」（『人民文学』五一年二、三月）がある。のちの長篇『真空地帯』（河出書房、一九五二年）につながるが、『真空地帯』に批判的な大西巨人らはむしろこれらの短篇をより高く評価している。テキストは『野間宏作品集』第一巻（岩波書店、一九八七年一一月）を底本とした。

**島尾敏雄「石像歩き出す」**（『光耀』一九四七年八月）

『光耀』は、復員して神戸に住んだ島尾敏雄が庄野潤三、三島由紀夫、林富士馬らと一九四六年に創刊した同人雑誌で、謄写版刷の小さな雑誌だった。島尾は、海軍少尉として奄美群島加計呂麻島で特攻隊隊長となり死を覚悟するようなぎりぎりの体験をへて、戦後を迎えた。その南島で出会ったミホを夫人として迎え、新旧の友人・知人たちと文学での再出発をはかろうとしたのである。この雑誌に島尾は「はまべのうた」（同年五月）「孤島夢」（一〇月）などの初期作品も発表している。その最終号となった第三号に掲載したのが「夢中市街」で、のち「石像歩き出す」と改題された。島尾はその後、富士正晴と同人雑誌『VIKING』を創刊。ここに「単独旅行者」（四七年一〇月）「島の果て」（四八年一月）を発表し、戦後作家として知られるようになっていく。この作品は「夢の中での日常」（『綜合文化』四八年五月）とも近い幻想小説で、とぼけたようなユーモアが味わいを呈している。テキストは『島尾敏雄全集』第二巻（晶文社、一九八〇年五月）を底本とした。

**浅見淵「夏日抄」**（『文壇』一九四七年九月）

浅見淵は、井伏鱒二や尾崎一雄に近い早稲田系の作家として一九二〇年代にデビュー。さまざまな同人雑誌につらなりながら、身辺に材料を得た私小説・心境小説を得意とした。評論家・随筆家としても知られ、回想的な文壇史も多く書いたが、「夏日抄」は瀧井孝作と鮎釣りをしたときの交友小説で、まだ戦後の混乱期であるにもかかわらず、「枯淡の絵」（間宮茂輔の評）のような不思議なのどかさを感じさせてくれる。川端康成・井伏鱒二らが編集し、半年ごとにすぐれた短篇小説を集めた『日本小説代表作全集』第一七巻（小山書店、一九四八年一一月）にも収録されている。初出誌の『文壇』は一九四六年一二月、文壇社のち前田出版社から発行された文芸雑誌で、伊藤整、岩上順一、丹羽文雄、平野謙らを編集委員として四八年六月までつづいた。テキストは『浅見淵著作集』第三巻（河出書房新社、一九七四年一一月）を底本とした。

**梅崎春生「日の果て」**（『思索』一九四七年九月）

『思索』は一九四六年四月から四九年一二月までつづいた総合雑誌で、はじめ青磁社、のち思索社から刊行された。編集は片山修三。戦後の多くの総合雑誌と同じように、「平和文化の擁護」を唱え、沈黙を強いられていた知識人に論陣の舞台を提供した。そこに毎月一篇の創作が掲載され、豊島与志雄「沼のほとり」、阿部知二「城」などが発表された。なかでも「日の果て」の反響は大きかった。「桜島」（『素直』一九四六年九月）で注目された梅崎春生は「崖」（『近代文学』一九四七年二・三月）「B島風物誌」（『作品』四八年八月）「ルネタの市民兵」（『文藝春秋』四九年八月）と戦争を扱った戦後派作家の第一人者となっていくが、これはその代表作といえるだろう。一九五四年には八木保太郎の独立プロダクションで、山本薩夫監督、鶴田浩二主演で映画化されている。テキストは『梅崎春生全集』第一巻（新潮社、一九六六年一〇月）を底本とした。

**田中英光「少女」**（『新日本文学』一九四七年九月）

田中英光ほど思想的変遷のめまぐるしかった作家はいない。ボート選手としてロサンジェルス・オリンピックに参加したかと思えば、左翼運動に参加。はやばや離脱し朝鮮に渡り、兵役をへて、太宰治に私淑。次には日本文学報国会にならって朝鮮で朝鮮文人協会を組織し、国策に合わせた朝鮮文学を模索。戦後は、一九四六年には日本共産党に入党し、沼津で地区委員会の運動に奔走、しかしその一年後には離党。太宰治の自殺に衝撃を受けて、睡眠薬中毒になり、最後は太宰の墓前で自殺した。現実へ直接参加していくことを求めながら、絶えずはじきかえされて傷つき、後退をくりかえしたのである。「少女」は共産党離党後の作品で、国鉄組合運動のなかで出会った女性活動家と組合員のずれを描いている。テキストは『田中英光全集』第五巻（芳賀書店、一九六四年一二月）を底本とした。

## 解説　占領期の文学的エネルギイ

冨岡幸一郎

二〇〇六年の七月に、『毎日新聞』が「戦後六〇年の原点」というシリーズを組み、そこでいわゆる「戦後派」に端を発する「戦後文学」の流れについてコメントする機会があった。

「戦後派」とは、いうまでもなく第一次戦後派を中心にした作家たちである。埴谷雄高の『死霊』を掲載した雑誌『近代文学』が創刊されたのは、昭和二十一年の一月であった。昭和二十一年の元旦には、「天皇の人間宣言」が出されているが、GHQによる占領政策は、日本国憲法の発布、歴史的仮名遣いの廃止など、日本の文化、言語の根本にまで及ぶものとして次々になされた。占領下の言論検閲の問題については、後でまたふれるが、この時期に、戦前・戦中において文学活動の自由を奪われていた「戦後派」の作家たちが、新しい潮流として登場してきたのである。

ところで、『毎日新聞』のコメントをふまえて、一九七七年生まれの作家中村文則（〇五年に『土の中の子供』で芥川賞）と、一九八三年生まれの金原ひとみ（〇四年に『蛇にピアス』で芥川賞）のふたりがそれぞれ発言していて興味深かった。

中村氏はこういっていた。《高校時代は太宰治、大学時代はドストエフスキーらの影響を受けました。日本文学を時間軸で考えたことはないです。「戦後派」などとひとくくりにした時代と違って、今は著作の傾向で分ける言い方を聞きます》

金原氏は、《「戦後文学」という言葉にはあまりぴんときません。戦前も、戦中も知らないので、実感としては全く。もちろん、どの小説にもある程度時代が反映されているとは思いますが、それぞれ普遍的なテーマを持っているのではないでしょうか》と語っていた。

若手の現役作家にとっても、「戦後文学」はすでに歴史の文献になっているのだろう。

私事になるが、一九八六年に九人の戦後作家論をまとめた『戦後文学のアルケオロジー』（福武書店）という評論集を出したとき、私には「戦争も敗戦も、また廃墟も直接に知らぬ世代」として、戦後派の作家をどう読みうるか、というモチーフがあった。アルケオロジーとは考古学という意味である。つまり、戦後文学の時代を体験的に知らぬ世代として、土を掘り起こし、遺跡でも発掘するようにして戦後作家の全集なり作品集を読んでみよう、ということであった。それから二十年余りを経て、今日では戦後派の作品そのものを読むこともむずかしくなっている。講談社文芸文庫などの他では、文庫本でも手に入りにくい。このコレクションの存在意義も、こうした出版状況のなかでは大変意味のあることだと思う。とくに若い世代が、戦後文学を今日どのように読むか、そこに時代をこえたどんな「普遍的なテーマ」を発見しうるのか興味深い。

たとえば、中野重治の『五勺の酒』を、今日どう読めるか。『五勺の酒』は昭和二十二年の『展望』一月号に発表された。中野重治が書いた戦後の第一作である。戦前のプロレタリア文学、マルクス主義文学を代表する作家であった中野にとって、戦前・戦中は表現の自由を奪われた、弾圧の時代であったことはいうまでもない。戦後に日本共産党に再入党し、『新日本文学』の編集長（昭和二十七年三月まで）にもなった中野は、文学史のうえでは共産主義思想に立つ左翼の作家となっている。昭和三十三年には日本共産党中央委員に選出されている、れっきとした政治活動をした文学者である。その後、中野は党から除名処分を受けているが、まさに「政治と文学」を苛烈な現実のテーマにした時代を生きた。

こうした作家の時代と体験を正確に知ることは大切であろう。しかし、『五勺の酒』という作品を読めば、そこにはまぎれもなく一人の文学者の「戦後」という時代への偽りなき肉声が朗々と響いている。五勺の酒とは、「憲法特配の酒」のことである。地方の旧制中学の校長である主人公は、このわずかの酒を口にすることで、時代への忿懣と憤怒を爆発させる。それは昭和二十一年十一月三日、日本国憲法が公布されたときの式典の様子に端を発する。

僕はあの日、君のところへ、抗議でないまでもそれに近い気持ちからも駆けつけていた。僕は午後の祭をみていたのだ。（中略）新聞には十万とあったが、記事そのままで嘘はなかった。僕はおのぼりだからリュックをかついでうしろにいた。天皇が来て、帽子を取らぬものもいたが、僕は取った。天皇が台へのぼって帽を取った。万歳がおこった。仕掛け鳩が飛んだ。天皇はかえって行った。僕の時計で出てきたのが三時三十五分、おかえりになったのが三十六分、正味一分で、すべてが終った。そして終ったとき始まったことが僕をおどろかした。（中略）散って行く十万人、その姿、足並み、連れとする会話、僕の耳のかぎり誰ひとり憲法のケンの字も口にしてはいなかった。あらゆることがあってそれがなかった。

日本人が戦後六十年のあいだ「平和憲法」として守ってきた、その憲法の発布された時の情景を、中野重治はこのように描いている。誰も「憲法」のことなど気にもとめてはいなかった事実。新生日本の幕明けともいわれている「憲法」のリアリティのなさ。作家の眼は、その現実を鋭くとらえてみせる。このような事実は、この瞬間を実際に体験しなかった後世の人々に、一体どのように伝えられてきたのか。「平和憲法」という美辞麗句のなかで、この現実は消え去り、「自由」と「民主」と「平和」主義というコトバだけが伝わってきたのではないか。

じっさい憲法でたくさんのことが教えられねばならぬのだ。あれが議会に出た朝、それとも前の日だつたか、あの下書きは日本人が書いたものだと連合軍総司令部が発表して新聞に出た。日本の憲法を日本人がつくるのにその下書きは日本人が書いたのだと外国人からわざわざことわって発表してもらわねばならぬほどなんと恥さらしの自国政府を日本国民が黙認してることだろう。そしてそれを、なぜ共産主義者がまず感じて、そして国民に、訴えぬだろう。(中略)メーデーは五十万人召集した。食糧メーデーは二十五万人召集した。憲法は、天皇、皇后、総理大臣、警察、学校、鳩まで動員してやっと十万人かきあつめて一分で忘れた。国民のこの実行による批判、せめて結果としての批判、それをばなぜ『アカハタ』が国民に確認させせぬだろうか。それは共産党が、その主要任務の一つ、民族道徳樹立の仕事を、サボタージュしてることではないだろうか。

『五勺の酒』の主人公は共産主義者であるとともに、他ならぬ「共産党」にむかって「民族道徳樹立の仕事」を求めずにはおられない愛国者である。おそらくこれは作家自身のまぎれもない肉声である。占領下において、GHQの圧力のなかでつくられた「憲法」にたいする激しい違和感を、これほどストレートに表明した文章はないだろう。こうした感覚は、この六十年のあいだに、日本人のなかからすっかりうしなわれたものではないか。

引用中の*のところは、発表当時に占領軍の検閲によって削除された文章である。いうまでもなく占領下においては、徹底した検閲がなされ、GHQの占領政策の障害になるような言論は完全に抹殺された。それは伏字ではなく、文書自体が削られ、その文章の前後をつなぐかたちで切り取られている。「日本の憲法」が「外国人」によってつくられたものであること、それを許容せざるをえぬ「恥ざらしの自国政府」と、そのことを「国民に確認させせぬ」共産党。中野重治にとって「共産党」は、何よりも自国民の誇りを示すべき政治党であるべきであり、天皇制を批判することは「天皇その人の人間的救済の問題」であり、そのなかから「民族道徳樹立」ということを日本人自らがなさなければならない、という信念を貫くことであった。

もちろん、ここに占領下の政治的現実や「共産党」の党派内部の現実を無視した、文学者の愛国的熱情を指摘することもできるだろう。しかし、この熱情によって、中野重治はまさに文学者として戦前・戦中、そして戦後の時代を生きた。マルクス主義からの転向が、戦前において心理や理論の問題ではなく、道徳の問題であり、その転向の時代を体験した文学者として、「政治と文学」の問題は、つねに「民族道徳樹立」に深く関わっていたのはあきらかであろう。『五勺の酒』は、占領下において、政治イデオロギイをこえた文学者の倫理の自覚より噴出した、比類なきエネルギイを感じさせずにはおかない作品である。

これは戦後において、政治的・文壇的には中野重治と対立した『近代文学』派の流れのなかにいた野間宏の『第三十六号』のなかにも垣間見られるものである。

治安維持法によって軍隊内で逮捕され、陸軍刑務所に送られた主人公が、そこで出会った「第三十六号」と呼ばれる獄生活を送っている男の話である。

《彼は不潔で、陰鬱で、すべての努力は全く人間にとって無益であるという教育を生活によってつぎ込む、あの日本の最下層社会がつくり上げた人間であった。そしてその彼を軍隊がさらに完全に仕上げたのであった。》

怠惰で無気力であり、孤独であり、また肉体の動物的本能に突き動かされる男。それでいてどこか滑稽なしたたかな人間性を隠し持っている。

「第三十六号」は、軍法会議の公判で懲役五年の判決を受ける。作品の最後は、主人公とこの不条理な運命に押しつぶされる「第三十六号」との一瞬の交差を鮮烈に描き出す。

「懲役五年。」と彼は無感動の口調でそれに答え、被告椅子の自分の席に帰ろうとして身を廻した。がその瞬間、彼は彼の方をじっと見つめている私の存在に気づいた。私は彼がそのとき私の方に向けた顔を忘れることは出来ない。(中略)私の存在が彼の心に与えた打撃は大きいもののようであった。彼は最初ぼーっと私を眺めながら、次第に彼の視線の中で私の姿の映像がはっきり結ばれて行くらしく私を見据えて来て、私を未だ刑の決定していない私としてしかと認め、私を厭うもののように私から眼をそらせたとき、私は彼の顔の後に、白い炎を発するような暗い生命の衝撃を認めたのだった。

戦後文学の第一声といわれた『暗い絵』の作者として登場した野間宏は、人間を突き動かしている根源的なものを見据えようとした文学者であった。『暗い絵』では、ブリューゲルの絵画に描かれた農民たちの姿に、戦前の非合法学生組織京大ケルンや人民戦線グループに関わり、時代の「暗い花ざかり」を身をもって生きた自分たちの青春像を重ね合わせて描いている。

『暗い絵』では、十六世紀オランダの絶対専制主義下の農民の肉体が、「暗い奇怪な穴」のイメージによってとらえられている。

　またこちらには、爬虫類のような尾をつけた人間が股をひろげて腰を下し尖った口の中から汚れた唾液をはきかけている。その股のあいだには、やはりあの大地に開いていると同じ漏斗形の穴がぽかりと開いていて、その性器が、性器の言葉があるとすれば、その言葉でしゃべっているように思える。

　主人公の深見進介は、このブリューゲルの絵を見つめて「農民は生殖器以外に生きた部分がなかったんかね」と感想をもらす友人に、性器は「その当時の人間の自覚の形じゃないかとこの間から考えているんだね。奴らの意識というか、どういったらいいのかなあ、魂だというか、そういうものの形だと思うんだがね」と答える。

　野間宏が戦後文学を代表する作家であるのは、文学というものが、たんに人間の「精神」や「魂」をすくい取って描くのではなく、まさに「性器」がそのまま「人間の自覚の形」であり、「意識」であり「魂」に直結しているという全体的感覚を見事に表現したからに他ならない。

　敗戦と占領。国土の全市街地の四十パーセントが灰燼に帰するという、そして三百万余の犠牲者を出した戦争と、六年半にも及ぶ占領の現実。野間宏の文学は、この戦争「体験」と敗戦の現実から出発しているが、そこに描き出されるのは、人間という存在の全体像であり、「生理、心理、社会の三つの要素を明らかにし、それを総合する」（「私の小説作法」）という、かつて日本文学になかった「全体小説」の構築であった。そこには、『第三十六号』にも描かれている、自らの生存の意味を遮断された人間が、その運命と抑圧に抗するかのように表わす「暗い生命の衝撃」が、凝縮するようにとらえられている。

占領下という日本民族が史上はじめて経験した現実のもとで、こうした戦後文学が次々に書かれた。本書に収められた短篇小説は、それぞれの作家の個性を輝やかしつつも、この時代の現実、いや真実を、われわれに突きつけてくる。それは、この時代を「実感としては全く」知らない世代にも、確実にある衝撃を与えずにはおかないだろう。

かつて戦後派の批評家であった本多秋五は、『物語戦後文学史』で、次のように記していた。

> 戦後文学の時代はすでに去った。しかし、われわれはまだその延長と余波のなかにいる。流れのなかにいるものに、流れの真の姿は見えない。ここ数年、戦後文学に対する否定的見解の波が高まってきている。しかし、それはまだ戦後文学を消し去るにいたってはいない。さらにその波も引いたあとになってはじめて、われわれは戦後文学のほぼ客観的な姿を眺めることができるだろう。

ここでいわれている「戦後文学批判」とは、一九六〇年以降にあらわれたものである。その後、七〇年代の前半に、戦後派作家たちはその代表作をほぼ完成させ、一九七九年の村上春樹の登場以降、日本の小説の流れはおおきく変わっていった。ポストモダンともいわれた八〇年代以後、「戦後文学」は忘却の彼方へと去ったかにも見えた。しかし、それからさらに二十五年、四半世紀余を経て、あらためて戦後に書かれた文学が浮上しはじめている。二十一世紀に入って、それは新たな戦争の時代をむかえているからでもあるが、何よりもグローバリズムといわれる状況のなかで、人間の存在そのものの危機に直面し、近代のヒューマニズム（人間中心主義）が根底から崩壊しているからである。占領下の日本文学のアンソロジーは、狭義の「戦後派」の文学をこえて、文学のエネルギイの再発見をもたらすだろう。

## 1947年〈日本の文学／文化・社会／政治・経済〉

### 〈雑誌掲載の主な作品〉

＊太字は本書所収

**1月**

里見弴「見事な醜聞」（改造）
坂口安吾「道鏡」（改造）
坂口安吾「風と光と二十の私と」（改造）
石川淳「かよひ小町」（中央公論）
**中野重治「五勺の酒」**（展望）
太宰治「トカトントン」（群像）
木山捷平「海の細道」（素直）
志賀直哉「蝕まれた友情」（世界、～4）
宮本百合子「二つの庭」（中央公論、～9）
山手樹一郎「夢介千両みやげ」（読物と講談）
坂口安吾「戯作者文学論」（近代文学）
折口信夫「日本文学の発生」（人間、～4）

**2月**

椎名麟三「深夜の酒宴」（展望）
**丹羽文雄「厭がらせの年齢」**（改造）
丹羽文雄「理想の良人」（人間）
網野菊「冷たい心」（新潮）
坂口安吾「花妖」（東京新聞、～5）
長与善郎「野性の誘惑」（光、～9）
福田恆存「人間の名において」（新潮）
坂口安吾「二合五勺に関する愛国的考察」（女

### 〈文化・社会〉

**1月**

新宿で額縁ヌードショー（初のストリップ）
東京都で学校給食再開
日劇小劇場で『禁演落語復活祭』開く
競馬で単・復勝式に加え連勝式勝馬投票法を初採用
『風説』（小笠原貴雄、北条誠ら）創刊～25・8
『古志』（金尾梅の門ら）創刊～27・7
『詩人』『向日葵』創刊
柳田國男『口承文芸史考』中央公論社
清水幾太郎『今日の教育』岩波書店
＊織田作之助没（一九一三―四七）

**2月**

日本ペンクラブ再建大会
沖縄教員連合会結成
GHQ、輸出品に「Made in Japan」の記号記載指令
八高線高麗川駅付近で買出し者満載の列車、空前の転覆事故（死者174、重軽傷800）
梅本克己・松村一人ら主体性論争始まる
小学教科書『こくご1』刊（「ひらがな先習」始まる）

### 〈政治・経済〉

**1月**

吉田首相、一部労働運動指導者を「不逞のやから」と年頭の辞
公職追放令改正（財界・言論界・地方公職等に拡大）
新皇職典範・皇室経済法・内閣法がそれぞれ公布
全官公労共闘、2・1スト宣言
マッカーサー、2・1ゼネストに中止命令
私鉄総連結成式全国私鉄60組合、10万8千人参加
日本経済の再建へ、政府出資の復興金融公庫開始
「味の素」製造開始
日本楽器製造がハーモニカを戦後初めて米に輸出
厚生省が45年の結核死亡者数を20万3千人と発表
車両・駅舎などで発疹チフス絶滅の為消毒が始まる
＊中華民国が新憲法を公布
＊オランダ・インドネシア停戦協定成立

**2月**

経済復興会議結成（労組と経営者団体で構成）
マッカーサー、吉田首相に総選挙実施を指示
参議院議員選挙法が公布
閣議、供米対策要綱決定（報奨金、物資特配、強権供出等）
石炭復興会議を結成労使の自主的協力で石炭増産
宮内省、皇室財産37億一〇七一万、税33億三八二六万発表
＊パリ平和条約調印（連合国、イタリア、ハンガリー、ブルガリア、ルーマニア、フィンランドとの講和）
＊北朝鮮人民委員会成立

## 1947年〈日本の文学／文化・社会／政治・経済〉

性改造）

### 3月

田村泰次郎「肉体の門」（群像）
火野葦平「孤客」（群像）
八木義徳「仏壇」（新潮）
梅崎春生「崖」（近代文学）
源氏鶏太「たばこ娘」（オール讀物）
太宰治「ヴィヨンの妻」（展望）
竹山道雄「ビルマの竪琴」（赤とんぼ、～23・2）
井上友一郎「蝶になるまで」（新文学）
木下順二「戯曲　風浪」（人間）
中村真一郎「偉大な知識人」（新潮）
荒正人「文学的人間像」（近代文学）
岸田國士「宛名のない手紙」（玄想、～23・2）

民科哲学部会『理論』創刊（～55・2）
『国土』『詩人会議』『大和』創刊
久保栄『小山内薫』文藝春秋新社
石井桃子『ノンちゃん雲に乗る』大地書房
久保栄「林檎園日記」帝劇で初演
有楽町スバル座、米映画のロードショー劇場として開場
戦後初の国際婦人デー
泰西名画展（ルノワール、セザンヌ、ゴーガン等）
全労連結成
『イオム』（ＩＯＭ、向井孝ら）創刊、～3・8
『玄想』（安藤直正、養徳社）創刊、～24・4
『花』『天平』創刊
『解放新聞』創刊
湯浅克衛『青空どこまで』美和書房
釈迢空『古代感愛集』青磁社
堀口大學『乳房』ロゴス
安倍能成『槿域抄』斎藤書店
飯塚浩二『地理学批判』帝国書院

＊台湾民衆の反国府暴動起る（二・二八事件）。戒厳令が公布（～5・17）
＊北朝鮮臨時人民委員会が北朝鮮人民委員会に発展。委員長金日成
衆議院解散（帝国議会の終幕）
衆議院議員選挙法改正が公布
教育基本法、学校教育法が公布
日・フィリピン貿易協定成立（戦後初の対アジア貿易協定）
東京都35区制を22区に整理統合（八月、練馬を新設し23区制に）
米の原爆調査委、広島で被爆者の血液学的調査開始
＊トルーマン・ドクトリン宣言
＊英・仏が50ヵ年同盟条約（防衛協定）調印（独の再侵略に備えるダンケルク協定）
＊米・フィリピン軍事基地が成立
＊インドでヒンドゥー教徒・イスラム教徒が2週間に及ぶ武力衝突
＊フランコ総統がスペインの終身国家元首となり死後の王政復活を宣言

### 4月

中山義秀「華燭」（改造）
網野菊「母」（素直）
石川達三「ろまんの残党」（芸術

六・三制教育開始（新制中学発足）
新宿にムーラン・ルージュ再開
当用漢字・現代かなづかいを適用した国

町内会、部落会、隣組廃止
第一回知事・市町村長選挙
労働基準法、独占禁止法、地方自治法が公布

5月

井上友一郎「ハイネの月」（群像）
武田泰淳「審判」（批評）
豊田穣「ニューカレドニア」（新潮）
船山馨「半獣神」（朝日評論、〜23・3）
**壺井榮「浜辺の四季」**（文藝春秋）
平野謙「女房的文学論」（文芸）
柳田國男「鳴滸の文学」（芸術）
小田切秀雄「小林多喜二問題」（芸術）
北原武夫「聖家族」（改造）
網野菊「金の棺」（世界）
高見順「深淵」（日本小説、〜23・6）
福田恒存「近代の克服」（展望）
小田切秀雄「民族文学への展開」（文芸）
唐木順三「主体か現実かの問題」（文芸）

定教科書
小学校でローマ字教育開始
神近市子ら、民主婦人協会設立
この頃、街娼（パンパンガール）、六大都市で推定四万人に
『文学会議』（〜25・7）『母音』（丸山豊ら、〜31・1）『伝記』『諷刺文学』『淡交』創刊
『劇作』（世界文学社）復刊、〜25・4
『群像』の「創作月評」始まる
小堀杏奴『春』東京出版
織田作之助『土曜夫人』鎌倉文庫
天皇、日本人記者と初会見
全日本宗教平和会議開催
教育養成制の大綱を採択
医師国家試験実施
厚生省管轄下、国立予防衛生研究所発足
新宿に紀伊國屋書店が誕生
歌舞伎『寺子屋』上演解禁
朝永振一郎「くりこみ理論」発表
酒田市に本間美術館創立
『日本小説』（和田芳恵編集）創刊（〜24・4）
『風花』（中村汀女主宰）『明星』（第三次、〜24・10）『ヨーロッパ』『婦人生活』『季刊・理論』（〜53・7）創刊

第一回参議院選挙（中野重治、山本有三らが当選）
第二三回衆議院選挙
地方議会議員選挙
上越線高崎–水上間が電化開通戦後初の電化
裁判所法・検察庁法が公布（最高裁・各下級裁を設置、検察庁は独立の官庁となる）
＊国連安保理、太平洋の旧日本委任統治領を米の単独信託治領に
＊国連初の特別総会でパレスティナ問題討議
日本国憲法が施行
経営者国体連合会結成（後の日経連）
第一特別国会召集
吉田茂内閣総辞職し、片山哲を首相に
戦後二回目の第18回メーデー（東京・皇居前広場に約30万人）
蔵相石橋湛山・商工省石井光次郎・法相木村篤太郎が公職追放
GHQが日本政府の呼称として「帝国」の使用禁止

## 1947年〈日本の文学/文化・社会/政治・経済〉

| 月 | 日本の文学 | 文化・社会 | 政治・経済 |
|---|---|---|---|
| | | 宮本百合子『風知草』文藝春秋新社<br>田村泰次郎『春婦伝』銀座出版社<br>加藤周一・中村真一郎・福永武彦『1946 文学的考察』 | |
| 6月 | 原民喜「夏の花」(三田文学)<br>坂口安吾「桜の森の満開の下」(肉体)<br>熱田五郎「さむい窓」(新日本文学)<br>石川淳「雪のイヴ」(別冊文藝春秋)<br>野間宏「華やかな色どり」(近代文学、~9)<br>石坂洋次郎「青い山脈」(朝日新聞、~10)<br>椎名麟三「重き流れの中に」(展望)<br>坂口安吾「教祖の文学——小林秀雄論」(新潮)<br>中村真一郎「二十世紀小説の運命」(近代文学) | 文部省、天皇の万歳・神格化表現の停止を通達<br>漱石遺族、題名の商標登録を出願、問題化<br>日本共産党の志賀・神山論争始まる<br>今泉善一ら、新日本建築家集団(NAU)結成<br>喫茶店が復活、コーヒー一杯五円<br>黒澤明監督「素晴らしき日曜日」(東宝)<br>知識人論が盛んになる(蔵原惟人「文化革命と知識人の任務」が『世界』掲載)<br>『日本未来派』(池田克己ら)『椎の木』(安永信一郎主宰)『肉体』『小説』創刊<br>『文学界』(文藝春秋新社)復刊<br>唐木順三『三木清』筑摩書房<br>*ピュリッツァー賞受賞小説『仔鹿物語』映画化 | 片山連立内閣成立(社会・民主・国民協同党)<br>GHQ、賠償に関する米国務省指令発表<br>GHQ、民間貿易再開を8・15から許可と発表<br>極東委員会、「日本占領基本政策」を採択<br>豪から羊毛七四八一俵積載の輸入第一船、四日市入港<br>日教組結成組合員約50万人<br>沖縄に民主化の波(党首仲宗根源和ら沖縄民主同盟を結成琉球独立論を主張)<br>警視庁が露店街の顔役の一斉検挙に乗り出す<br>*米国務長官マーシャル、ヨーロッパ復興計画を発表(マーシャル・プラン)<br>*英、インド・パキスタンの分離独立案を発表、国民会議派・ムスリム連盟も即日承認 |
| 7月 | 里見弴「いろおとこ」(新潮)<br>神西清「白樺のある風景」(文藝春秋)<br>船山馨「落日の手記」(人間)<br>太宰治「斜陽」(新潮、~10) | 「鐘の鳴る丘」放送開始<br>大学基準協会設立<br>静岡県登呂遺跡の発掘開始<br>「日本における科学技術の再編成」の為、 | 全日本民主主義文化会議第一回大会<br>外食券食堂を除き料飲店営業休止(~49年)<br>公正取引委員会が発足<br>GHQが三井物産・三菱商事に解散指令を出す |

石川達三「望みなきに非ず」(読売新聞、〜11)
高村光太郎「暗愚小伝」(展望)
白井明＝林房雄「東西南北」(読売新聞、〜25・10)

8月

野間宏「顔の中の赤い月」(綜合文化)
坂口安吾「散る日本」(群像)
中村真一郎「妖婆」(展望)
三島由紀夫「夜の支度」(人間)
武田泰淳「蝮のすゑ」(進路)
壺井榮「妻の座」(新日本文学、〜24・7)
**野間宏「第三十六号」**(新日本文学)

米国学術顧問団来日
第一回全日本民主主義文化会議大会
『西田幾多郎全集』購入者、三日前から行列
日本産児制限連盟発足
滝沢修ら民衆芸術劇場(劇団民藝)結成
日本彫刻家連盟結成
『綜合文化』(加藤周一、中村真一郎、野間宏、花田清輝ら、〜24・1)創刊
『舞台』(第二次、〜23・4)『地球』(第二次、〜11)『至上律』(第二次、真壁仁ら、〜24・2)創刊／『歴程』復刊
湯浅克衛『初恋』世界社／中勘助『余生』八雲書店／若杉慧『エデンの海』文化書院／竹山道雄『失はれた青春』白日書院／折口信夫『死者の書』角川書店／中村光夫『近代への疑惑』穂高書房
＊幸田露伴没(一八六七―一九四七)
新宿帝都座「肉体の門」上演
横浜で日本初の女子野球大会(メリー・ゴールド対オハイオ)
岡田茂吉が熱海で日本観音教団(のちの世界救世教)を再建
八杉竜一『自然科学』に「ルイセンコ遺伝学説について」発表

全官公庁労組連絡協議会を結成(国鉄・全逓・日教組・全官労など八組合、約一八〇万人が参加)
全国農民組合が結成大会
＊オランダ軍・インドネシア軍全面武力衝突(ジャワ島)
＊パレスティナ入植を拒否され、ユダヤ人四五〇〇人が海上をさまよう
最高裁判所が発足
GHQが制限付民間貿易を許可
文部省「あたらしい憲法のはなし」頒布
六日、広島市で平和式典を挙行
終戦連絡中央事務局が海外残留日本人は九五万人(七月末)と発表。千島・樺太24万人、満州7万6千人、シベリア58万7千人など

9月

**島尾敏雄「石像歩き出す」**（光耀）
**浅見淵「夏日抄」**（文壇）
**梅崎春生「日の果て」**（思索）
尾崎一雄「落梅」（風報）
**田中英光「少女」**（新日本文学）
藤枝静男「路」（近代文学）
西野辰吉「廃帝トキヒト記」（文芸）
石川淳「処女懐胎」（人間、～12）
大佛次郎「幻燈」（新大阪、～23・1）
坂口安吾「不連続殺人事件」（日本小説、～23・8）
小野十三郎「短歌的抒情に抗して」（新日本文学）

日本基督教団、米国教職信徒代表と内外協力会議を開催（～8・26）
古橋広之進、400m自由形で世界新記録
『詩学』（木原孝一ら、～23・6）『明日』創刊
平塚武二『太陽よりも月よりも』講談社
西脇順三郎『旅人かへらず』東京出版
平野謙『島崎藤村』筑摩書房
H・ノーマン著・大窪愿二郎訳『日本における近代国家の成立』時事通信社
＊ヘイエルダール、「コン・ティキ号」で四三〇〇マイル漂流実験に成功
日本アヴァンギャルド美術クラブ結成
ラジオ聴取者が六〇〇万人を突破
笠置シヅ子「東京ブギウギ」大ヒット
世界経済研究所設立（所長・平野義太郎）
文部省、通信教育認定規定を公布
小・中学校で社会科の授業始まる
「カスリン台風」関東・東北を襲う
『荒地』（第二次、鮎川信夫ら、～23・6）『風報』（第二次、尾崎士郎、水野茂夫ら、～23・1）『小説新潮』創刊
花田清輝『錯乱の論理』眞善美社
神西清『詩と小説のあひだ』白日書院
田中美知太郎『ロゴスとイデア』岩波書店

＊トルーマン米大統領、原爆投下は不可避だったと言明
＊GHQ、日本に対する米国の5億ドルの借款許可を発表
＊南朝鮮で左翼政党・団体幹部、言論人の大量検挙開始
＊パキスタン、インドが相次いで独立
労働省設置初の女性局長に山川菊栄（婦人少年局長）
GHQ国際検事局、A級戦犯容疑者23人釈放と発表
日ソ貿易協定が成立
文部省が教科書検定制度を発表国定・検定の二本立
＊スターリンがラジオ放送で、対日戦勝利により樺太南部と千島列島の産業発展を強調
＊米国防総省及び中央情報局（CIA）創設
＊ソ連、東欧、仏・伊共産党がポーランドで秘密会議、アメリカに対抗、コミンフォルム結成へ

## 1947年〈日本の文学／文化・社会／政治・経済〉

### 日本の文学

**10月**

島尾敏雄「単独旅行者」（VIKING）
坂口安吾「青鬼の褌を洗う女」（週刊朝日）
川端康成「反橋」（風雪別冊）
川崎長太郎「別れた女」（文明）
幸田文「終焉」（文学）
丹羽文雄「哭壁」（群像、～23・12）
宮本百合子「道標」（展望、～25・12）
荒正人「横のつながり」（近代文学）
寺田透「バルザック断章」（饗宴）

**11月**

野間宏「地獄篇二十八歌」（光）
田宮虎彦「霧の中」（世界文化）
豊島与志雄「聖女人像」（群像）
北原武夫「罪」（新潮）
手塚英孝「父の上京」（新日本文学）

### 文化・社会

**10月**

本多秋五『「戦争と平和」論』鎌倉文庫
佐々木基一『現代日本文学論』真光社
コミンフォルムの設置公表
ラジオで風刺番組「日曜娯楽版」放送開始
名古屋御園座開場
闇買拒否の東京地裁判事山口忠良、栄養失調で死亡
松方コレクション、一部がパリで競売に
『VIKING』（富士正晴、島尾敏雄ら）創刊
『海流』（松原地蔵尊主宰）創刊、～26・5
横光利一『夜の靴』鎌倉文庫
芹沢光治良『未完の告白』銀座書房
折口信夫『日本文学の発生序説』斎藤書店
宮本百合子『婦人と文学』実業之日本社
福永武彦『ボオドレエルの世界』矢代書店
国家学会『新憲法の研究』有斐閣

**11月**

歌舞伎の全面的上演禁止解除
倉敷天文台本田実、新彗星発見「本田彗星」
浅草国際劇場・大阪角座再建開場
『悲劇喜劇』（第二次、早川書房）創刊、～39・6
中村真一郎『死の影の下に』真善美社

### 政治・経済

**10月**

帝国大学の名称を廃止
国際貿易会議でGATT調印
改正刑法が公布（不敬罪、姦通罪は廃止）
国勢調査実施、総人口七八一〇万人、東京都五〇〇万人
政府が警察制度改正に関する九・一六付マッカーサー書簡を発表、国家地方警察・自治体警察・公安委員会の設置、司法省廃止など
キーナン主席検事が天皇と財界に戦争責任なしと言明したと『ニッポン・タイムズ』が報道
初の皇室会議、秩父・高松・三笠の三直宮家を除く十一宮家の皇室離脱を決定
国家公務員法が公布
衣料の切符制が復活
俸給生活者の平均月収三五四二円、赤字一五八〇円
＊中国・河北省高等法院が川島芳子を反逆通敵罪で死刑判決

**11月**

「赤い羽根」共同募金始まる
パン食普及で七大都市家庭にベーキングパウダー二〇〇グラムを配給
超短波FM方式による警察無線の実験交信開始
＊国連総会、パレスチナ分割案を採択

## 1947年〈日本の文学／文化・社会／政治・経済〉

### 日本の文学

梅崎春生「贋の季節」（日本小説）
丹羽文雄「人間模様」（毎日新聞）
平林たい子「私は生きる」（日本小説）
伊藤整「スタイル論」（群像）
本多秋五「宮本百合子論」（近代文学、～24・2）

12月
梅崎春生「蜆」（文学会議）
藤原審爾「秋津温泉」（人間別冊）
正宗白鳥「空想の地獄」（改造）
正宗白鳥「空想の天国」（群像）
阿川弘之「八月六日」（新潮）
野口冨士男「白鷺」（文学会議）
宇野千代「おはん」（文体、～32・5）
舟橋聖一「裾野」（別冊文藝春秋、～25・8）
遠藤周作「カトリック作家の問題」（三田文学）
高村光太郎「啄木と賢治」（少年読売）

### 文化・社会

福田恒存『近代の宿命』東西文庫
古島敏雄『日本農業技術史』時潮社

12月
第一回日本アンデパンダン展
帝国芸術院→日本芸術院、帝国学士院→日本学士院、帝国図書館→国会図書館とそれぞれ改称
日本法社会学会創立（川島武宜・尾高朝雄ら、～26・3『法社会学』創刊）
教刷委、文部省解体・文化省設置など教育行政民主化を決議
『文体』（第二次、～24・7）『座談』創刊
吉田精一『永井荷風』八雲書店
新居格『市井人の哲学』清流社
竹内理三編『平安遺文』東京堂出版
宇野弘蔵『価値論』河出書房
『はるかなる山河に』東大協同組合出版部
＊横光利一没（一八九八―一九四七）
※この年、用紙事情悪化／カストリ雑誌氾濫／モンペ姿が激減／流行語「アプレゲール」「斜陽族」

### 政治・経済

＊マーシャル米国務長官が第二次大戦の戦死・行方不明者数を一五〇〇万人以上と『大英百科事典』に寄稿、と報道される。ソ連七五〇万人、独二八五万人、中国二二〇万人、日本一〇五万6千人、英連邦四五万2千人、伊三〇万人、米四九万5千人、仏二〇万人

12月
過度経済力集中排除法が公布
警察法が公布
臨時石炭鉱業管理法が公布（炭鉱国家管理）
失業手当法、失業保険法が公布
児童福祉法が公布
改正民法が公布。家・戸主制を廃止し、結婚・離婚の自由、財産の均分相続等を定める
GHQが新年の国旗掲揚を許可
内務省が廃止される
勧業銀行が百万円宝くじを売り出す。一枚50円、たばこ五本付き
酒類が自由販売となる
一日の平均賃金が男子一一七円44銭、女子五四円48銭
長者番付第一位所得税額は三五〇〇万円
※この年、昭和最高のベビーブーム

〈戦《せん》後《ご》占領期《せんりょうき》 短篇小説《たんぺんしょうせつ》コレクション〉

2 1947年《ねん》

2007年 6月30日 初版第1刷発行©

編 者 紅野謙介他
発行者 藤原良雄
発行所 株式会社 藤原書店
〒162-0041 東京都新宿区早稲田鶴巻町523
電話 03（5272）0301
FAX 03（5272）0450
振替 00160-4-17013
印刷・製本 図書印刷

落丁本・乱丁本はお取替えいたします
定価はカバーに表示してあります
Printed in Japan
ISBN978-4-89434-573-7

**沖縄本土復帰三十周年記念出版**

## 沖縄島嶼経済史
〔一二世紀から現在まで〕

**松島泰勝**

古琉球時代から現在までの沖縄経済思想史を初めて描ききる。沖縄が伝統的に持っていた「内発的発展論」と「海洋ネットワーク思想」の史的検証から、基地依存／援助依存をのりこえて沖縄が展望すべき未来を大胆に提言。

A5上製　四六四頁　**五八〇〇円**
（二〇〇二年四月刊）

---

**沖縄研究の「空白」を埋める**

## 沖縄・一九三〇年代前後の研究

**川平成雄**

「ソテツ地獄」の大不況から戦時経済統制を経て、やがて戦争へと至る沖縄。その間に位置する一九三〇年前後。沖縄近代史のあらゆる矛盾が凝縮したこの激動期の実態に初めて迫り、従来の沖縄研究の「空白」を埋める必読の基礎文献。

A5上製クロス装函入　二八〇頁　**三八〇〇円**
（二〇〇四年一二月刊）

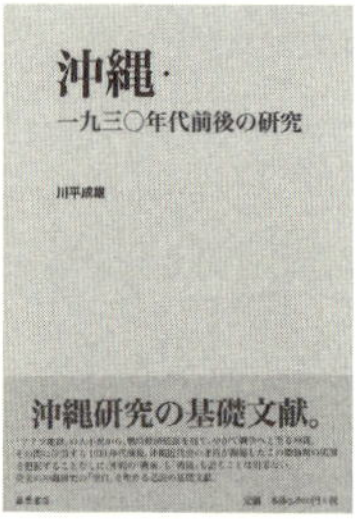


---

**沖縄はいつまで本土の防波堤／捨石か**

## ドキュメント沖縄 *1945*

**毎日新聞編集局　玉木研二**

三カ月に及ぶ沖縄戦と本土のさまざまな日々の断面を、この六十年間集積された証言記録・調査資料・史実などをもとに、日ごとに再現した「同時進行ドキュメント」。毎日新聞好評連載「戦後60年の原点」を緊急出版。

**写真多数**

四六並製　二〇〇頁　**一八〇〇円**
（二〇〇五年八月刊）

---

**沖縄から日本をひらくために**

## 真振 *MABUI*

**海勢頭豊**

**写真＝市毛實**

沖縄に踏みとどまり魂（ＭＡＢＵＩ）を生きる姿が、本島や本土の多くの人々に深い感銘を与えてきた伝説のミュージシャン、初の半生の物語。喪われた日本人の心の源流である沖縄の、最も深い精神世界を語り下ろす。

**＊ＣＤ付「月桃」「喜瀬武原」**

Ｂ５変並製　一七六頁　**二八〇〇円**
（二〇〇三年六月刊）

〝言葉〟から『論語』を読み解く

## 論語語論

**一海知義**

『論語』の〈論〉〈語〉とは何か？　孔子は〈学〉や〈思〉、〈女〉〈神〉をいかに語ったか？　そして〈仁〉とは？　中国古典文学の碩学が、永遠のベストセラー『論語』を、その中の〝言葉〟にこだわって横断的に読み解く。逸話・脱線をふんだんに織り交ぜながら、『論語』の新しい読み方を提示する名講義録。

四六上製　三三六頁　**三〇〇〇円**
（二〇〇五年一二月刊）

漢詩の思想とは何か

## 漱石と河上肇
## （日本の二大漢詩人）

**一海知義**

「すべての学者は文学者なり。大なる学理は詩の如し」（河上肇）。「自分の思想感情を表現するに最も適当する」手段としてほかならぬ漢詩を選んだ二人。近代日本が生んだ最高の文人と最高の社会科学者がそこで出会う、「漢詩の思想」とは何かを碩学が示す。

四六上製　三〇四頁　**二八〇〇円**
（一九九六年一二月刊）

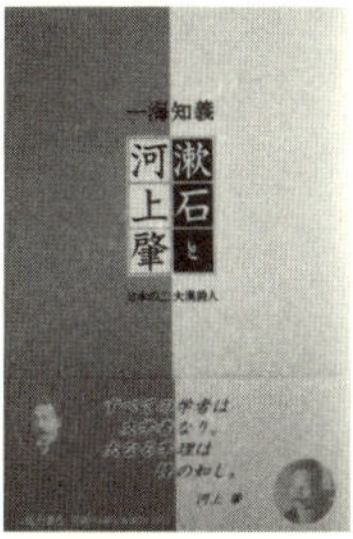


真の戦後文学論

## 戦後文壇畸人列伝

**石田健夫**

「畸人は人に畸にして天に侔《ひと》し」――坂口安吾、織田作之助、荒正人、埴谷雄高、福田恆存、広津和郎、深沢七郎、安部公房、中野重治、稲垣足穂、吉行淳之介、保田與重郎、大岡昇平、中村真一郎、野間宏といった時流に迎合することなく人としての「志」に生きた戦後の偉大な文人たちの「精神」に迫る。

Ａ５変並製　二四八頁　**二四〇〇円**
（二〇〇二年一月刊）

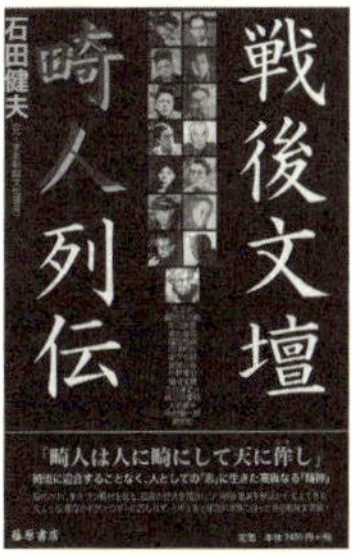


豊饒なる書物の世界

## 午睡《ごすい》のあとで

**松本道介**

辛口の文芸評論家が鋭利な斬り口で書く読書エッセイ。永井荷風、夏目漱石、金子光晴、阿部昭、幸田文、野呂邦暢、渡辺京二、司馬遼太郎、室生犀星、三島由紀夫、太宰治、トーマス・マン、ゲーテ、カフカ、カミュ、ウォーレス、『老子』、『平家物語』、『万葉集』、『古今和歌集』他。

四六変上製　二一六頁　**一八〇〇円**
（二〇〇二年九月刊）

総理にも動じなかった日本一の豪傑知事

## 安場保和伝 1835–99

〈豪傑・無私の政治家〉

安場保吉編

「横井小楠の唯一の弟子」(勝海舟)として、鉄道・治水・産業育成など、近代国家としての国内基盤の整備に尽力、後藤新平の才能を見出した安場保和。気鋭の近代史研究者たちが各地の資料から、明治国家を足元から支えた知られざる傑物の全体像に初めて迫る画期作!

四六上製　四六四頁　**五六〇〇円**
(二〇〇六年四月刊)

---

最後の自由人、初の伝記

## パリに死す

〈評伝・椎名其二〉

蜷川　譲

明治から大正にかけてアメリカ、フランスに渡り、第二次大戦占領下のパリで、レジスタンスに協力。信念を貫いてパリに生きた最後の自由人、初の伝記。ファーブル『昆虫記』を日本に初紹介し、佐伯祐三や森有正とも交遊のあった椎名其二、待望の本格評伝。

四六上製　三二〇頁　**二八〇〇円**
(一九九六年九月刊)

---

真の「知識人」、初の本格評伝

## 沈黙と抵抗

〈ある知識人の生涯、評伝・住谷悦治〉

田中秀臣

戦前・戦中の言論弾圧下、アカデミズムから追放されながら『現代新聞批判』『夕刊京都』などのジャーナリズムに身を投じ、戦後は同志社大学の総長を三期にわたって務め、学問と社会参加の両立に生きた真の知識人の生涯。

四六上製　二九六頁　**二八〇〇円**
(二〇〇一年一一月刊)

---

唐木から見える〝戦後〟という空間

## 反時代的思索者

〈唐木順三とその周辺〉

粕谷一希

哲学・文学・歴史の狭間で、戦後の知的限界を超える美学=思想を打ち立てた唐木順三。戦後のアカデミズムとジャーナリズムを知悉する著者が、「故郷・信州」「京都学派」「筑摩書房」の三つの鍵から、不朽の思索の核心に迫り、〝戦後〟を問題化する。

四六上製　三二〇頁　**二五〇〇円**
(二〇〇五年六月刊)

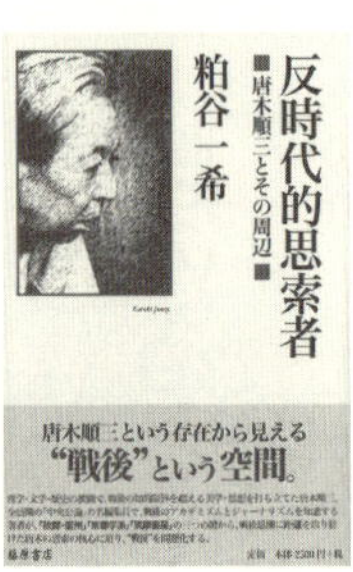

**日本近代は〈上海〉に何を見たか**

## 言語都市・上海
〔1840-1945〕

**和田博文・大橋毅彦・真銅正宏・竹松良明・和田桂子**

横光利一、金子光晴、吉行エイスケ、武田泰淳、堀田善衞など多くの日本人作家の創造の源泉となった〈上海〉を、文学作品から当時の旅行ガイドに至る膨大なテキストに跡付け、その混沌とした多層的魅力を活き活きと再現する、時を超えた〈モダン都市〉案内。

A5上製　二五六頁　**二八〇〇円**
（一九九九年九月刊）

**パリの吸引力の真実**

## 言語都市・パリ
〔1862-1945〕

**和田博文・真銅正宏・竹松良明・宮内淳子・和田桂子**

「自由・平等・博愛」「芸術の都」などの日本人を捉えてきたパリへの憧憬と、永井荷風、大杉栄、藤田嗣治、金子光晴ら実際にパリを訪れた三一人のテキストとを対照し、パリという都市の底知れぬ吸引力の真実に迫る。

A5上製　三六八頁　**三八〇〇円**
（二〇〇二年三月刊）

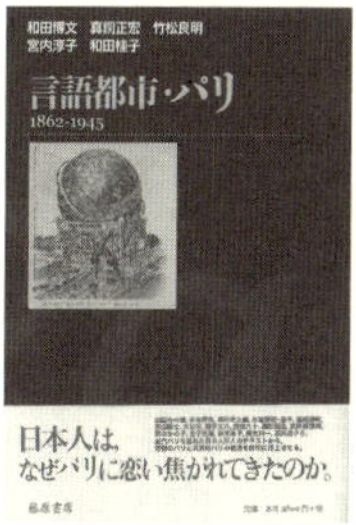


**従来のパリ・イメージを一新**

## パリ・日本人の心象地図
〔1867-1945〕

**和田博文・真銅正宏・竹松良明・宮内淳子・和田桂子**

明治、大正、昭和前期にパリに生きた多種多様な日本人六十余人の住所と、約一〇〇の重要なスポットを手がかりにして、「花の都」「芸術の都」といった従来のパリ・イメージを覆し、都市の裏面に迫る全く新しい試み。

**＊写真・図版二〇〇点余／地図一〇枚**
A5上製　三八四頁　**四二〇〇円**
（二〇〇四年二月刊）

**大空への欲望——その光と闇**

## 飛行の夢 1783-1945
〔熱気球から原爆投下まで〕

**和田博文**

気球、飛行船から飛行機へ、技術進化は距離と時間を縮め、空間認識を変容させた。飛行への人々の熱狂、芸術の革新、空からの世界分割、原爆投下、そして現在。モダニズムが追い求めた夢の軌跡を、貴重な図版を駆使して描く決定版。

**＊写真・図版三二〇点**
A5上製　四〇八頁（カラー口絵四頁）　**四二〇〇円**
（二〇〇五年五月刊）

**全く新しい読書論**

# 奔放な読書
## （本嫌いのための新読書術）

**D・ペナック**
**浜名優美・木村宣子・浜名エレーヌ訳**

斬新で楽しい「読者の権利一〇ヵ条」の提唱。①読まない②飛ばし読みする③最後まで読まない④読み返す⑤手当たり次第に何でも読む⑥ボヴァリスム⑦どこで読んでもいい⑧あちこち拾い読みする⑨声を出して読む⑩黙っている

四六並製　二一六頁　**一四五六円**
（一九九三年三月刊）

*COMME UN ROMAN*　Daniel PENNAC

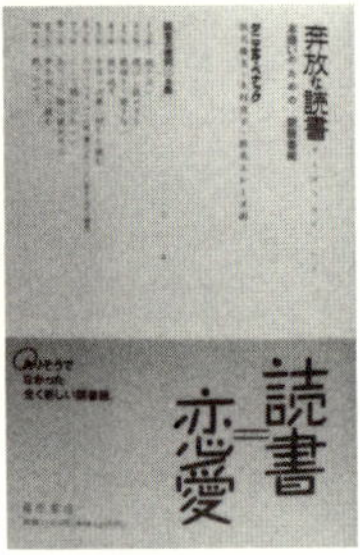


---

**編集者はいかなる存在か？**

# 編集とは何か

**粕谷一希／寺田博／松居直／鷲尾賢也**

〝手仕事〟としての「編集」。〝家業〟としての「出版」。各ジャンルで長年の現場経験を積んできた名編集者たちが、今日の出版・編集をめぐる〝危機〟を前に、次世代に向けて語り尽くす、「編集」の原点と「出版」の未来。

四六上製　二四〇頁　**二二〇〇円**
（二〇〇四年一一月刊）

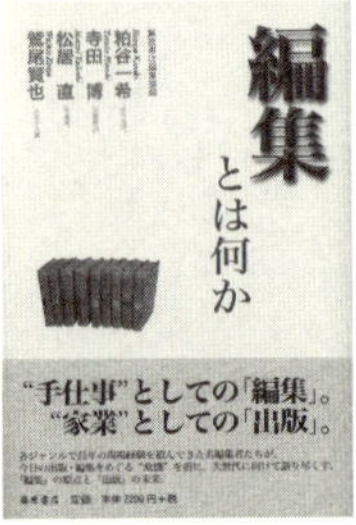


---

**心理小説から身体小説へ**

# 身体小説論
## （漱石・谷崎・太宰）

**石井洋二郎**

遅延する身体『三四郎』、挑発する身体『痴人の愛』、闘争する身体『斜陽』。明治、大正、昭和の各時代を濃厚に反映した三つの小説における「身体」から日本の「近代化」を照射する。「身体」をめぐる読みのプラチックで小説論の革命的転換を遂げた問題作。

四六上製　三六〇頁　**三二〇〇円**
（一九九八年一二月刊）

---

**古事記は面白い！**

# 「作品」として読む古事記講義

**山田永**

謎を次々に読み解く、最も明解な入門書。古事記のテクストそれ自体に徹底的に忠実になることで初めて見えてくる「作品」としての無類の面白さ。これまでの古事記研究は、古事記全体を個々の神話に分解し、解釈することが主流だった。しかしそれは「古事記で（何かを）読む」ことであって、「古事記（そのもの）を読む」ことではない。

A5上製　二八八頁　**三二〇〇円**
（二〇〇五年二月刊）

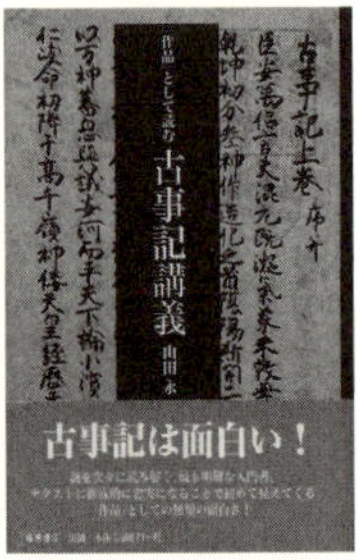

1989年11月創立 1990年4月創刊

月刊
機
2007
5
No. 183

発行所　株式会社 藤原書店 ©
〒一六二―〇〇四一　東京都新宿区早稲田鶴巻町五二三
電話　〇三・五二七二・〇三〇一（代）
FAX　〇三・五二七二・〇四五〇
◎本冊子表示の価格は消費税込の価格です。

編集兼発行人
藤原良雄
頒価100円

敗戦後のGHQの統治下（一九四五・八〜一九五二・四）、発表された珠玉の短篇小説群!!

# 『戦後占領期　短篇小説コレクション』（全7巻）いよいよ発刊！

一九四五年八月一五日の敗戦以後、日本はいまだかつてない歴史を体験する。アメリカ軍を中心とする連合軍による占領期の始まりである。

敗戦の一九四五年から五二年にいたるこの時期に、文学にたずさわるものたちは何を描き、何を描かなかったのか。何を見、何を見ていなかったのか。きびしい制約のなかで書かれた短篇小説群を通して、現在にいたるこの国のかたちが形成された、戦後占領期を検証し、現在をあらためて問い直したいと思う。

編集部

## ●五月号目次●

# 「戦後占領期文学」とは

紅野謙介

## 占領時代の始まり

一九四五年八月十五日。日本にとって無条件降伏の日であり、大日本帝国の植民地であった台湾、朝鮮、満洲などの地域のひとびとにとっては解放の日であり、アメリカを始めとする連合軍にとっては勝利の日であった。

この敗戦の日以後、日本はいまだかつてない歴史を体験することになった。連合軍による占領時代の始まりである。

もちろん、戦時中を大日本帝国の陸海軍による日本の占領であったと言えないことはない。しかし、兵士は帝国臣民たちから徴兵され、陸海軍総司令部は日本人将校たちによって構成されていた。

## 情報の鎖国から

しかし、その大日本帝国は崩壊し、その国境は大幅にぬりかえられたのである。死の恐怖は去ったものの、「内地」に復員兵や引揚げ者があふれ、貧困と飢餓、絶望と憤怒がうずまいた。

同時にひとびとはそれまでの情報の鎖国から解き放たれた。戦時下とはまた異なるかたちで占領軍による情報統制、検閲があったにもかかわらず、ひとびとは粗末な紙に印刷された出版物に殺到した。そのような状況下でも多彩な花が咲いたのである。

政治的には、占領軍と日本政府の虚々実々の協働作業によって、現在にいたるこの国のかたちが決まったのも、この戦後占領期である。

## コレクションの特徴

本コレクションは、一九四五年から一九五二年までの戦後占領期を一年ごとに区切り、時系列順に構成した。但し、一九四五年は実質五ヶ月ほどであるため、一九四六年と合わせて一冊としている。

編集にあたっては短篇小説に限定し、一人の作家について一つの作品を選択した。

収録した小説の底本は、作家ごとの全集がある場合は出来うる限り全集版に拠り、全集未収録の場合は初出紙誌に拠った。

収録した小説の本文が旧漢字・旧仮名遣いである場合も、新漢字・新仮名遣いに統一している。

また、各巻の巻末には、解説・解題とともに、その年の主要な文学作品、文学的・社会的事象の表を掲げた。

## 何をとらえ、何をとらえそこねたか

敗戦から一九五二年にいたるこの未曾有の時期に、文学にたずさわるものたちは何を描き、何を見ていたか。何をとらえ、何をとらえそこねたのだろうか。

小説はその時代に生きたひとびとの言葉と緊密な関係を結んでいる。

きびしい制約のなかで書かれた短篇小説を通して戦後占領期をあらためて検証し、いまの私たちを問い返すため、「戦後占領期短篇小説コレクション」全七巻を企画した。

(こうの・けんすけ／日本大学教授)

# 占領期の文学的エネルギイ

富岡幸一郎

敗戦と占領。国土の全市街地の四十パーセントが灰燼に帰するという、そして三百万余の犠牲者を出した戦争と、六年半にも及ぶ占領の現実。野間宏の文学は、この戦争「体験」と敗戦の現実から出発しているが、そこに描き出されるのは、人間という存在の全体像であり、「生理、心理、社会の三つの要素を明らかにし、それを総合する」（「私の小説作法」）という、かつて日本文学になかった「全体小説」の構築であった。そこには、『第三十六号』にも描かれている、自らの生存の意味を遮断された人間が、その運命と抑圧に抗するかのように表わす「暗い生命の衝撃」が、凝縮するようにとらえられている。

占領下という日本民族が史上はじめて経験した現実のもとで、こうした戦後文学が次々に書かれた。本書に収められた短篇小説は、それぞれの作家の個性を輝やかしつつも、この時代の現実、いや真実を、われわれに突きつけてくる。それは、この時代を「実感としては全く」知らない世代にも、確実にある衝撃を与えずにはおかないだろう。

その後、七〇年代の前半に、戦後派作家たちはその代表作をほぼ完成させ、一九七九年の村上春樹の登場以降、日本の小説の流れはおおきく変わっていった。ポストモダンともいわれた八〇年代以後、「戦後文学」は忘却の彼方へと去ったかにも見えた。

しかし、それからさらに二十五年、四半世紀余を経て、あらためて戦後に書かれた文学が浮上しはじめている。二十一世紀に入って、それは新たな戦争の時代をむかえているからでもあるが、何よりもグローバリズムといわれる状況のなかで、人間の存在そのものの危機に直面し、近代のヒューマニズム（人間中心主義）が根底から崩壊しているからである。

占領下の日本文学のアンソロジーは、狭義の「戦後派」の文学をこえて、文学のエネルギイの再発見をもたらすだろう。（抄）

（とみおか・こういちろう／関東学院大学教授）

ノーベル文学賞受賞作家パムク自身が語るパムク文学の精髄！

# パムク文学のエッセンス

和久井路子

昨年十月のノーベル文学賞発表（ノーベル賞受賞はトルコ人初）を受け、この二年余りのあいだに行われたオルハン・パムクの講演三本をまとめた『父のトランク』がトルコで緊急出版された。

パムク自身の言葉によって、パムクの文学観、作品誕生の秘密、そして「東」と「西」の架け橋の国トルコならではの繊細な政治感覚が語られるこの作品を、日本語の読者にも早速お届けしたい。

## 何十年ぶりの素晴しい受賞講演

「父のトランク」は昨年十二月のノーベル文学賞授賞式の三日前にスウェーデン・ノーベルアカデミーにおいて行われた記念講演“Babamın Bavul”の翻訳である。これは『環』28号に掲載され、読んで感激された多くの方々から、単行本化への強い要望が寄せられていた。

英語は母国語並みのパムクだが、この講演はトルコ語ですると、昨年十一月のトルコの全国紙『ミッリエト』のインタビュー（本書所収）で語っている。「それが一番自然だから、なぜなら自分はトルコ語の中で暮して、トルコ語で書いているのだから。トルコ語は自分の色で、自分の全てである」と。会場では四か国語の翻訳が配布された。講演がトルコ語であったこともあって、トルコのテレビは三局が一時間にわたる講演を最初から最後まで中継放送し、人々はテレビの前で釘付けになった。

裕福な実業家の息子であった父親は、土木工学を学んだが、本が好きで、文学者になりたかったにもかかわらず、ならなかった。その父親が亡くなる二年前に、息子の仕事場に、詩や、翻訳や、小説の断片、日記など彼が書いたものの詰まったトランクをもって来た。父親は、厳しく、辛い、孤独な文学者としての人生よりは、友人たちに囲まれた幸せな、安楽な人生をえらんだのだった。子どもたちが気に入らないことをしても眉ひとつ顰めることのなかった父親、いつも陽気で、幸せで、人生の不安や辛さを感じたことのないと思われていた父親に息子が垣間見た、文学をする者が見ているあの暗い心の深奥。二十二歳の息子がエリート大学の建築科の三年生の時、大学をやめて小説を書きたいと言い出した時、ただひとり反対もせず、その後の十年間の生活を支えてくれた父親は、息子の処女作をどう読んだのか……。

父のトランクをめぐる思い出に始まって、文学とは、作家とは何か、どのようにして作家になるか、ものを書くということの意味、人生とものを書くこと、なぜ書くのかについて自身の原点を語る珠玉の言葉がみられる。

▲O・パムク氏

それはまた作家の忍耐とその秘密を、深く語るものである。いつ来るかもしれぬ霊感の天使をただ待つのではない。「針で井戸を掘る」というトルコのことわざのような努力と忍耐があるのだ。

自分が子どもの時、家にあった父親の書庫から見た文学の世界の中心はイスタンブールから遠いところにあったが、いまやその中心はイスタンブールであるという。「世界」レベルの文学賞とされるノーベル文学賞において、パムクが問いかけたのは、世界の中心とはどこであるのか、ということであった。

この講演は、ノーベル賞受賞講演の中でも何十年ぶりのすばらしいものであったと評判になった。

## 「文学中毒」オルハン・パムク

「内包された作家」は二〇〇六年四月に、アメリカ・オクラホマ大学で行なわれた講演である。オクラホマ大学では、一九六八年以来 *World Literature Today* 誌の後援で（最初の二回は毎年、第三回からは隔年で）、特定の作家をゲスト講演者として招き、数日にわたってその作家をテーマにしたシンポジウムが行われている。その恒例のシンポジウムでの講演である。ちなみに、二〇〇一年のゲスト作家は、大江健三郎であった。

文学無しでは一日も過ごせない、いわば「文学中毒」であるパムクにとって、いかなる文学が「よい」文学なのか。自分が作品を執筆している途上では、それがまさに自分自身に対して問われることになる。

パムクにとって、文学は霊感によってもたらされるものである。霊感という風を帆にはらんで、作品は予期せぬ方向に進みもすれば、時には筆が滞ることもある。それでも、そうした霊感に開かれていることで、作品世界は描かれる。

文学を通じてこそ創り出すことができるそうした「もう一つの世界」、そこに子どものように純粋に没頭できることの幸せを描く一方で、パムクは、「政治的事件」に巻き込まれることで、その純粋さから引き離された経験も語る。そんな経験から知った、作品の実現にとっての作家の役割とは？

## 文学と政治の接点

「カルスで、そしてフランクフルトで」は、二〇〇五年年十月、ドイツ出版協会が毎年行うフランクフルト・ブックフェアで、ドイツ平和賞（賞金二万五千ユーロ）を受賞した時の講演である。この賞は一九五〇年以来毎年与えられている。

過去の受賞者の中にはアルベルト・シュヴァイツァー（一九五一）、ヘルマン・ヘッセ（一九五三）、カール・ヤスパース（一九五八）、ヤフーディ・メニューヒン（一九七九）などもある。トルコの作家ではヤシャル・ケマルが一九九七年に受賞している。

ドイツにはトルコからの移民労働者も多く、ドイツ社会におけるトルコ人の受容や経済的地位も、必ずしも良好とはいえない。そのようななかで、パムクがあえて語るのは、文学が果たす重要な役割のひとつ、「他者」の他者性を揺さぶることである。文学作品に描かれた物語は、読者にとっては、他者のことであるにもかかわらず、まさに自分のこととして受けとめられるかもしれない。同様にすぐれた作家は、自らを素材に、普遍的な人間の物語を描くことが可能である。すなわち文学の悦びとは、他者と自己との境界線に疑問を投げかけ、それを変化させ、楽しむことにあるのだ。

しかし、そうした問いの提示は、まさに小説がはらむ政治性と不可分である。特に小説が、声無き者の声を、抑圧された者の言葉を言語化するとき、それは民族や国家をめぐる、潜在していた緊張を表面化させることがある。

それでも、そしてそれだからこそ、パムクは小説の価値を擁護する。パムクにとってヨーロッパとは、そうした役割を担う小説という芸術抜きには考えられないものである。そうした芸術を生み出したヨーロッパが、トルコという「他者」をEUの中に受け入れるのかどうか、と問いかけるとき、トルコの小説家パムクの真骨頂が発揮される。

## 地域から世界へ

日本語版では特別に、作家・佐藤亜紀氏との来日特別対談（二〇〇四年秋）と二〇〇六年十一月『ミッリエト』紙に掲載された授賞式直前インタビューも収録される。

二〇〇四年の初来日時に収録された佐藤亜紀氏との対談では、作家同士ならではの、執筆上の細かなエピソードが披露される。作品タイトルの決定に苦労するといった話も微笑ましい。

▲『イスタンブール』英訳版

逆にノーベル賞受賞決定後の『ミッリエト』紙のインタビューでは、トルコの読者にいかに語りかけるか、注意深く言葉が選ばれている。「トルコの読者に愛されたい」「トルコ語は自分の全て」という発言には、たしかにトルコ国内向けのアピールが感じられるが、イスタンブールを愛し、そこに住み続け、既に『イスタンブール』という作品をものしているこの作家の、そのような一面を殊更取り上げることにいかほどの意味があろうか。むしろ地域性の追究が普遍性へと架橋された点に、パムク作品の真髄があるのではないだろうか。

ノーベル賞発表後、翻訳された言語は四九か国語に上った。ほとんどの国でも、出版社は五、六版をかさねたという。邦訳も刊行されている『雪』は総計百五十万部、『わたしの名は紅』は百万部売れたという。話題作『イスタンブール』の邦訳刊行を間近に控え、本書はパムクの思想と作品世界を知るうえでの恰好の手引きとなろう。

（わくい・みちこ／中東工科大学〔アンカラ〕勤務）

生誕一五〇周年記念

後藤の「仕事」の全体像をコンパクトに示す！

# 「公共の道」に貫かれた後藤新平の仕事

御厨　貴

後藤新平は「先見性」と「広大なビジョン」を持ち、百年先を見通した「先駆的」な仕事をしていたといわれます。

## 「調査」が基本

同じ東北の岩手から、一歳違いで原敬が出ています。後藤は水沢藩で、原は南部藩でしたが、この二人を対比すると近代日本を考えるうえで非常に面白い視点が出てきます。原敬の場合は、ものすごく薩長に対する対抗意識を持っていた。それに対して後藤の場合は、生まれついてのコスモポリタン的な要素が強く、従来からの因習にとらわれない。何か事を始めるに当たって、きちんと土台になるものを「調査」して、その現実からあるべきものをつくり出していく。

彼が衛生局時代から調査をやっていく場合に、それは「科学的」調査ですね。そこに宗教とか迷信とかはないわけです。そのことによって彼は、衛生局長としてほかの人とは非常に違う面を持ち得た。医学を使っても、その医学の中に閉じ込められない。むしろ調査をやっている間に、彼の持っている潜在的な力が、専門性に封じ込まれないで逆にそれを突破していったと言えるのではないでしょうか。

## 調査に基づいた台湾統治政策

一八九八年に台湾の民政長官になったときも、最初に「旧慣調査」を行なって、それに基づいて政策を立案しようとする。そこにあるものが何であるかを見ない限りは、こちらからいくら新しいものを持ってこようが、それは絶対に中にきちんと入っていかないという確信めいたものが後藤にはあった。その点では、非常にソフトであって、まず人の言うことを聞くということである。

いわゆるアヘン漸禁策にしても、一挙に禁止するのではなくて、現実との妥協の中で少しずつ禁止にしていく。けれども貿易で使えるところは使いながらやる。現実主義者であり、かつ理想主義者であるということが言えると思います。

■一九〇六年に満鉄初代総裁に就任し「文装

的武備論」を打ち出します。

台湾でのソフトな政策のあり方の延長線上に出てくる話だと思います。明治日本のスローガンは、ずっと富国強兵だったわけですね。それは、もう日露戦争でひとまず終わったのではないかという意識が後藤にはあったんだと思います。これからまた新しい開拓、新しいやり方で動かしていかなければいけない日本であると。そこでやはり対外関係をソフトランディングできるように、まさに「文」の方でまかなっていかなければいけない。平和的な対話で外交をやる、それこそが知恵だということですね。

▲後藤新平（ベルリン留学時代）

## 頭のなかの地球儀

一九〇二年初の欧米視察でアメリカ合衆国を見て、わずか五年たたない中、ユーラシア（旧大陸）と新大陸を対峙させる発想を持った。

彼の頭の中には「地球儀」がある。普通の人だったら平面で見ているが、彼は立体で見ている。アメリカを見て、やはりこれは違う、これから何か大きな一つの文明をつくっていくものであると彼は認識したのだと思います。世界の全体の広がりの中で見て、それからまた日本から見て、そういう一種の複眼的な思考ができる。

一九〇九年か一〇年ぐらいにドイツのハンザ同盟に注目したり、ドイツに留学したときには、ビスマルクの外交術も学んでいる。ドイツというのは小さな国が集まった国家ですから、国境を越える発想がある。

彼がやってきた政策は一部、後進の帝国主義的な政策ではあったけれども、やはり帝国主義国家を乗り越えたかったんでしょう。「新旧大陸対峙論」と言ったときに、そこにあるのはユーラシアとアメリカです。つまり、既に国境を越えた存在として陸地があって、その陸地の間に広い海があって。国境というものをとりあえず取っ払ってみて、何ができるかを考える。その視点が、多分ほかの仕事にもつながってきています。

## 「公共」の精神の発露

後藤は、資本主義が高度化するなかで重要

になってくる「交通」「医療」「教育」という三つの「公共」の仕事を、全て行なっている。

一九〇八年の第二次桂太郎内閣で逓信大臣兼鉄道院初代総裁になりますが、そこでも単に鉄道を引くということではなくて、その裏に公共精神の発揮があった。それは国境を越えて世界に広がっていくということですから、やはり日本の鉄道は広軌でなければいけないと思ったわけですね。広軌改築論は政策論争としては敗北して、その実現は後藤の薫陶を受けた総裁十河信二による、六四年の東海道新幹線開通まで待たなければなりません。しかし後藤にとって、本当に広軌が日本にとって必要かどうかというよりは、精神において広軌でなければいけないわけです。日本国内の利益だけのことを考えて、あるいはもっと狭く地方利益だけを考えて、原敬のような狭軌の路線で行くことは、彼にとってはやはり許しがたいことであった。

そこから、彼がどうして政党政治を否定したかという話とつながってくる。政党政治は、薩長の側から見れば、薩長藩閥に対抗する「私」的な党であり、個別利益しか反映していない。その政党に国政を任せられるかという見方が薩長の側にはある。後藤は後藤で、いま言ったように全体的な公共の精神とか、全体的な文明の利益の推進から考えたときに、やはり政党は最終的には容認できるものではなかったということですね。

東京市長のときには、環状道路とか百メートル道路といった計画を打ち出しています。

政治家がふつう考えているのは、自分のときにどう実現するかということですけれども、多分後藤の発想には、自分が死んだ百年先、何世代かしたときに実ればいいというぐらいの射程距離の長さがある。悲しいことに、日本の近代を指導した薩長にも、それから後に出てきた政党政治の連中にもそういう発想はない。今どう実現するか、「現世利益」ですから。

## 放送の公共性

後藤新平はＮＨＫの前身である東京放送局の初代総裁を務めていますね。

「放送の社会的役割」ということを彼は言った。電力事業についても彼はそうだったわけですが、放送についてもそうだった。ところが電力についての彼の仕事が早くも政党政治に蹴散らされたのと同様、放送の場合、戦後放送の許認可権を握っている郵政大臣としてこれを利益政治に使ったのが田中角栄です。田中角栄は郵政大臣のときに許認可権を使って、それ以来郵政は全部田中派のものになった。だから公共性もへったくれもないわけです、そこから後は。

## 私益を超える衛生・教育の思想

■二つ目の「医療」の面については……。

後藤が児玉源太郎から与えられた重要な仕事に、日清戦争の後の復員兵の検疫事業があります。元々医者ということもありますが、感染症対策にも重要な仕事をしている。つまり社会衛生なんです。彼は衛生局長の時代にも、医者の利益を守ろうとはしなかった。多くの衛生局の人間は医者との関連が強いですから、医者というプロフェッショナル集団との関係でしか考えないけれども、彼はやはり社会との関係で考えていた。

■それは、三つ目の「教育」にもつながる。

教育といったときに、彼の頭の中には旧帝国大学といった発想は全くなく、恐らく既成の大学体系ではつくり得ない人材をつくりたかったのではないでしょうか。彼が初代総裁を務めた少年団日本連盟がまさにそうです。ある意味で言うと、満鉄調査部だって、研究機関であると同時に巨大な教育機関ですよ。「通俗大学」という名前で、軽井沢や木崎湖畔に市民大学の前身もつくっている。晩年には「明倫大学」という、アジア諸国から先生も学生も呼んで、アジアに開かれた大学を作ろうとした。

そこにぽっかりと抜けているのが何かといったら「帝国大学」的教育体系です。「文部省立大学」ではだめだと。教育は、本当にやろうと思ったら私財を投げ打って自分の力でやらなければだめだということを、彼は身をもって示そうとした。

後藤新平は、最晩年の方が幸せだったのかもしれません。そういうところに行き着いたわけですから。

(構成・編集部)

(みくりや・たかし/東京大学教授)

半世紀続いてきた世界政治の構造――その限界と未来とは。

# 国連に未来はあるか

池村俊郎

## 国連の基本理念を問い直す

イラク戦争開戦をめぐる国連安全保障理事会の分裂を契機として、国連改革論議に加速度がついたにもかかわらず、長期に渡る政府間交渉で練り上げられた改革案は、二〇〇六年の討議を経てことごとく頓挫した。日本外交の宿願である安保理常任理事国入りも、安保理改革の不調で先送りとなり、外務当局などに深い失望感が広がっている。

小泉首相自らが陣頭に立ち、新常任理事国の有力候補と目されるドイツ、ブラジル、インドと組み、今度こそと臨んだ改革論議の挫折は、各国の国益や思惑、ライバル意識が錯綜する巨大な国際機構の改革がいかに困難な事業であるかを知らしめてくれた。「日本が常任理事国になるなんて、絶対ありえないんです」と、悔悟と怒りの感情をまじえて私に話す日本の元国連大使経験者さえいた。

翻ってみれば、改革の政府間交渉が始まって実に一四年。東西冷戦の終焉をきっかけに本格化した改革交渉が実を結ばなかった意味は大きい。そこで改めて、創設時に比べ、加盟国数が四倍近い一九二か国（〇七年一月現在）に膨れあがった国際機構の存在意義を問い直す動きがある。それは政治世界のみならず、世界中の論壇で同様の問題提起が行われている。東西冷戦の終焉に加え、イラク戦争で突出した米国の一国主義によって、前大戦から半世紀を支えてきた従来の世界政治構造の限界が明らかになったからであり、その構造を前提に機能してきた国連の仕組みそのものと、屋台骨を支える基本理念や概念までもが問われるに至ったことを示している。

## 現実と理念の両面から

このような時期に、政治哲学の専門家で国連大学教授として東京に滞在した経験をもつジャン＝マルク・クワコウ教授の新著『国連の限界／国連の未来』が、藤原書店から翻訳出版の運びとなった。改革論に直面した国連に関する出版物は少なくないが、機構構造の諸問題に加え、基本理念に関する議論をいかに再活性化すべきか、国際機構の政治理念を根底からとらえ直した本書は、国連の未来を現実と理念の両面から考察できる視点を与えるユニークな内容となっているはずだ。

本書のユニークさとは、国連事務総長スピーチ・ライターとして中枢実務に関わる実体験をもった上で、西欧の法哲学と政治思想に精通した著者が、国際政治のリアリズムが交錯する世界機構を分析した点にある。機構トップの演説草稿を担当するには、個別問題ばかりか、該博な知識に裏づけられた表現力を要求される。事態が刻々と動く国際情勢と、それに対する部内対応にも通じていなければならない。学者のもつ専門知識と理想論だけでは通用しない政治現場に立たされることを意味する。そうした実体験は、国際官僚機構としての国連が抱えた危機管理能力の欠陥を分析した本書の一章に見事に生かされている。

▲J－M・クワコウ氏

## 人権尊重のための国連

国連を動かす基本理念は、いうまでもなく国家の行為主体論から法の統治論、人権思想に至るまで西欧で生まれ、鍛えられた近代政治思想であり、国連とは西欧近代思想の申し子といってよい。だからこそ、筆者が本書で明快に指摘するように、米英仏の西側主要三か国は国連を「自分たちの文化の延長ととらえる」わけで、それゆえ世界機構を創設したと自負する欧米三か国が、安保理常任理事国の拒否権に代表される既得権益を容易に見直そうとしないことが理解できよう。

国連は広く知られる通り、国際連盟の失敗から教訓を学びとって世界平和を今度こそ守り抜く決意のもとで、前大戦後の四六年一月、五一か国が参加してロンドンで総会を開き、発足した。しかし、集団安全保障のアイデアとしては、それに遡る前大戦初頭、ナチ・ドイツが快進撃を続け、欧州大陸をほぼ制圧した時期に米英首脳が宣言した大西洋憲章（四一年八月）ですでに示唆されていた。それは日本軍の真珠湾攻撃で始まる太平洋戦争開戦前のことであり、その時点で米英両国は大戦後の世界を考え、国連のアイデアを練っていたのである。国連とはそもそも前大戦の連合国、戦勝国連合の機構体であるという歴史事実が、このいきさつに明確に示されている。

こうして創設され、機能してきた国連が東西冷戦の崩壊と、今度の〇三年イラク戦争によって、前提条件というべき国際関係と基本理念を根本から揺さぶられる事態に直面することになった。クワコウ教授の著書が対象としたのは、まさしくこの時期から現在までにあたり、とくに国連の平和維持活動の成否とともに、米国外交と国連の関係に、クリントン、ブッシュ両政権にまたがって簡潔かつ明晰な検証と分析を加えていく。

それをたどれば、大変な成果という印象を持たれがちな九〇年代の平和維持活動が、実は失敗事例の方こそ多く、また、イラク戦争が象徴するブッシュ米政権の一国主義によって米国と国連の亀裂が決定づけられた感があるのに対し、むしろクリントン政権時代に早くも両者の深いミゾが刻まれていたことがよく理解できるはずだ。

教授がなぜ国連平和維持活動を重視するかといえば、それが本来、だれであれ、どこに住んでいようと、人々を対象とした「人権尊重の理念追求」の発露であるからであり、国境を越え、国家権利を制限してまでも人々の運命を担い合おうとする国際的連帯の礎と位置づけられるからである。「ほとんど不可侵のものだった国家権利が条件付きとなり、問い直され得る権利へと変化したことで、人権擁護で最低限の要件しか満たせない国々が最初に影響を被ることになるのだ」（本書第六章「国際的な法の統治に向けて」）。こうして人権尊重を出発点とし、国際社会全体が安寧を享受し合うために、国際社会を動かす基本理念や政治理念が一つひとつ洗い直され、その上で国連の役割が検討されていく。

## 国連の将来のカギ——米国

もう一つ、国連の将来のカギとなるのが米国である。クワコウ教授はその点で、国際社会の諸国家にヒエラルキーの体系を認め、米国が頂点に立つことに必ずしも不信を抱かない。ただし、それが国際社会の平和と安定につながるかは、米国の責任の自覚や外交の見直しが必須条件と主張する。たとえ米国の持つ力が強大であれ、一か国で成し遂げられることに限界があるのはイラク戦争が証明した。イラク情勢で傍観者に置かれた国連だけでなく、米国単独の力もまた、国際平和の達成に失敗したのである。

国連の未来を問い直す論議が世界にあると先に書いた。たとえば、国連事務総長特別代表としてイラクを始め、各地の紛争調停に活躍するラクダハル・ブラヒミ元アルジェリア外相が仏国際関係研究所（ＩＦＲＩ）編集の季刊外交専門誌『ポリティーク・エトランジェール』（〇六年冬季特別号）に、「国連は二〇三四年に生き延びているか」というタイトルで論考を寄せている。将来の国連と米国の関係を三つのシナリオのもとで考察し、国連の未来を論じたものだ。世界の論者たちのこうした論議を、国連を未来永劫の機構ととらえる必要はないとする知的試みの表れと理解するのは行き過ぎであろうか。

## 日本の国連外交の何が問題なのか

本書は日本版向けに最後の一章を書き下ろし、国連と日本を論じる。安保理常任理事国入りできなかった日本は何をなすべきか。日本の国連外交の何が問題なのかを専門家の立場から指摘し、提言する。私は訳者として、この章までできてこう考えた。国連が求めているのはたんに安保理拡大とか、分担金のより公平な負担とか、国際官僚組織の効率化ばかりではないのではないか。西欧の近代政治思想の申し子たる国連は新たな状況への適応にもがきつつあり、国連がグローバル・ガバナンスの中心に立つために理念上の偉大なる脱皮を迫られているのではないか。日本やインドが常任理事国入りする日があるとすれば、その時、東洋アジアの思想や理念がともに持ち込まれ、国連の基本理念をさらに豊壌なものにしなければならないのではないか、と。

アジア経済の台頭で世界のパワー・バランスは日々変化しつつあり、地球温暖化、テロの日常的脅威、食糧エネルギー枯渇など従来型の安全保障の枠組みではとらえきれない危機と脅威にも直面しつつある。だからこそ、国連が偉大なる脱皮を成し遂げて、グローバル機構として再活性化する日が望まれる。日本が途上国支援や平和維持活動を支えていくだけにとどまらず、国連に理念的な貢献も求められていると考えれば、国連の未来への関わりを狭くとらえる必要はないのだと思えてくる。その出発点として、クワコウ教授がつまびらかにする現在の国連が抱えた限界点を徹底的に読み解いておきたい。

（いけむら・としろう／読売新聞社調査研究本部主任研究員）

リレー連載　今、なぜ後藤新平か 21

# 後藤新平の高い知性と広大な視野

明治大学名誉教授
三宅正樹

## 後藤新平の東亜経済同盟構想

後藤新平は、一九一六年十月、内務大臣として寺内内閣に入閣した。実質上の副総理であった。後藤は、十一月二十一日付けの覚書によって、新内閣の対中国政策が、東亜経済同盟建設をめざすものであることを明らかにした。後藤はこの覚書の中で、第一に中欧経済同盟、第二に連合国経済同盟、第三に米国の経済財政という「世界経済政策の三要素」に対抗して、東亜経済同盟を設立すべしと主張している（鶴見祐輔著『〈決定版〉正伝・後藤新平』「第六巻寺内内閣時代」藤原書店、二〇〇五年、六九～七〇頁）。

後藤はこの覚書で、欧州大戦の結果、日本の輸出超過による正貨蓄積が増加したが、この余剰財源によって東亜経済同盟の基礎を固めるべきであり、具体的には中国に有効な投資をすべきであると述べている（同書、七六頁）。このような構想の上に立つ後藤は、西原亀三が中心となった段祺瑞《だんきずい》政権への西原借款に対して初めは賛成していた。しかし、一九一八年七月に外務大臣に転じて、北京駐在の公使林《はやし》権助《ごんすけ》からその実態を知らされると、後藤は借款の停止に動く。西原借款は放漫な浪費に終わったが、後藤が停止を働きかけなければ、財政の出血はさらに厖大になっていたであろう。ここで印象的なのは、第一次世界大戦のさなかにドイツ、オーストリア＝ハンガリーの間で企画された中欧経済同盟への動きを、後藤がいち早く的確に把握していたという事実である。

## ナウマンの中欧経済同盟構想

一九一五年一〇月、ドイツの政治家であり思想家でもあったフリードリッヒ・ナウマンは『中欧論《ミッテルオイローパ》』を刊行して、ドイツとオーストリア＝ハンガリーが大戦終了後に中欧経済同盟を結成すべきことを説いた。同書は、両国の戦争目的を宣言したものとして英仏でも注目され、ただちに英訳、仏訳が出現した。ナウマンは同書で、大英帝国、米国、ロシアがそれぞれ、ロンドン、ニューヨーク、モスクワを中心とする巨大な経済単位となろうとしている情勢の中で、ドイツとオーストリア＝ハンガリーが大戦後、それぞれ単独で対抗するのはもはや不可能であろうから、中欧経済同盟を結成してこの情勢に対抗しなければならず、このことが大戦で共に戦ったことの結果とならなければならない、と説いている。

▲後藤新平

## 世界全体への目配り

無類の読書家でたえずドイツ語の原書に親しんでいた後藤は、ナウマンの本を読んでいたのではないかと思われる。後藤の愛読書であり、後藤がそこから新旧大陸対峙論の着想を得たエミール・シャルクの『諸民族の競争』は、独仏両国が抗争をやめて中欧国家連合の中核を形成し、巨大化する米露に対抗すべきことを説いていたから、ナウマンの発想も後藤にとって全く未知のものではなかったはずである。ドイツ側の敗北によって中欧経済同盟は一抹の夢と消え去り、後藤の東亜経済同盟も具体化はしなかった。

後藤の東亜経済同盟構想との間に直接の因果関係はないけれども、このような発想は少し形を変えて、一九三六年に創設された昭和研究会の中心となる哲学者三木清の東亜協同体論にも、哲学者廣松渉が亡くなる直前の一九九四年三月に『朝日新聞』夕刊に寄稿した東亜新体制論にも発現している。

東亜経済同盟論の評価には慎重さが必要で肯定的に扱うのは至難である。にもかかわらず、当時の政治家の水準をはるかに超えた後藤の高い知性と世界全体に目配りしていたともいうべき視野の広さだけは、ここにも十分にうかがわれるのである。

（みやけ・まさき）

リレー連載　いま「アジア」を観る　53

# 琉球弧にアジアを観る

前利潔

那覇市牧志《まきし》にある公設市場には、豚の顔や足などがそのままの肉塊でぶらさがっている。鹿児島から来た記者にとって、これまで見たことがない光景だった。記者だけではない。日本から来た観光客も、市場の光景を見てカルチャーショックを覚えるという。ところが、台湾や香港などアジアから来た観光客は自分たちの生活空間と同じ光景をみて、ほっとするという。(南日本新聞社編『かごしま黒豚物語』)

記者は鹿児島黒豚のルーツをもとめて、奄美諸島から沖縄島へ渡った。「(豚の)鳴き声以外は全部食べられる」(公設市場の女性)。取材を通して記者は、「豚を食べることに対する、奄美や沖縄を除く日本の底の浅さ」を感じた。琉球弧の島々の中に根づくアジア的なものを肯定的に認識したのである。

逆に、琉球弧の島々に否定的なアジアを観たノンフィクションライターがいる。十年前、神戸で起きた児童連続殺傷事件。犯人とされる少年Aの両親は奄美諸島の、ある島の出身であった。

高山文彦は奄美諸島のユタ文化、豚やヤギなどの食文化を断片的につなぎあわせて、その島には「生贄の首を捧げる儀式」があったとでっちあげ、事件と島を結びつけた(『新潮45』九七年一〇月号)。さらには、「この島と海流でつながる東南アジアの少数民族のなかには、(中略)ほかの民族の首を刈りにいかせる儀式があった」と、ゆがんだかたちで島とアジアの他の地域を結びつけた。

日本列島は海流で東南アジアとつながっていないのだろうか。アジアでの日本軍の蛮行を見ると、日本人こそ「首刈り民族」というべきではないか。

琉球弧の食文化は東アジア、特に中国の影響を強く受けている。琉球弧には肉食のタブーはなく、被差別部落は存在しない。高山の琉球弧、アジアに対するまなざしは、日本人の被差別部落に対する差別と偏見のまなざしと共通する。

読者も那覇の公設市場を訪ねて、自分の〈まなざし〉を試してみてはどうか。琉球弧の島々に〈癒し〉ではなく、〈アジア〉を観てほしい。(まえとし・きよし／知名町役場勤務)

■連載・生きる言葉　2

# 批評に哲学を

粕谷一希

「メタフィジック批評の旗の下に」

三角帽子

この『文學界』に連載された匿名批評は昭和二〇年代の終わりを飾った華やかな文章であった。

三角帽子とは、のちに服部達、遠藤周作、村松剛の三人であることが解ったが、やはり服部達が主唱し、全体の気分と調子をつくりあげていったのであろう。歯切れのよい、批評という行為に哲学（形而上学）再興の必要を強調した文章であった。それは凡庸な左翼批判もともなっていて挑戦的挑発的な文章でもあった。面白い論争が捲きおこることを期待されたが、ナント、服部達の失踪死で挫折してしまった。

のち、遠藤周作や村松剛は、それぞれ、カトリック作家として、A・マルローに倣った右派の行動的批評家として活動を展開していった。ただ、この段階では、服部達はあまりに大上段に構え過ぎ、経験と思想の未熟さが一種の絶句状態を引きおこしてしまったように思われる。

しかし、無頼派や第一次戦後派が、いずれも骨太で、構想力の雄大さをもっていただけに、第三の新人がマイナーな存在として印象づけられてしまったことは、服部達の挫折が大きく関係しているように思われる。

服部達の「われらにとって美は存在するか」の問いは、吉本隆明に引き継がれたのかもしれない。戦中派世代を再考察してみる必要があるだろう。

（かすや・かずき／評論家）

Le Monde

■連載・『ル・モンド』紙から世界を読む　51

# 文化相対主義の落とし穴

加藤晴久

　ドイツ・フランクフルトの家庭裁判所にモロッコ出身の二十六歳の移民女性が夫の暴力に耐えかねて離婚訴訟を起こしたところ、女性判事が訴えを退けた。「不服従が危惧される妻は叱責せよ。別の寝床に追いやれ。ぶて」という『コーラン』の一節（四章三八）を引用し、イスラム教では「妻を罰する権利」が認められている、と裁定を根拠づけた。女性の弁護士の抗議に対して、「この夫婦の文化環境においては男性が妻を罰する権利を行使するのは稀なことではない」と回答した。

　マスコミがこれを伝えて、政党、女性団体、イスラム教徒団体を巻き込む騒ぎになった。法務大臣は「特殊なケース」と述べたが、より一般的な傾向の現われと見る向きもある。「名誉殺人 crime d'honneur」に対する刑が軽くなる傾向がある、という。交友関係を理由にトルコ系の若い女性が兄に頭に三発打ち込まれて殺されたが、兄は九年三ヶ月の「寛大すぎる刑」を言いわたされた（〇六年）。離婚を求めた妻を短刀で四八回刺して殺したクルド人男性が「出身地域固有の価値観」ゆえに動機の卑劣さを自覚できなかったという理由で単純殺人罪で裁かれたこともあった（〇四年）。

　「今回のフランクフルトのスキャンダルは、文化相対主義がどんなに危険なものであるか、ドイツに暮らすものは基本法（憲法）を尊重しなければならないことを示すことによって、移民統合の問題の論点を明らかにした」と、ある国会議員が総括した（『ル・モンド』〇七・〇三・二四）。

　実はこの問題、ドイツに限らない。移民受け入れ大国カナダ・オンタリオ州でも、家庭内紛争をカナダの一般法でなく、イスラム聖法《シャリーア》に準拠して調停する特別法廷の設置を認めようとする動きがあったし（『ル・モンド』〇五・一〇・一二）、「信教の自由」の名のもとに一夫多妻の合法化を要求する動きもある（〇六・〇二・一二）。

　十八世紀啓蒙時代のたたかいをとおして確立された「トレランス tolérance」という、自由と人権の土台になっている原理と、なんでも認めるのをよしとする「寛容」とを区別する必要があるようだ。

（かとう・はるひさ／東京大学名誉教授）

# triple ∞ vision 72

## 〝あらゆる限界づけを、……彼＝フィリップ・ラクー＝ラバルトは、許しがたい不正義と感じていた〟

吉増剛造

右の標(しるし mark)は、『環』(vol.29 p.367)の、ジャン・リュック＝ナンシー氏による、優れた、……というよりも、哀悼の小さな火の点(とぼされるとかさなっていて 正確には誤用ですので、傍点を)がとぼされる、このときこそが一期一会の、そのときに綴られたものらしい、心に沁み入るような文章(の息遣い、……)からの咄嗟の引用だった。まづ『機』(vol.182 p.6)の抜粋のページにが、ミミがすぐにはそれとは判らない種類の微(きざし、……)のようなものの立ちあがりに驚き、この佳文三篇を、部分的には読んでいたのだが、そのときにも、きっと編集者がしたであろう〝切り出し〟に、驚いていた筈である。(あひだ、……Emily Dickinson なら)斜めにさすひかり、……というのだろうか、ひとの死の間(……というより も〝裂け〟、……)に射すひかりが、もたらすものに、わたくしたちは驚きつづける。その僅かな裂開を、稀かな戸口にして、わたくしたちもまたわたくしたちの生の辿(たど、……)りを、僅かに変えるものらしい、その物音を、思いも懸(か)けずに耳にするという経験が、〝驚き〟の内実であったのではなかったのかと、も眩む思いがしていたのであった。絶筆の『消失』への序」で、フィリップ・ラクー＝ラバルト氏は、こう書き残していた。〝そう、私は二度死んだ……数ヶ月の間をおいて。……しかし、そのたびに私は、世界として立ち現れるものとは、まずなによりも、世界が存在しているという(世界が現前しているという)事実そのものであり、しかもこの世界の存在は、

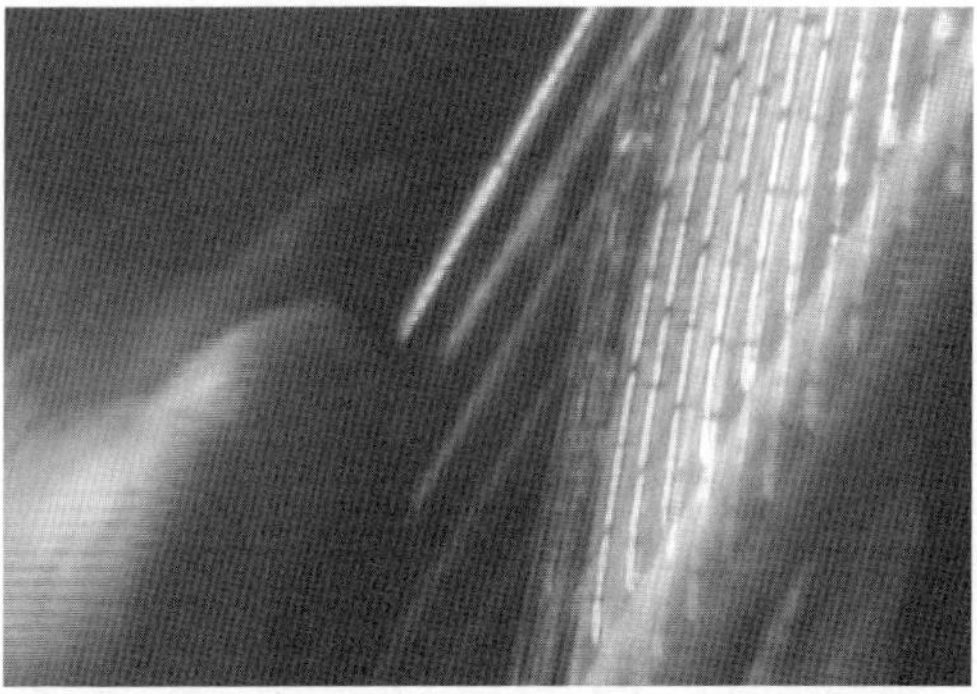

知覚不可能な仕方で、万物の充実した存在に先行しているのだという、束の間の直観をえた〟(西山達也氏訳、原文傍点、……)。わたくしの切り出しもまた、幾度も、このひかりの戸口の裂けに戻って来ては、ここに佇んでいたい、……たとえばこれは〝心の刃(かたな、……)〟の閃きであって、これは理会や注釈というものではない。……ここを心読しつつ、何故かふと、浦島太郎や鼠の浄土のことが、フシギの香りをともなって空(そら、……)にかかり、フィリップ・ラクー＝ラバルト氏の書き残したこの行(くだり、……)に来て、頭を、ふと挙げ(あげ、……)るようにしたのは誰だったのか。そして、『環』(の p.368〜 見開きの)ジャック・デリダに捧げられた、フィリップ・ラクー＝ラバルトの『貧しさ』を読む」の手書き原稿(浅利誠氏、同夫人、西秦志さんによって知った 緑色の紙の地の衝撃、……)について遺作を読み込みつつ、次号へと先送りをしたい。『環』創刊のとき、東大駒場で印象に深く刻まれたフィリップ・ラクー＝ラバルト氏のことも。写真は、縁《ゆかり》のストラスブルグ。二〇〇七年四月十一日、まだ奄美で亡くなられた島尾ミホさんの声と仕草と無言の教えとともに居て、わたくしも舞台に坐りながら、〝この解(ほつれ、……)を、……〟をと、何故か咄嗟に回した *cinema* の一齣、*Jean-François Pauvros* 氏のギターの糸の言葉の坂(さか、……)、裂(さけ、……)、……。

(よします・ごうぞう／詩人)

連載

# 帰林閑話　150

# 夢三夜

一海知義

▼中国人の友人が、「厳師は高弟を出《い》だす」という言葉を教えてくれた。

「しかし」、と私は言った。「偉い先生から先生を超える偉い弟子は出ないもんだよ。孔子しかり、魯迅、漱石、みなそうじゃないか」。

そこへ突然、恩師吉川幸次郎先生が現れ、感にたえたように仰った。

「ほんまやなあ」

びっくりしたら、目が覚めた。

▼陶淵明がわが家を訪ねて来るという。どんな酒を用意して歓迎すればいいだろう、とあれこれ考えていた。

それを聞きつけた中国人の友人が、

「陶先生の故郷の地酒、西林薫酒に限るよ」

と言ってきた。西林は先生の郷里、廬山のふもとにある西林寺である。

「なぜだ」

と聞くと、友人は言った。

「蘇東坡が『西林の壁に題す』で言ってるじゃないか。

　廬山の真面目を識《し》らざるは

　ただ身のこの酔中に在るに縁《よ》る

あの『酔中』は、西林薫酒で酔っ払ったことを言ってるんだよ」

よし、よしと、準備を始めようとしていたら、陶先生からメールが入り、ギックリ腰で行けなくなった、とのこと。

がっかりしたら、目が覚めた。

▼朝、散歩に出た。公園のはずれに「安倍クリニック」という貧相な医院がある。看板に新しいペンキで何か書いてあるので、傍に寄って、見た。

今後、診療科名を次のように改めます。

産婦人科→出産機械科

婦人科→①健全婦人科、②不健全婦人科

①は二人以上出産を望んでいる方、②はしからざる方。

帰宅して、さっそくYという大臣に電話しようと、受話器を取ったら、目がさめた。

（いっかい・ともよし／神戸大学名誉教授）

（パロ旧国際空港壁面に描かれていた龍の絵／ブータン、パロ）

## 連載・GATI　88

# 龍の国ブータンがめざす「国のかたち」

―― 雷鳴（龍の啼き声）が宿った吉祥の国／「龍と蛇」考 ⑩ ――

久田博幸
（スピリチュアル・フォトグラファー）

中国とインドに挟まれたヒマラヤ南麓の小国、ブータン王国の正式名称は公用語（ゾンカ語）でドゥック・ユル（龍の国）という。国名の由来は、「西蔵《チベット》僧ツァンパ・ギャレー・イシェ・ドルジが西蔵《チベット》で寺院を建立中、突如雷鳴が轟いた。雷《ドゥック》は龍の啼き声といわれており、吉祥を意味する。すぐに寺院名をドゥック（龍）に、彼が開祖となる西蔵《チベット》仏教の宗派もドゥック派《＊カギュ派の支派》とした」という話に因む。

一九七四年に、十七歳で王位を継承した第四代国王ジクメ・センゲ・ワンチュクは、その戴冠式で「大切なのは国民の総生産量《＊GNP》よりも国民総幸福量《＊GNH》である」と「国のかたち」を明確に掲げた。その後、二〇〇六年末に譲位したが、六十五歳国王定年制、王制下の総選挙の実施、民族衣装の着衣、建築物（ガソリンスタンドに至るまで）の伝統様式維持、森林乱伐の禁止、合成樹脂《プラスチック》製品の禁止、戸外での禁煙（旅行者も含む）など厳格かつ明快に自らの国を律する。

リハビリ・介護難民を作り、政治家・役人優先で税金を浪費する一方で、観念的な美しい国を標榜する我国と天淵《てんえん》の差ほどの開きを見る。

四月新刊

後藤新平生誕一五〇周年記念特別企画

# 環

学芸総合誌・季刊【歴史・環境・文明】Vol.29

【特集】**世界の後藤新平／後藤新平の世界**

〈シンポジウム〉加藤陽子＋木村汎＋榊原英資＋塩川正十郎＋松田昌士＋御厨貴
〈寄稿〉「高野長英、安場保和、後藤新平」鶴見俊輔／「後藤新平とスターリン」G・ボルヂューゴフ／V・モロジャコフ／D・ウヴァ／張隆志／三宅正樹／駄場裕司／武田徹／清水唯一朗／若月剛史／春山明哲
〈同時代人が語る後藤新平〉新渡戸稲造／大川周明／C・ビーアド
「後藤伯大風呂敷の内容」東海隠史
〈小特集〉**私にとっての後藤新平**
片山善博／増田寛也／養老孟司 他
〈小特集〉**追悼 Ph・ラクー＝ラバルト**
未発表インタビュー／ナンシー他
〈特別寄稿〉「独創的で開かれた文芸批評家、バルバラ」加藤周一

菊大判 四一六頁 三三六〇円

38億年の生命の歴史をミュージカルに！

# いのち愛《め》づる姫

ものみな一つの細胞から

中村桂子 山崎陽子 作 堀文子 画

全ての生き物を、ゲノムから読み解く「生命誌」を提唱した生物学者、中村桂子。ピアノ一台で夢の舞台を演出する〝朗読ミュージカル〟を創りあげた童話作家、山崎陽子。いのちの気配を写し続けてきた画家、堀文子。各分野で第一線の三人が描きだす、いのちのハーモニー。

B5変上製 九〇頁 カラー64頁 一八九〇円

能の現代的意味とは何か

# 能の見える風景

多田富雄

脳梗塞で倒れてのちも、車椅子で能楽堂に通い、能の現代性を問い続ける一方、新作能作者として、『一石仙人』『望恨歌』『原爆忌』『長崎の聖母』など、能という手法でなければ描けない、筆舌に尽くせぬ惨禍を作品化する。作り手と観客の両面から能の現場にたつ著者が、なぜ今こそ能が必要とされるのかを説く。

B6変上製 一九二頁 写真多数 二三一〇円

Ph・ラクー＝ラバルト追悼企画

# 貧しさ

ハイデガー＋ラクー＝ラバルト
西山達也訳・解題

「精神たちのコミュニズム」のヘルダーリンを読むことは、マルクスをも読み込むことを意味する――全集未収録のハイデガー、そしてラクー＝ラバルトのマルクス―ヘルダーリン論。

四六上製 二一六頁 三三六〇円

「ドイツ哲学」の起源としてのルソー

# 歴史の詩学

Ph・ラクー＝ラバルト
藤本一勇訳

「私のテーゼは、〈歴史〉の思考の起源にいるルソーに対する、ハイデガーの片意地をはった盲目さがあるということだ。この盲目状態は、実際ハイデガーの盲点となるだろう。」

四六上製 二一六頁 三三六〇円

# 読者の声

## 民俗学と歴史学■

▼最後に赤坂さんの「生」中の生の声が聞こえてきましたね。企みと言おうか覚悟と言おうか。それにしても網野さんの覚悟もまた凄い。自ら「落ちこぼれ」、「焚書の対象」「日暮れて道遠し」などと憮然たる思いを洩らしておられるのを見ると、どこの世界でも「異端」は生き辛いんだなと。網野さんほどの方でも。しかし残るんですね。金子文子も、戸坂潤も、石堂清倫も、竹内好も、武田百合子も、上野英信も。誰かが手渡しで後世に伝えていきます。「はじめに地域がある」とおっしゃる。そう。地方（じかた）、地元こそ各自の生きていく足掛かりであり記憶のよすがです。薄っぺらな常識に抗しましょう。（山口　家守　**岩崎保則**　53歳）

## 二・二六事件とは何だったのか■

▼小生、松本清張の『昭和史発掘』以来、二・二六関係の出版物を読み、新たな本が出るたびに視野が広がってきましたが、貴社の本書の視点で更に広くなるとともに、新たな課題が見えてきました。特に今回は、二・二六の盗聴を記した本と併読しましたので、ことさら新鮮味を感じました。（京都　**瀬野一司**　62歳）

▼大正十五年生れ、昭和史全期の生涯を、昭和同時代を共に生きて来た者として、緻密な編集の御努力に対して感動致します。今生有る限り、昭和の日本を誇りに思って、読み、勉強させて頂きます。（香川　**泉田圭介**　80歳）

## いのちの叫び■

▼自室にこもって、二晩で拝読致しました（堀文子さんのカバー絵、とても素敵です）。八十歳を目前の〝むかしの皇国少女〟として特に、鎌田實氏、高橋世織氏の文を感銘深く拝読。はじめて〝社会〟に眼を向けさせ、行動へと一歩ふみ出させてくれた石牟礼氏の全集に感謝しております。（東京　**竹内光栄**　79歳）

▼「命を大切に」これをもっともっと大声で叫びたい。（兵庫　臨床心理士　**村山實**　80歳）

## 『環』27号〈特集・誰のための金融か〉■

▼杉原志啓氏の論考「市場と道徳」を拝読し、坂本多加雄先生の姿や言葉を想い起こしました。坂本先生の仕事を継承し発展させていこうと尽力されている杉原氏に敬意を表します。と同時に、平凡な一学徒に過ぎなかった私も坂本先生から受けた学恩を何らかの形で次の世代へ伝えたいと考えております。〝催合庵〟の試み、素晴らしいと思います！　そうした場で是非「真・善・美」について語り合いたいものです。（東京　公務員　**松本朗**　44歳）

## 日本文学の光と影■

▼文学に興味を持っていても、昨今出版される文学の本をほとんど読んでいない。多分、この本も『朝日新聞』紙上で紹介されていなかったら読んでみたいとは思わなかっただろう。この本を通読しただけだが、読み終えた後、何かを書かなければという思いがあるが、充実した時間を持ったということしか書けなかった。この作者の本をもっと読みたいというのが、今の私の心境である。（兵庫　**池田隆司**　57歳）

## 入門・世界システム分析■

▼グローバル化が進んでも「国民国家」の枠組が簡単に崩れることはないでしょうが、ネットワークの利用方法では国家の主権の範囲を超えた事実も多く発生しています。この時期にこそ著者の提唱する「世界シス

テム」とその構造の変化に目を向けることは国民国家の方向を定めていくにも必要なことでしょう。

(兵庫　コンサルタント　**石井治**　73歳)

**西欧言語の歴史■**

▼ラテン語の勉学のよすがに言語の歴史に興味があったので参考のために購入。判りやすく読み易い。訳文もよくこなれていると思います。東洋の言語にもこの様な本があればと思います。(神奈川　**岡田愛己**　79歳)

**ハルビンの詩がきこえる■**

▼この本の著者と同時期に同じ場所で生活していたことがあり、非常になつかしく読ませていただきました。(東京　主婦　**尾形勇子**　92歳)

▼ハルビンの日々の生活をつづったものは市販のものとしては少ないのではないか。大方は、敗戦後の混乱を批判的にまとめたものである。本書はロシア人の生活によくふれてあり、当時のハルビンの一断面を知ることができた。

(兵庫　公務員　**久下隆史**　57歳)

**鞍馬天狗とは何者か■**

▼貴社の出版企画には大変敬意を表しています。他の出版社とは一線を画した方針と私の考え方とは、ほぼマッチしていて、出版される書籍が、一人でも多くの人々に読まれるように祈っています。

(東京　公認会計士　**間宮隆**　56歳)

**ジャンヌ■**

▼現代作家にはこんな作品は絶対に書けないだろう。——何故なら彼女〔G・サンド〕は作品を頭で書くのではなく、深い詩的心の水面下で書いているのだから……！

(高知　**片山和水**　73歳)

**苦海浄土　第二部　神々の村■**

▼三十年も前に『苦海浄土』『天の魚』を読みながら、日常の中に埋没してきた自分を大変恥ずかしく思いました。物事を論理的に考えようとして、その論理の網の目から、大事なものを取りこぼしてきたことを思いました。(三重　**吉田光男**　75歳)

**雪■**

▼イスラム社会への造詣が特に深い訳でもないが、イスラム圏に三年間暮らしてみて、その独特の雰囲気に興味を持った。この小説で描かれているのは、現代的な考えを持つ詩人と、古くからある「神」への信仰に格別深くこだわる人々との心の葛藤の物語で、最終部は一息に読みこんだ。美しくも厳しい「雪」を狂言まわしに、心のうつろいと、人類と宗教のかかわりの終わりのないことを暗示させ、哀しい物語に心を打たれました。次作にも期待したい。

(青森　会社員　**伊賀一善**　50歳)

**ハンセン病とともに■**

▼岡部伊都子さんの随筆との最初の出会いは高校二年生の時でした。短大に入学してすぐ、『おりおりの心』を買い求め以来、岡部さんの著書を目にするたびに購入し、今も私の宝物です。子育て・仕事・家事との両立で本を読むことから遠ざかった頃も、岡部さんの著書は身近に置いていました。夜、ほんの数行を読むだけで、その透き通るような美しさと真実の言葉に心の淀みが消えてゆきました。岡部さんの著書には、いつも心救われました。

(千葉　**仲田眞利子**)

**環境学　第三版■**

▼分かり易く、良心的記述で充実した内容(全部を読了はしていないが)大変好感が持てた。

(千葉　**山本俊一**　73歳)

※みなさまのご感想・お便りをお待ちしています。お気軽に小社「読者の声」係まで、お送り下さい。掲載の方には粗品を進呈いたします。

## 書評日誌(三・一～三・三一)

(書) 書評 (紹) 紹介 (記) 関連記事
(TV) 紹介、インタビュー

三・一 (書) サライVol. 19 No. 5「伊都子の食卓」(「サライ ブックレビュー」／「読む」／「人生の折節に出会った味を思いを込めて綴った随筆集」／住友和子)

三・三 (紹) 東京新聞「民俗学と歴史学」(「筆洗」)

三・三～一五 (紹) 共同通信社配信「いのちの叫び」(「新刊紹介」)

三・五 (紹) 読売新聞「イスタンブール」「父のトランク」「環28号〈特集・鶴見和子の「詩学」〉」(「ひと 和久井路子」／「ノーベル賞中東作家の心を伝える」)

三・七 (記) 毎日新聞「後藤新平の全仕事」(「余録」)

三・一〇 (書) 週刊東洋経済「リフレクシヴ・ソシオロジーへの招待」(「竹内洋の読書日記――第六回」／「読んでもわからない翻訳書に学者と学問の病理が見える」)

(紹) 撃竹「いのちの叫び」(「柳緑花紅」)

三・一四 (記) 日本経済新聞(夕刊)「日本を襲ったスペイン・インフルエンザ」(「夕刊文化」／『学ばなかった歴史』に学べ」／「新型感染症 日本の備えは」／「歴史人口学者 速水融さん」)

三・一五 (紹) 週刊文春「黒衣の女 ベルト・モリゾ」(「文春図書館」／「私の読書日記」／「古書、中国人、ベルト・モリゾ」／鹿島茂)

三・一七～二五 (書) 共同通信社配信「遺言」(「命の限り伝えた死生観」／「多様性認める大切さ」／「胸を打つ病床の記録」／大石芳野)

三・一八 (書) 読売ウイークリー「生きる希望」(「この本にさぶらいず」／「堕落を招いた隣人愛」／「西欧近代に日本の今が重なる」／芹沢俊介)

三・一九 (書) 東京新聞(夕刊)「遺言」(「大波小波」／「鶴見和子の〝遺言〟」)

(記) 南海日日新聞「琉球の『自治』」(「久高島で『琉球の自治』語る」／「次回開催、宇検村に内定」／「文化、住民の生き方まで論議」)

三・二〇 (書) エコノミスト「政党と官僚の近代」(「榊原英資の通説を疑え」／「日本政治の未来と政・官のマネジメント」)

(紹) エコノミスト「空と海」(「新刊」)

三・二五 (紹) 読売ウイークリー「民俗学と歴史学」(「今週の八冊」)

三・二六 (記) 朝日新聞(夕刊)「ブルデュー」(「こころの風景」／「パノフスキーとブルデュー」／黒田日出男)

三・二六 (紹) 朝日新聞(夕刊)「環28号〈特集・鶴見和子の「詩学」〉」「E・トッド インタビュー」(「論壇時評」／「世論の回路」／「少数者も適切に代表」／「専制化せぬ最低条件」／杉田敦)

(紹) 朝日新聞(夕刊)「環28号〈小特集・韓国の民主化運動と日本の役割〉」(「注目！今月の論考」／「思想・社会・運動」)

三・二九 (紹) 日刊ゲンダイ「空と海」

三月号 (紹) クレヨンハウス通信Vol. 314「苦海浄土」「竹内浩三集」(「Woman's EYE Vol. 151」／「本のつくり手による新刊紹介」)

(紹) ゆうゆう「まごころ」(「沈黙の言葉」)

(紹) 国際交流基金 Japanese BookNews「ハルビンの詩がきこえる」(NewTitle)

## 4月の新刊

タイトルは仮題

**父のトランク** ＊
ノーベル文学賞受賞講演
O・パムク／和久井路子訳
B6変上製 一九二頁 一八九〇円

**後藤新平の「仕事」** ＊
藤原書店編集部編
A5判 二〇八頁 一八九〇円

**国連の限界／国連の未来** ＊
J-M・クワコウ／池村俊郎・駒木克彦訳
四六上製 三二二頁 三一五〇円

**戦後占領期** 短篇小説コレクション 発刊 (全7巻) 毎月配本
[編集委員] 川崎賢子・紅野謙介・寺田博
2 一九四七年 ＊ [解説]富岡幸一郎
4 一九四九年 ＊ [解説] 黒井千次
四六変上製 各二八八頁 各二六二五円

### 近刊

**イスタンブール** 街と思い出 ＊
O・パムク／和久井路子訳

**後藤新平大全** ＊
御厨貴編

**歴史の共有体としての東アジア** ＊
日韓知識人の対話
子安宣邦・崔文衡

## 好評既刊書

**「ニュー・エコノミー」批判** ＊
21世紀型経済成長とは何か
R・ボワイエ
井上泰夫・中原隆幸・新井美佐子訳

**「水俣」の言説と表象** ＊
小林直毅編

〈戦後占領期短篇小説コレクション〉(全7巻)
3 **一九四八年** ＊ [第2回配本]
川崎賢子解説

**『環 歴史・環境・文明』** 29 07・春号 ＊
〈特集・世界の後藤新平／後藤新平の世界〉
菊大判 四一六頁 三三六〇円

**貧しさ** ＊
M・ハイデガー＋Ph・ラクー＝ラバルト／西山達也訳・解題
四六上製 二一六頁 三三六〇円

**歴史の詩学** ＊
Ph・ラクー＝ラバルト／藤本一勇訳
四六上製 二一六頁 三三六〇円

**能の見える風景** ＊
多田富雄
B6変上製 一九二頁 二三一〇円

**いのち愛《め》づる姫** ＊
ものみな一つの細胞から
[作]中村桂子・山崎陽子 [画]堀文子
B5変上製 八〇頁 カラー64頁 一八九〇円

高銀詩選集
**いま、君に詩が来たのか**
高銀／金應教編 青柳優子・佐川亜紀訳
[解説]崔元植 [跋]辻井喬
A5上製 二六四頁 三七八〇円

〈ゾラ・セレクション〉8 (全11巻・別巻二)
**文学論集** 1865–1896
佐藤正年 編訳＝解説
四六変上製 四四〇頁 [第9回配本] 三七八〇円

学芸総合誌・季刊
**『環 歴史・環境・文明』** 28 07・冬号
〈特集・鶴見和子の「詩学」〉
菊大判 三七六頁 三三六〇円

**なぜ男は女を怖れるのか**
ラシーヌ『フェードル』の罪の検証
A・リピエッツ／千石玲子訳
四六上製 二九六頁 二九四〇円

**空と海**
A・コルバン／小倉孝誠訳
四六変上製 二〇八頁 二三一〇円

**子宝と子返し**
近世農村の家族生活と子育て
太田素子
四六上製 四四八頁 第二回「河上肇賞」奨励賞受賞 三九九〇円

**遺言** 斃《たお》れてのち元《はじ》まる
鶴見和子
四六上製 二二四頁(口絵一頁) 忽ち4刷 二三一〇円

＊の商品は今号に紹介記事を掲載しております。併せてご覧戴ければ幸いです。

## 書店様へ

▼小社ではこれまでも『**環22号〈特集・占領期再考〉**』や『**ドキュメント占領の秋1945**』など、戦後の日本の形を作った6年半に目を向けてきましたが、5月には、新たに『**戦後占領期 短篇小説コレクション**』(全7巻)を発刊します。この時期に、文学は何を描き、何を描かなかったのか。何を見、何を見なかったのか。厳しい検閲の中で生まれた短篇小説を通して、戦後占領期を検証してみたいと思います。文芸はもちろん、歴史での発刊フェアを是非。

▼今年は「後藤新平生誕一五〇周年」。NHKの「ETV特集 東京を変えた男」(5/20)をはじめ、江戸東京博物館での「後藤新平展」開催、6月の「後藤新平賞」の創設、7月にはシンポジウム「21世紀と後藤新平 part3――地方分権と都市の再生」など夏迄の催しも盛り沢山です。小社も今月、後藤新平の「仕事」をコンパクトに紹介した決定版『**後藤新平の「仕事」**』を刊行。既刊の『**〈決定版〉正伝・後藤新平**』(全8巻)、『**時代の先覚者・後藤新平**』と共に、大きくご展開下さい。

(営業部)

『いのち愛づる姫』刊行記念

〈朗読ミュージカル〉
# いのち愛《め》づる姫
ものみな一つの細胞から

38億年の生命の歴史をミュージカルに！

生物学者・中村桂子、童話作家・山崎陽子、画家・堀文子、三人の女性の「いのち」のハーモニー！

**山崎陽子**
**中村桂子**
**堀　文子**

［出演］森田克子／大野惠美
ピアノ・沢里尊子

【日時】二〇〇七年 六月一日(金)
開場・午後六時　開演・午後六時半
【場所】JTアートホール アフィニス
（地下鉄銀座線「虎ノ門」駅下車五分）
【定員】二五〇名（先着順）
【入場料】四〇〇〇円
※お申込みは藤原書店まで。

第15回「野間宏の会」

# 生命《いのち》の科学と野間宏

［講　演］**大沢文夫**（生物物理学）
**中村桂子**（生命誌）
**岡田晴恵**（ウイルス学）
［対　談］**富岡幸一郎**（文芸評論家）
**中村文則**（作家）

【日時】二〇〇七年 五月二十六日(土)
開場・午後一時　開会・午後一時半
【場所】アルカディア市ヶ谷（私学会館）
【定員】二〇〇名（先着順）【会費】二〇〇〇円

東京河上会公開講演会

# 現代版『貧乏物語』

［講　演］**原田　泰**（エコノミスト）
**田中秀臣**（経済学者）
**橋本健二**（社会学者）他

【日時】二〇〇七年 六月十五日(金)
開場・午後六時　開会・午後六時半
【場所】アルカディア市ヶ谷（私学会館）
【定員】八〇名（先着順）【会費】一五〇〇円

## 出版随想

▼緑が眩い季節になった。
「なんのために／ともかく生きている／ともかく／どう生きるべきか／それはどえらい問題だ／それを一生考えぬいてもはじまらん……」（「五月のように」）

二十三歳でフィリピン山中で戦死した竹内浩三の詩が思いだされる。若者が犬死にを余儀なくされた時代があった。今もある。もちろん日本だけでなく、世界の各地で若者たちが沢山死んでいった。彼らは、何のために死ななければならなかったのか。国家のためか、家族のためか、社会のためか。折角、この世に生まれてきながら、いざこれからやりたいことをやろうと思う矢先に死を選ばざるを得ない人生って一体何だろう。

▼今も戦争は続いている。殺し合い、大量殺人が、近代人が造った近代兵器でなされている。生物兵器、化学兵器、核兵器……と生命《いのち》あるものを殺す手段は、文明人が日々発明を繰り返して生み出している。今も世界のあちらこちらで使われている。ヒト以外の生き物の種《しゅ》が、年々歳々大量に減ってきていると高名な生物学者はいう。「人が互いに融和すれば、悲歌は賛歌となる」（高銀）と詩人はいうが、生き物を殺すことに何ら痛痒を感じなくなった現代人を救う道はあるのだろうか。「赦す」「祈り」を唱える詩人もいるが……。（亮）